이 상 중·단편소설

날개 외 ✿

이상 중·단편소설

날개 외

재승출판

우리나라 신문학의 역사는 1906년 이인직의 《혈의 누》가 출간된 때로부터 시작한다고 한다. 이로 미루어보면 이제 한국 근대문학은 100년을 맞이하게 된 셈이다. 이 기간에 수많은 작가의 작품이 탄생하였다. 모든 작품은 작가들의 혼이 담긴 그 시대 문화의 거울이라 할 수 있다. 한 작품이라도 소홀히 다룰 수 없는 것들이지만, 그래도 근대문학 100년간 문학사적 고전으로 남을 만한 명작은 있을 것이다.

당 출판사에서는 미래의 동량이 될 청소년들과 현재의 주역인 일반인들이 새로운 독서체험을 할 수 있도록 한국 근대문학 작품들을 소개하고자 한다. 자타가 인정하는 우리나라 최초 장편소설인 춘원 이광수의 《무정》을 시작으로 한국 문학계와 교육현장에서 두루 인정받은 한국 문학의 정수를 가려 뽑아 시리즈로 엮어 나갈 것이다. 객관성을 기하기 위하여 대학의 국문학 교수와 고등학교 국어과 교사, 숙련된 편집자 등의 추천을 참고로 하여 엄선할 계획이다. 이를 통해 한국 근현대 문학사의 흐름을 살펴볼 수 있을 것이다.

요즘 출판계의 현황은 불황의 터널에서 벗어나지 못하고 있다. 그 원인에는 여러 가지가 있겠지만 무엇보다 양서良書의 부재와 독자들이 책을 외면한다는 것이다. 더군다나 요즘에는 전자책이 나오면서 종이로 된 책은 앞으로 소외될 것이라는 출판계의 우려감과 더불어 인터넷의 발달로 책은 인기가 떨어진 상태다. 이러한 열악한 상황에서 의욕만 가지고 한국대표문학선을 출간한다는 것은 애초부터 무모한 계획일 수도 있다. 모두 부정적인 시각으로 보는 편이다. 출판업도 수익이 수반되어야 유지 존속이 가능하다. 출간되는 책은 거의 판매를 염두에 두고 있는 실정이다. 예를 들면 유명 작가 몇 사람의 작품, 인기 있는 외서 번역물 등등. 로또 뽑듯이 책을 선정하는 것 같다. 현 시점에서는 당연한 결정이다. 그렇지만 출판계의 이 같은 현실로 왜곡된 독서환경이 조성될 수도 있다.

　　따라서 당 출판사에서는 자라나는 청소년과 한국 문학을 사랑하는 일반인들에게 쉽고 재미있게 다가설 수 있으면서, 청소년들의 취향에도 잘 맞는 국민대중용 한국대표문학선집을 만들어보고자 한 것이다.

시대와 시대를 이어서 모두가 다 같이 공감할 수 있는 문화의 정수가 바로 문학이다. 문학은 우리의 마음 한편에 자리 잡고 있는 시대의 정서와 풍속, 삶의 흔적이 고스란히 밴 작가들의 혼이 담긴 당대 문화의 거울이라고 한다. 우리가 문학작품을 통해서 만나게 되는 감동의 여운은 평생 뇌리에 남고, 특히 청소년 시절에 읽었던 문학작품은 젊은 날의 향수와 추억으로 남는다. 또한 살아가면서 마음의 양식이 됨은 물론이다.

독자들은 문학과의 만남을 통해 우리의 문화가 이룩해온 정체성을 확인하고 상상하는 즐거움을 만끽할 수 있다. 논어 위정편에 나오는 온고이지신溫故而知新은 '옛것을 잘 익혀서 새로운 것을 안다'는 뜻으로 고전의 중요성을 강조한 공자의 가르침이다. 누구나 자신의 뿌리를 인식하고 문화생활을 높이기 위해서는 문학을 알아야 한다.

당 출판사로서는 한국대표문학선 발간이 우리나라 출판계에 일조가 된다면 더 없는 영광으로 생각한다. 아무쪼록 한국대표문학선을 통해 21세기 젊은 독자들이 삶의 풍부한 자양분으로서 이 시리즈를 애호해주기를 바랄 뿐이다.

(주)재승출판

대표이사 이 재 영

차례

황소와 도깨비

어떤 산골에 돌쇠라는 나무 장수가 살고 있었습니다. 나이 삼십이 넘도록 장가도 안 가고 또 부모도 일가친척도 없는 혈혈단신이라 먹을 것이나 있는 동안은 핀둥핀둥 놀고 그러다가 정 궁하면 나무를 팔러 나갑니다.

어디서 해 오는지 아름드리 장작이나 솔나무를 황소 등에다 듬뿍 싣고 장터나 읍으로 팔러 갑니다. 아침 일찍이 해도 뜨기 전에 방울 달린 소를 끌고 이려이려…… 딸랑딸랑…… 이려이려…… 이렇게 몇십 리씩 되는 장터로 읍으로 팔릴 때까지 끌고 다니다가 해 저물녘이라야 겨우 다시 집으로 돌아옵니다.

그 방울 단 황소가 또 돌쇠의 큰 자랑거리였습니다. 돌쇠에게는 그 황소가 무엇보다도 소중한 재산이었습니다. 자기 앞으로 있던 몇 마지기 토지를 팔아서 돌쇠는 그 황소를 산 것입니다. 그 황소는 아직 나이는 어렸으나 키가 훨씬 크고 골격도 튼튼하고 털이 또 유난스럽게 고왔습니다. 긴 꼬리를 좌우로 흔들며 나뭇짐을 잔뜩 지고 텁석텁석 걸어가는 양은 보기에도 참 훌륭했습니다. 그 동리에서 으뜸가는 이 황소를 돌쇠는 퍽 귀애하고 위했습니다.

어느 해 겨울 맑게 갠 날 돌쇠는 전과 같이 장작을 한 바리 소의등에 실은 짐을 세는 단위 잔뜩 신고 읍을 향해서 길을 떠났습니다. 읍에 도착한 것이 오정 때쯤이었습니다. 그날은 운수가 좋았던지 살 사람이 얼른 나서서 돌쇠는 그리 애쓰지 않고 장작을 팔 수 있었습니다. 돌쇠는 마음에 대단히 흡족해서 자기는 맛있는 점심을 사 먹고 소에게도 배불리 죽을 먹였습니다. 그러고 나서 잠깐 쉬고 그날은 일찍 돌아올 작정이었습니다.

얼마쯤 돌아오려니까 별안간 하늘이 흐리기 시작하고 북풍이 내리 불더니 희끗희끗 진눈깨비까지 뿌리기 시작합니다. 돌쇠는 소중한 황소가 눈을 맞을까 겁이 나서 길가에 있는 주막에 들어가서 두어 시간 쉬었습니다. 그랬더니 다행히 눈은 얼마 아니 오고 그치고 말았습니다.

아직 저물지는 않았는 고로 돌쇠는 황소를 끌고 급히 길을 떠났습니다. 빨리 가면 어둡기 전에 집에 돌아올 수 있을 것 같았기 때문입니다. 그러나 짧은 겨울 해는 반도 못 와서 어느덧 저물기 시작했습니다. 날이 흐렸기 때문에 더 일찍 어두웠는지도 모릅니다.

"야단났구나."

하고 돌쇠는 야속한 하늘을 쳐다보며 혼자 중얼거리고 가만히 소등을 쓰다듬었습니다.

"날은 춥구 길은 어둡구 그렇지만 헐 수 있나. 자, 어서 가자."

돌쇠가 혼잣말같이 중얼거리는 말을 소도 알아들었는지 딸랑딸랑 걸음을 빨리합니다.

이렇게 얼마를 오다가 어느 산허리를 돌아서려니까 별안간 길옆 숲 속에서 고양이만 한 새까만 놈이 깡창 뛰어나오며 눈 위에 가 엎디어 무릎을 꿇고 자꾸 절을 합니다.

"돌쇠 아저씨, 제발 살려주십시오."

처음에는 깜짝 놀랜 돌쇠도 이렇게 말을 붙이는 고로 발을 멈추고 자세히 바라보니까 사람인지 원숭인지 분간할 수 없는 얼굴에 몸에 비해서는 좀 기름한 팔다리, 살결은 까뭇까뭇하고 귀가 우뚝 솟고 작은 꼬리까지 달려서 원숭이 같기도 하고 또 어떻게 보면 개 같기도 했습니다.

"얘, 요게 뭐냐."

돌쇠는 약간 놀라면서 소리쳤습니다.

"대체 너는 누구냐?"

"제 이름은 산오뚝이예요."

"뭐? 산오뚝이?"

그때 돌쇠는 얼른 어떤 책 속에서 본 그림을 하나 생각해냈습니다. 그 책 속에는 얼굴은 사람과 원숭이의 중간이요, 꼬리가 달리고 팔다리가 길고 귀가 오뚝 일어선 것을 그려놓고 그 옆에다 '도깨비'라고 씌어 있었던 것입니다.

"거짓말 말어, 요놈아."

하고 돌쇠는 소리를 버럭 질렀습니다.

"너 요놈, 도깨비 새끼지?"

"네, 정말은 그렇습니다. 그렇지만 산오뚝이라구두 합니다."

"하하하하, 역시 도깨비 새끼였구나."

돌쇠는 껄껄 웃으면서 허리를 굽히고 물었습니다.

"그래 대체 도깨비가 초저녁에 왜 나왔으며 또 살려달라는 건 무슨 소리냐?"

도깨비 새끼의 이야기는 이러했습니다.

지금부터 한 일주일 전에 날이 따뜻하길래 도깨비 새끼들은 오륙 마리가 떼를 지어 인가 근처로 놀러 나왔더랍니다. 하루 온종일 재미있게 놀고 막 돌아가려 할 때에 마침 동리의 사냥개한테 붙들려 꼬리를 물리고 말았습니다. 겨우 몸은 빠져나왔으나 개한테 물린 꼬리가 반동강으로 툭 잘라졌기 때문에 여러 가지 재주를 못 피우게 되고 말았습니다. 그뿐 아니라 동무들도 다 잊어버리고 혼자 떨어져서 할 수 없이 입때껏 그 산허리 숲 속에 숨어 있었던 것입니다.

도깨비에겐 꼬리가 아주 소중한 물건입니다. 꼬리가 없으면 첫째 재주를 피울 수 없는 고로 먼 산속에 있는 집에도 갈 수 없고 배가

고파서 먹을 것을 찾으러 나가려니 사냥개가 무섭습니다. 날이 추우면 꼬리의 상처가 쑤시고 아프고 그래서 꼼짝 못하고 일주일 동안이나 숲 속에 갇혀 있다가 마침 돌쇠가 지나가는 것을 보고 살려달라고 뛰어나온 것입니다.

"제발 이번만 살려주십시오. 은혜는 평생 잊지 않겠습니다."

이야기를 마치고 나서 도깨비 새끼는 머리를 땅 속에 틀어박고 두 손으로 싹싹 빕니다.

이야기를 듣고 자세히 보니까 과연 살이 바싹 빠지고 꼬리에는 아직도 상처가 생생하고 추위를 견디지 못해서 온몸을 바들바들 떨고 있습니다. 돌쇠는 그 정경을 보고 아무리 도깨비 새끼로서니…… 하는 측은한 생각이 나서,

"살려주기야 어렵지 않다만은 대체 어떻게 해달라는 말이냐?"
하고 물었습니다.

"돌쇠 아저씨의 황소는 참 훌륭한 소입니다. 그 황소 배 속을 꼭 두 달 동안만 저에게 빌려주십시오. 더두 싫습니다. 꼭 두 달입니다. 두 달만 지나면 날두 따뜻해지구 또 상처두 나을 테구 하니깐 그때는 제 맘대루 돌아다닐 수 있습니다. 그동안만 이 황소 배 속에서 살도록 해주십시오. 절대루 거짓말을 해서 아저씨를 속이기는커녕 지가 이 소 배 속에 들어가 있는 동안은 이 소를 지금버덤 열 갑절이나 기운이 세게 해드리겠습니다. 그러니 제발 이번 한 번만 살려주십시오."

이 말을 듣고 돌쇠는 말문이 막히고 말았습니다. 귀엽고 소중한 황소 배 속에다 도깨비 새끼를 넣고 다닐 수는 없는 일입니다. 그렇다고 그것을 거절하면 도깨비 새끼는 필경 얼어 죽거나 굶어 죽고 말 것입니다. 아무리 도깨비라도 그렇게 되는 것을 그대로 둘 수도 없고 또 소의 힘을 지금보다 십 배나 강하게 해준다니 그리 해로운 일은 아닙니다.

생각다 못해서 돌쇠는 소의 등을 두드리며,

"어떡허면 좋겠니?"

하고 물어보니까 소는 그 말귀를 알아들었는지 고개를 끄덕끄덕합니다.

"그럼 너 허구 싶은 대루 해라. 그렇지만 꼭 두 달 동안이다."

돌쇠는 도깨비 새끼를 보고 이렇게 다짐했습니다.

도깨비 새끼는 좋아라고 펄펄 뛰면서 백 번 치사하고 ^{고맙다는 뜻을 표} ^{시하고} 깡창 뛰어서 황소 배 속으로 들어가고 말았습니다.

돌쇠는 껄껄 웃고 다시 소를 몰기 시작했습니다. 그랬더니 참 놀라운 일입니다. 아까보다 십 배나 소는 걸음이 빨라져서 도저히 따라갈 수가 없었습니다. 할 수 없이 소 등에 올라탔더니 소는 연방 딸랑딸랑 방울 소리를 내며 순식간에 마을까지 뛰어 돌아왔습니다.

과연 도깨비 새끼가 말한 대로 돌쇠의 황소는 전보다 십 배나 힘이 세어졌던 것입니다. 그 이튿날부터는 장작을 산더미같이 실은 구루마^{수레}라도 끄는지 마는지 줄곧 줄달음질을 쳐서 내뺍니다. 그

전에는 하루 종일 걸리던 장터를 이튿날부터는 아무리 장작을 많이 실었어도 하루 세 번씩을 왕래했습니다.

돌쇠는 걸어서는 도저히 따라갈 수가 없어서 새로 구루마를 하나 사서 밤낮 그 위에 올라타고 다녔습니다.

'얘, 이건 참 굉장하다…….'

하고 돌쇠는 하늘에나 오른 듯이 기뻐했습니다. 따라서 전보다도 훨씬 더 소를 귀애하고 소중히 여기게 되었습니다.

자, 이러고 보니 동리에서나 읍에서나 큰 야단입니다. 돌쇠의 황소가 산더미같이 장작을 싣고 하루에 장터를 세 번씩 왕래하는 것을 보고 모두 눈이 뚱그렜습니다. 그중에는 어떻게 해서 그렇게 황소의 힘이 세어졌는지 부득부득 알려는 사람도 있고 또 달래는 대로 돈을 줄 터이니 제발 팔아달라고 청하는 사람도 있었으나 돌쇠는 빙그레 웃기만 하고 대답도 하지 않았습니다.

'어쩐 말이냐, 우리 소가 제일이다.'

그럴 적마다 돌쇠는 이렇게 생각하고 더욱 맛있는 죽을 먹이고 딸랑딸랑 이려이려…… 하고 신이 나서 소를 몰았습니다.

원래 게으름뱅이 돌쇠입니다마는 이튿날부터는 소 모는 데 고만 재미가 나서 장작을 팔러 다녀서 돈도 많이 모았습니다. 눈이 오거나 아주 추운 날은 좀 편히 쉬어보려도^{쉬어보려고 해도} 소가 말을 안 들었습니다. 첫새벽^{날이 새기 시작하는 새벽}부터 외양간 속에서 발을 구르고 구슬을 내흔들고…… 넘쳐흐르는 기운을 참지 못해 껑충껑충 띕니다. 그러면 돌쇠는 할 수 없이 또 황소를 끌어내고 맙니다.

이러는 사이에 어느덧 두 달이 거진_{거의} 다 지나가고 삼월 그믐_{음력}_{으로 그달의 마지막 날}께가 다가왔습니다. 그때부터 웬일인지 자꾸 소의 배가 부르기 시작했습니다. 돌쇠는 깜짝 놀래어 틈 있는 대로 커다란 배를 문질러주기도 하고 또 약도 써보고 했으나 도무지 효력이 없습니다. 노인네들에게 보여도 무엇 때문인지 아는 사람이 없었습니다.

돌쇠는 매일을 걱정과 근심으로 지냈습니다. 아마 이것이 필경 배 속에 있는 도깨비장난인가 보다 하는 것은 어슴푸레 짐작할 수 있었으나 처음에 꼭 두 달 동안이라고 약속한 일이니 어찌할 수 없는 일입니다. 그뿐 아니라 소는 다만 배가 불러올 뿐이지 기운도 줄지 않고 앓지도 않는 고로,

'제기, 그냥 두어라. 며칠 더 기다리면 결말이 나겠지. 죽을 것 살려주었는데 설마 나쁜 짓이야 하겠니.'

이렇게 생각하고 사월이 되기만 고대했습니다.

소는 여전히 기운차게 구루마를 끌고 산이든 언덕이든 평지같이 달렸습니다.

그예_{기어이} 삼월 그믐이 다가왔습니다.

돌쇠는 겨우 후 하고 한숨을 내쉬고 그날 하루만은 황소를 편히 쉬게 했습니다. 그리고 이왕이니 오늘 하루만 더 도깨비를 두어두기로 결심하고 소를 외양간에다 맨 후 맛있는 죽을 먹이고 자기는

일찍부터 자고 말았습니다.

이튿날 사월 초하룻날^{매달 첫째 날} 첫새벽입니다. 문득 돌쇠가 잠을 깨니까 외양간에서 쿵쾅쿵쾅하고 야단스러운 소리가 났습니다. 돌쇠는 깜짝 놀래어 금방 잠이 깨어서 뛰쳐 일어났습니다.

소를 누가 훔쳐가지나 않나 하는 근심에 돌쇠는 옷도 못 갈아입고 맨발로 마당에 뛰어내려 단숨에 외양간 앞까지 달음질쳤습니다. 그랬더니 웬일인지 돌쇠의 황소는 외양간 속에서 이를 악물고 괴로워 못 견디겠다는 듯이 미친 것 모양으로 겅중겅중 뜁니다. 가엾게도 황소는 진땀을 잔뜩 흘리고 고개를 내저으며 기진맥진한 모양입니다.

돌쇠는 깜짝 놀래어 미친 듯이 날뛰는 황소 고삐를 붙잡고 늘어졌습니다. 그러나 황소는 좀체로^{좀처럼} 진정치를 않고 더욱 힘을 내어 괴로운 듯이 날뜁니다.

"대체 이게 웬 영문야?"

할 수 없이 돌쇠는 소의 고삐를 놓고 한숨을 내쉬며 얼빠진 사람같이 그 자리에 우뚝 서고 말았습니다.

"돌쇠 아저씨, 돌쇠 아저씨."

그때입니다. 어디서인지 자기를 부르는 소리를 돌쇠는 확실히 들었습니다. 돌쇠는 그 소리를 듣고 정신이 번쩍 나서 주위를 돌아보았습니다. 그러나 아무도 보이지는 않습니다. 그때 또 어디서인지 나지막한 목소리가 들려왔습니다.

"돌쇠 아저씨, 돌쇠 아저씨."

암만해도 그 소리는 황소 입속에서 나오는 것 같았습니다. 그래서 돌쇠는 자세히 들으려고 소 입에다 귀를 갖다 대었습니다.

"돌쇠 아저씨, 저예요. 저를 모르세요?"

그때야 겨우 돌쇠는 그 목소리를 생각해내었습니다.

"오, 너는 도깨비 새끼로구나. 날이 다 새었는데 왜 남의 소 배 속에 입때 들어 있니? 약속한 날짜가 지났으니 얼른 나와야 허지 않겠니?"

그랬더니 황소의 배 속에서 도깨비 새끼는 대답했습니다.

"나가야 헐 텐데 큰일 났습니다. 돌쇠 아저씨 덕택으로 두 달 동안 편히 쉬인 건 참 고맙습니다마는 매일 드러누워 아저씨가 주시는 맛있는 음식을 먹고 있다가 기한이 됐길래 나가려니까 그동안에 굉장히 살이 쪘나 봐요. 소 모가지가 좁아서 빠져나갈 수가 없게 됐단 말예요. 억지루 나가려면 나갈 수는 있지만 소가 아픈지 막 뛰고 발광을 하는구먼요. 야단났습니다."

돌쇠는 그 말을 듣고 기가 탁 막히고 말았습니다.

"그럼 어떡허면 좋단 말이냐, 그거 참 야단이로구나."

돌쇠는 팔짱을 끼고 생각에 잠기고 말았습니다. 도깨비 새끼에게 황소 배 속을 빌려준 것을 크게 후회했지만 인제서 무슨 소용이 있겠습니까. 무엇보다도 소가 불쌍해서 돌쇠는 고만 눈물이 글썽글썽하고 금방 울음이 터질 것 같았습니다.

그때 또 도깨비 새끼 목소리가 들려 나왔습니다.

"아 돌쇠 아저씨, 좋은 수가 있습니다. 어떻게든지 해서 이 소가 하품을 허도록 해주십시오. 입을 딱 벌리고 하품을 헐 때에 지가 얼른 뛰어나갈 텝니다. 그렇지 않으면 한평생 이 배 속에서 살거나 또는 뱃가죽을 뚫고 나가는 수밖에 없습니다. 그 대신 하품만 허게 해주시면 이 소의 힘을 지금버덤 백 갑절이나 더 세게 해드리겠습니다."

"옳다, 참 그렇구나. 그럼 내 하품을 허게 헐 테니 가만히 기다려라."

소가 살아날 수 있다는 생각에 돌쇠는 얼른 이렇게 대답은 했으나 가만히 생각해보니 일은 딱합니다.

대체 어떻게 해야 소가 하품을 하는지 도무지 알 수가 없습니다. 그뿐 아니라 소가 하품하는 것을 돌쇠는 입때껏 한 번도 본 일이 없습니다. 그래서 함부로 옆구리도 찔러보고 콧구멍에다 막대기도 꽂아보고 간질여도 보고 콧등을 쓰다듬어보기도 하고⋯⋯ 별별 꾀를 다 내나 소는 하품커녕 귀찮은 듯이 몸을 피하고 도리질을 하고 한두어 번 연거푸 재채기를 했을 뿐입니다. 도무지 하품을 할 기색은 보이지 않습니다.

그렇다고 이대로 내버려두었다가는 도깨비 새끼가 배 속에서 자꾸 자라서 저절로 배가 터지거나 그렇지 않으면 물어뜯겨 아까운 황소가 죽고 말 것입니다. 땅을 팔아서 산 황소요, 세상에 다시없이 애지중지하는 귀여운 황소가 그 꼴을 당한다면 그게 무슨 짝입니까.

돌쇠는 답답하고 분하고 슬퍼서 어쩔 줄을 모를 지경입니다.

생각다 못해서 돌쇠는 옷을 갈아입고 동네로 뛰어 내려왔습니다.

"어떡허면 소가 하품하는지 아시는 분 있으면 제발 좀 가르쳐주십시오."

동네로 내려온 돌쇠는 만나는 사람마다 붙잡고 이렇게 외치며 물었습니다마는 아무도 아는 사람은 없었습니다. 동네에서 제일 나이 많고 무엇이든지 안다는 노인조차 고개를 기울이고 대답을 하지 못했습니다.

그렇게 얼마를 묻고 다니다가 결국 다시 빈손으로 돌쇠는 집으로 돌아오고 말았습니다. 인제는 모든 일이 다 틀렸구나 생각하니 앞이 캄캄하고 기가 탁탁 막힙니다. 고개를 푹 숙이고 풀이 죽어서 길게 몇 번씩 한숨을 내쉬며 돌쇠는 외양간 앞으로 돌아와서 얼빠진 사람같이 황소의 얼굴을 쳐다보았습니다.

자기를 위해서 몇 해 동안 힘도 많이 돕고 애도 많이 쓴 귀여운 황소!

며칠 안 되어 배 속에 있는 도깨비 새끼 때문에 뱃가죽이 터져서 죽고 말 귀여운 황소!

그것을 생각하니 사람이 죽는 것보다 지지 않게 불쌍하고 슬프고 원통합니다.

공연히 그놈에게 속아서 황소 배 속을 빌려주었구나 하고 후회도 해보고 또 그렇게 미련한 자기 자신을 스스로 매질도 해보고……

그러나 그것이 인제 와서 무슨 소용입니까. 얼마 안 있어 돌쇠의 둘도 없는 보배이던 황소는 죽고 말 것이요, 돌쇠 자신은 다시 외롭고 쓸쓸한 몸이 되리라는 그것만이 사실입니다.

참다못해서 돌쇠는 눈물을 흘리고 소리 내어 울며 간신히 고개를 쳐들고 다시 한 번 황소의 얼굴을 바라보았습니다. 황소도 자기의 신세를 깨달았는지 또는 돌쇠의 마음속을 짐작했는지 무겁고 육중한 몸을 뒤흔들며 역시 슬픈 듯이 돌쇠의 얼굴을 바라보고 있습니다.

얼마 동안 그렇게 꼼짝 않고 돌쇠는 외양간 앞에 꼬부리고 앉아서 황소의 얼굴만 쳐다보고 있었습니다. 밥 먹을 생각도 없었습니다. 배도 고프지 않았습니다. 다만 귀여운 황소와 이별하는 것이 슬펐습니다. 오정 때 가까이 되도록 돌쇠는 이렇게 황소의 얼굴만 쳐다보고 있었습니다. 그랬더니 차차 몸이 피곤해서 눈이 아프고 머리가 혼몽하고 졸려졌습니다. 그래서 고만 저도 모르는 사이에 입을 딱 벌리고 기다랗게 하품을 하고 말았습니다.

그때입니다. 돌쇠가 하품을 하는 것을 본 황소도 따라서 기다란 하품을 하기 시작했습니다.

"옳다, 됐다."

그것을 본 돌쇠가 껑충 뛰어 일어나며 좋아라고 손뼉을 칠 때입니다. 벌린 황소 입으로 살이 통통히 찐 도깨비 새끼가 깡창 뛰어나왔습니다.

"돌쇠 아저씨, 참 오랫동안 고맙습니다. 아저씨 덕택에 이렇게 살까지 쪘으니 아저씨 은혜가 참 백골난망^{죽어서 백골이 되어도 잊을 수 없음}입니다. 그 대신 아저씨 소가 지금보다 백 갑절이나 기운이 세게 해드리겠습니다."

도깨비 새끼는 돌쇠 앞에 엎디어 이렇게 말하고 나서 넙죽 절을 하더니 상처가 나은 꼬리를 저으며 두어 번 재주를 넘었습니다. 그러고 나서 어디로인지 없어지고 말았습니다.

그때야 돌쇠는 겨우 정신을 차렸습니다. 입때껏 일이 꿈인지 정말인지 잠깐 동안은 분간할 수 없었습니다.

그러다가 고개를 들어 홀쭉해진 황소의 배를 바라보고 처음으로 모든 것을 깨닫고 하하하하 큰 소리를 내어 웃었습니다. 그리고 귀여워 죽겠다는 듯이 황소의 등을 쓰다듬었습니다.

죽게 되었던 황소가 다시 살아났을 뿐 아니라 이튿날부터는 입때보다 백 갑절이나 힘이 세어져서 세상 사람들은 놀래었습니다. 돌쇠는 더욱 부지런해져서 이른 아침부터 백 마력^{일의 양을 나타내는 단위}의 소를 몰며 '도깨비 아니라 귀신이라두 불쌍하거든 살려주어야 하는 법야' 이렇게 속으로 중얼거리고 콧노래를 불렀습니다.

−1937년

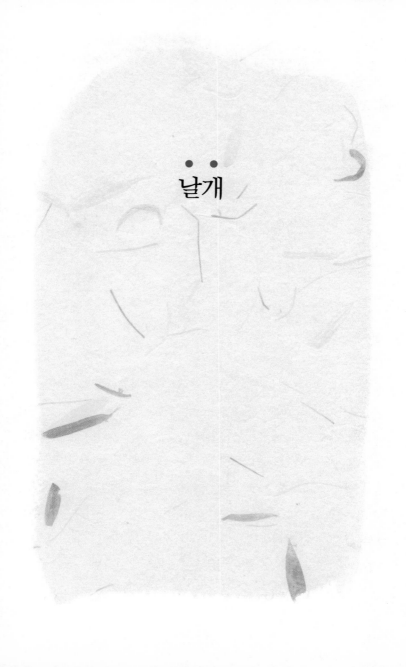

날개

'박제剝製가 되어버린 천재'를 아시오? 나는 유쾌하오. 이런 때 연애까지가 유쾌하오.

　육신이 흐느적흐느적하도록 피로했을 때만 정신이 은화처럼 맑소. 니코틴이 내 횟배거위배. 회충으로 말미암은 배앓이 앓는 배 속으로 스미면 머릿속에 으레 백지가 준비되는 법이오. 그 위에다 나는 위트와 패러독스역설. 겉으로는 모순되고 불합리하여 진리에 반대하고 있는 듯하나 실질적인 내용은 진리인 말를 바둑 포석초반에 돌을 벌여놓는 일처럼 늘어놓소. 가증할 상식의 병이오.
　나는 또 여인과 생활을 설계하오. 연애 기법에마저 서먹서먹해진 지성의 극치를 흘깃 좀 들여다본 일이 있는, 말하자면 일종의 정신

분일자精神奔逸者 말이오. 이런 여인의 반—그것은 온갖 것의 반이
오—만을 영수하는받아들이는 생활을 설계한다는 말이오. 그런 생활
속에 한 발만 들여놓고 흡사 두 개의 태양처럼 마주 쳐다보면서 낄
낄거리는 것이오. 나는 아마 어지간히 인생의 제행인연으로 말미암아 일
어나는 온갖 현상이 싱거워서 견딜 수가 없게끔 되고 그만둔 모양이오.
굿바이.

굿바이. 그대는 이따금 그대가 제일 싫어하는 음식을 탐식하는 아
이러니를 실천해보는 것도 좋을 것 같소. 위트와 패러독스와…….
그대 자신을 위조하는 것도 할 만한 일이오. 그대의 작품은 한 번
도 본 일이 없는 기성품에 의하여 차라리 경편하고간단하여 편리하고 고
매하리다.

19세기는 될 수 있거든 봉쇄하여버리오. 도스토옙스키19세기 러시아
리얼리즘 문학의 대표 소설가 정신이란 자칫하면 낭비인 것 같소. 위고프랑스
의 시인이자 극작가를 불란서의 빵 한 조각이라고는 누가 그랬는지 지언
지극히 당연한 말인 듯싶소. 그러나 인생 혹은 그 모형에 있어서 디테일
때문에 속는다거나 해서야 되겠소? 화모든 재앙과 액화를 보지 마오. 부
디 그대께 고하는 것이니…….
  '테이프가 끊어지면 피가 나오. 생채기도 머지않아 완치될 줄 믿
소. 굿바이.'

감정은 어떤 포즈—그 포즈의 소素만을 지적하는 것이 아닌지나 모르겠소—그 포즈가 부동자세에까지 고도화할 때 감정은 딱 공급을 정지합네다.

나는 내 비범한 발육을 회고하여 세상을 보는 안목을 규정하였소. 여왕봉여왕벌과 미망인—세상의 하고많은 여인이 본질적으로 이미 미망인이 아닌 이가 있으리까? 아니, 여인의 전부가 그 일상에 있어서 개개 '미망인'이라는 내 논리가 뜻밖에도 여성에 대한 모독이 되오? 굿바이.

그 33번지라는 것이 구조가 흡사 유곽많은 창녀를 두고 매음 영업을 하는 집이라는 느낌이 없지 않다. 한 번지에 18가구가 죽 어깨를 맞대고 늘어서서 창호창과 문가 똑같고 아궁이 모양이 똑같다. 게다가 각 가구에 사는 사람들이 송이송이 꽃과 같이 젊다. 해가 들지 않는다. 해가 드는 것을 그들이 모른 체하는 까닭이다. 턱살밑에다 철줄을 매고 얼룩진 이부자리를 널어 말린다는 핑계로 미닫이에 해가 드는 것을 막아버린다. 침침한 방 안에서 낮잠들을 잔다. 그들은 밤에는 잠을 자지 않나? 알 수 없다. 나는 밤이나 낮이나 잠만 자느라고 그런 것을 알 길이 없다. 33번지 18가구의 낮은 참 조용하다.

조용한 것은 낮뿐이다. 어둑어둑하면 그들은 이부자리를 거둬들인다. 전등불이 켜진 뒤의 18가구는 낮보다 훨씬 화려하다. 저물도록 미닫이 여닫는 소리가 잦다. 바빠진다. 여러 가지 냄새가 나기 시작한다. 비웃^{청어} 굽는 내, 탕고도란^{일제강점기에 많이 쓰던 화장품 이름} 내, 뜨물 내, 비누 내…….

그러나 이런 것들보다도 그들의 문패가 제일로 고개를 끄덕이게 하는 것이다. 이 18가구를 대표하는 대문이라는 것이 일각이 져서 외따로 떨어지기는 했으나 있다. 그러나 그것은 한 번도 닫힌 일이 없는 한길이나 마찬가지 대문인 것이다. 온갖 장사치들은 하루 가운데 어느 시간에라도 이 대문을 통하여 드나들 수 있는 것이다. 이네들은 문간에서 두부를 사는 것이 아니라 미닫이를 열고 방에서 두부를 사는 것이다. 이렇게 생긴 33번지 대문에 그들 18가구의 문패를 몰아다 붙이는 것은 의미가 없다. 그들은 어느 사이엔가 각 미닫이 위 백인당百忍堂이니 길상당吉祥堂이니 써 붙인 한 곁에다 문패를 붙이는 풍속을 가져버렸다.

내 방 미닫이 위 한 곁에 칼표^{담배 이름} 딱지를 넷에다 낸 것만 한 내, 아니! 내 아내의 명함이 붙어 있는 것도 이 풍속을 좇은 것이 아닐 수 없다.

나는 그러나 그들의 아무와도 놀지 않는다. 놀지 않을 뿐만 아니라 인사도 않는다. 나는 내 아내와 인사하는 외에 누구와도 인사하고 싶지 않았다.

내 아내 외의 다른 사람과 인사를 하거나 놀거나 하는 것은 내 아내 낯을 보아 좋지 않은 일인 것만 같이 생각이 들었기 때문이다. 나는 이만큼까지 내 아내를 소중히 생각한 것이다.

내가 이렇게까지 내 아내를 소중히 생각한 까닭은 이 33번지 18가구 속에서 내 아내가 내 아내의 명함처럼 제일 작고 제일 아름다운 것을 안 까닭이다. 18가구에 각기 별러 든 송이송이 꽃들 가운데서도 내 아내가 특히 아름다운 한 떨기의 꽃으로, 이 함석지붕 밑 볕 안 드는 지역에서 어디까지든지 찬란하였다. 따라서 그런 한 떨기 꽃을 지키고, 아니 그 꽃에 매달려 사는 나라는 존재가 도무지 형언할 수 없는 거북살스러운 존재가 아닐 수 없었던 것은 물론이다.

나는 어디까지든지 내 방이—집이 아니다. 집은 없다—마음에 들었다. 방 안의 기온은 내 체온을 위하여 쾌적하였고, 방 안의 침침한 정도가 또한 내 안력을 위하여 쾌적하였다. 나는 내 방 이상의 서늘한 방도, 또 따뜻한 방도 희망하지 않았다. 이 이상으로 밝거나 이 이상으로 아늑한 방은 원하지 않았다. 내 방은 나 하나를 위하여 요만한 정도를 꾸준히 지키는 것 같아 늘 내 방에 감사하였고, 나는 또 이런 방을 위하여 이 세상에 태어난 것만 같아서 즐거웠다.

그러나 이것은 행복이라든가 불행이라든가 하는 것을 계산하는 것은 아니었다. 말하자면 나는 내가 행복되다고도 생각할 필요가 없었고, 그렇다고 불행하다고도 생각할 필요가 없었다. 그냥 그날 그날을 그저 까닭 없이 펀둥펀둥 게으르고만 있으면 만사는 그만이었던 것이다.

　내 몸과 마음에 옷처럼 잘 맞는 방 속에서 뒹굴면서 축 처져 있는 것은 행복이니 불행이니 하는 그런 세속적인 계산을 떠난 가장 편리하고 안일한, 말하자면 절대적인 상태인 것이다. 나는 이런 상태가 좋았다.

　이 절대적인 내 방은 대문간에서 세어서 똑 일곱째 칸이다. 러키 세븐의 뜻이 없지 않다. 나는 이 일곱이라는 숫자를 훈장처럼 사랑하였다. 이런 이 방이 가운데 장지^{방과 방 사이에 칸을 막아 끼우는 문}로 말미암아 두 칸으로 나뉘어 있었다는 그것이 내 운명의 상징이었던 것을 누가 알랴?

　아랫방은 그래도 해가 든다. 아침결에 책보만 한 해가 들었다가 오후에 손수건만 해지면서 나가버린다. 해가 영영 들지 않는 윗방이 즉 내 방인 것은 말할 것도 없다. 이렇게 볕 드는 방이 아내 방이요, 볕 안 드는 방이 내 방이요 하고 아내와 나 둘 중에 누가 정했는지 나는 기억하지 못한다.

　그러나 나에게는 불평이 없다.

　아내가 외출만 하면 나는 얼른 아랫방으로 와서 그 동쪽으로 난 들창을 열어놓고, 열어놓으면 들이비치는 햇살이 아내의 화장대를 비춰 가지각색 병들이 아롱이 지면서 찬란하게 빛나고, 이렇게 빛나는 것을 보는 것은 다시없는 내 오락이다. 나는 조그만 돋보기를

꺼내가지고 아내만이 사용하는 지리가미휴지의 일본말를 꺼내가지고
그슬려가면서 불장난을 하고 논다. 평행광선을 굴절시켜서 한 초점
에 모아가지고 그 초점이 따근따근해지다가, 마지막에는 종이를 그
슬리기 시작하고 가느다란 연기를 내면서 드디어 구멍을 뚫어놓는
데까지 이르는 고 얼마 안 되는 동안의 초조한 맛이 죽고 싶을 만치
내게는 재미있었다.

　이 장난이 싫증이 나면 나는 또 아내의 손잡이 거울을 가지고 여
러 가지로 논다. 거울이란 제 얼굴을 비출 때만 실용품이다. 그 외
의 경우에는 도무지 장난감인 것이다.

　이 장난도 곧 싫증이 난다. 나의 유희심은 육체적인 데서 정신적
인 데로 비약한다. 나는 거울을 내던지고 아내의 화장대 앞으로 가
까이 가서 나란히 늘어놓은 고 가지각색의 화장품 병들을 들여다본
다. 고것들은 세상의 무엇보다도 매력적이다. 나는 그중의 하나만
을 골라서 가만히 마개를 빼고 병 구멍을 내 코에 가져다 대고 숨죽
이듯이 가벼운 호흡을 하여본다. 이국적인 센슈얼한감각적인 향기가
폐로 스며들면 나는 저절로 스르르 감기는 내 눈을 느낀다. 확실히
아내의 체취의 파편이다. 나는 도로 병마개를 막고 생각해본다. 아
내의 어느 부분에서 요 냄새가 났던가를…… 그러나 그것은 분명하
지 않다. 왜? 아내의 체취는 여기 늘어선 가지각색 향기의 합계일
것이니까.

아내의 방은 늘 화려하였다. 내 방이 벽에 못 한 개 꽂히지 않은 소박한 것인 반대로, 아내 방에는 천장 밑으로 쫙 돌려 못이 박히고, 못마다 화려한 아내의 치마와 저고리가 걸렸다. 여러 가지 무늬가 보기 좋다. 나는 그 여러 조각의 치마에서 늘 아내의 동체^{몸체, 몸통}와 그 동체가 될 수 있는 여러 가지 포즈를 연상하고 연상하면서 내 마음은 늘 점잖지 못하다.

그렇건만 나에게는 옷이 없었다. 아내는 내게는 옷을 주지 않았다. 입고 있는 코르덴 양복 한 벌이 내 자리옷^{잠옷}이었고 통상복과 나들이옷을 겸한 것이었다. 그리고 하이넥^{목까지 높이 올라온 옷깃}의 스웨터가 한 조각 사철을 통한 내 내의다. 그것들은 하나같이 다 빛이 검다. 그것은 내 짐작 같아서는, 즉 빨래를 될 수 있는 데까지 하지 않아도 보기 싫지 않도록 하기 위한 것이 아닌가 한다. 나는 허리와 두 가랑이 세 군데 다 고무밴드가 끼여 있는 부드러운 사루마다^{잠방이의 일본말}를 입고 그리고 아무 소리 없이 잘 놀았다.

어느덧 손수건만 해졌던 볕이 나갔는데 아내는 외출에서 돌아오지 않는다. 나는 요만 일에도 좀 피곤하였고, 또 아내가 돌아오기 전에 내 방으로 가 있어야 될 것을 생각하고 그만 내 방으로 건너간다. 내 방은 침침하다. 나는 이불을 뒤집어쓰고 낮잠을 잔다. 한 번도 걷은 일이 없는 내 이부자리는 내 몸뚱이의 일부분처럼 내게는 참 반갑다. 잠은 잘 오는 적도 있다. 그러나 또 전신이 까칫까칫하면서 영 잠이 오지 않는 적도 있다. 그런 때는 아무 제목으로나 제목을 하나 골라서 연구하였다. 나는 내 좀 축축한 이불 속에서 참 여러 가지 발명도 하였고 논문도 많이 썼다. 시도 많이 지었다. 그러나 그것들은 내가 잠이 드는 것과 동시에 내 방에 담겨서 철철 넘치는 그 흐늑흐늑한 공기에 다 비누처럼 풀어져서 온 데 간 데가 없고, 한잠 자고 깬 나는 속이 무명 형겊이나 메밀 껍질로 띵띵 찬 한 덩어리 베개와도 같은 한 벌 신경이었을 뿐이고 뿐이고 하였다.

그러기에 나는 빈대가 무엇보다도 싫었다. 그러나 내 방에서는 겨울에도 몇 마리의 빈대가 끊이지 않고 나왔다. 내게 근심이 있었다면 오직 이 빈대를 미워하는 근심일 것이다. 나는 빈대에게 물려서 가려운 자리를 피가 나도록 긁었다. 쓰라리다. 그것은 그윽한 쾌감에 틀림없었다. 나는 혼곤히 잠이 든다.

나는 그러나 그런 이불 속의 사색생활에서도 적극적인 것을 궁리하는 법이 없다. 내게는 그럴 필요가 대체 없었다. 만일 내가 그런 좀 적극적인 것을 궁리해내었을 경우에 나는 반드시 내 아내와 의논하여야 할 것이고, 그러면 반드시 나는 아내에게 꾸지람을 들을 것이고—나는 꾸지람이 무서웠다느니보다는 성가셨다. 내가 제법 한 사람의 사회인의 자격으로 일을 해보는 것도 아내에게 사설 듣는 것도 나는 가장 게으른 동물처럼 게으른 것이 좋았다. 될 수만 있으면 이 무의미한 인간의 탈을 벗어버리고도 싶었다.

나에게는 인간 사회가 스스러웠다. 생활이 스스러웠다. 모두가

서먹서먹할 뿐이었다.

    아내는 하루에 두 번 세수를 한다. 나는 하루 한 번도 세수를 하지 않는다. 나는 밤중 세 시나 네 시쯤 해서 변소에 갔다. 달이 밝은 밤에는 한참씩 마당에 우두커니 섰다가 들어오곤 한다. 그러니까 나는 이 18가구의 아무와도 얼굴이 마주치는 일이 거의 없다. 그러면서도 나는 이 18가구의 젊은 여인네 얼굴들을 거반 다 기억하고 있었다. 그들은 하나같이 내 아내만 못하였다.

    열한 시쯤 해서 하는 아내의 첫 번 세수는 좀 간단하다. 그러나 저녁 일곱 시쯤 해서 하는 두 번째 세수는 손이 많이 간다. 아내는 낮에보다도 밤에 더 좋고 깨끗한 옷을 입는다. 그리고 낮에도 외출하고 밤에도 외출하였다.

    아내에게 직업이 있었던가? 나는 아내의 직업이 무엇인지 알 수 없다. 만일 아내에게 직업이 없었다면, 같이 직업이 없는 나처럼 외출할 필요가 생기지 않을 것인데…… 아내는 외출한다. 외출할 뿐만 아니라 내객^{찾아온 손님}이 많다. 아내에게 내객이 많은 날은 나는 온종일 내 방에서 이불을 쓰고 누워 있어야만 된다. 불장난도 못한다. 화장품 냄새도 못 맡는다. 그런 날은 나는 의식적으로 우울해하였다. 그러면 아내는 나에게 돈을 준다. 오십 전짜리 은화다. 나는 그것이 좋았다. 그러나 그것을 무엇에 써야 옳을지 몰라서 늘 머리맡에 던져두고 두고 한 것이 어느 결에 모여서 꽤 많아졌다. 어느 날

이것을 본 아내는 금고처럼 생긴 벙어리를 사다 준다. 나는 한 푼씩 한 푼씩 고 속에 넣고 열쇠는 아내가 가져갔다. 그 후에도 나는 더러 은화를 그 벙어리에 넣은 것을 기억한다. 그리고 나는 게을렀다. 얼마 후 아내의 머리 쪽에 보지 못하던 누깔잠^{비녀의 일종}이 하나 여드름처럼 돋았던 것은 바로 그 금고형 벙어리의 무게가 가벼워졌다는 증거일까. 그러나 나는 드디어 머리맡에 놓였던 그 벙어리에 손을 대지 않고 말았다. 내 게으름은 그런 것에 내 주의를 환기시키기도 싫었다.

아내에게 내객이 있는 날은 이불 속으로 암만 깊이 들어가도 비 오는 날만큼 잠이 잘 오지 않았다. 나는 그런 때 아내에게는 왜 늘 돈이 있나, 왜 돈이 많은가를 연구했다.

내객들은 장지 저쪽에 내가 있는 것을 모르나 보다. 내 아내와 나도 좀 하기 어려운 농을 아주 서슴지 않고 쉽게 해 내던지는 것이다. 그러나 내 아내의 내객 가운데 서너 사람의 내객들은 늘 비교적 점잖았다고 볼 수 있는 것이 자정이 좀 지나면 으레 돌아들 갔다. 그들 가운데는 퍽 교양이 얕은 자도 있는 듯싶었는데, 그런 자는 보통 음식을 사다 먹고 논다. 그래서 보충을 하고 대체로 무사하였다.

나는 우선 아내의 직업이 무엇인가를 연구하기에 착수하였으나 좁은 시야와 부족한 지식으로는 이것을 알아내기 힘이 든다. 나는 끝끝내 내 아내의 직업이 무엇인가를 모르고 말려나 보다.

아내는 늘 진솔^{한 번도 빨지 않은 새것 그대로인 것} 버선만 신었다. 아내는
밥도 지었다. 아내가 밥 짓는 것을 나는 한 번도 구경한 일은 없으
나 언제든지 끼니때면 내 방으로 내 조석밥을 날라다 주는 것이다.
우리 집에는 나와 내 아내 외의 다른 사람은 아무도 없다. 이 밥은
분명 아내가 손수 지었음에 틀림없다.

그러나 아내는 한 번도 나를 자기 방으로 부른 일은 없다. 나는
늘 윗방에서 나 혼자서 밥을 먹고 잠을 잤다. 밥은 너무 맛이 없었
다. 반찬이 너무 엉성하였다. 나는 닭이나 강아지처럼 말없이 주는
모이를 넙적넙적 받아먹기는 했으나 내심 야속하게 생각한 적도 더
러 없지 않다. 나는 안색이 여지없이 창백해가면서 말라 들어갔다.
나날이 눈에 보이듯이 기운이 줄어들었다. 영양부족으로 하여 몸뚱
이 곳곳의 뼈가 불쑥불쑥 내밀었다. 하룻밤 사이에도 수십 차를 돌
아눕지 않고는 여기저기가 배겨서 나는 배겨낼 수가 없었다.

그렇기 때문에 나는 내 이불 속에서 아내가 늘 흔히 쓸 수 있는
저 돈의 출처를 탐색해내는 일변 장지 틈으로 새어나오는 아랫방의
음성은 무엇일까를 간단히 연구하였다. 나는 잠이 잘 안 왔다.

깨달았다. 아내가 쓰는 돈은 그, 내게는 다만 실없는 사람들로밖
에 보이지 않는 까닭 모를 내객들이 놓고 가는 것이 틀림없으리라
는 것을 깨달았다. 그러나 왜 그들 내객은 돈을 놓고 가나, 왜 내 아
내는 그 돈을 받아야 되나 하는 예의 관념이 내게는 도무지 알 수 없
는 것이었다.

그것은 그저 예의에 지나지 않는 것일까, 그렇지 않으면 혹 무슨 대가일까, 보수일까. 내 아내가 그들의 눈에는 동정을 받아야만 할 한 가엾은 인물로 보였던가.

　이런 것들을 생각하노라면 으레 내 머리는 그냥 혼란하여버리곤 하였다. 잠들기 전에 획득했다는 결론이 오직 불쾌하다는 것뿐이었으면서도 나는 그런 것을 아내에게 물어보거나 한 일이 참 한 번도 없다. 그것은 대체 귀찮기도 하려니와 한잠 자고 일어나면 나는 사뭇 딴사람처럼 이것도 저것도 다 깨끗이 잊어버리고 그만두는 까닭이다.

　내객들이 돌아가고, 혹 밤 외출에서 돌아오고 하면 아내는 경편한 것으로 옷을 바꾸어 입고 내 방으로 나를 찾아온다. 그리고 이불을 들치고 내 귀에는 영 생동생동한 몇 마디 말로 나를 위로하려 든다. 나는 조소 비웃음도 고소 쓴웃음도 홍소 입을 크게 벌리고 웃거나 떠들썩하게 웃음도 아닌 웃음을 얼굴에 띠고 아내의 아름다운 얼굴을 쳐다본다. 아내는 방그레 웃는다. 그러나 그 얼굴에 떠도는 일말의 애수를 나는 놓치지 않는다.

　아내는 능히 내가 배고파하는 것을 눈치챌 것이다. 그러나 아랫방에서 먹고 남은 음식을 나에게 주려 들지는 않는다. 그것은 어디까지든지 나를 존경하는 마음일 것임에 틀림없다. 나는 배가 고프면서도 적이 마음이 든든한 것을 좋아했다. 아내가 무엇이라고 지껄이고 갔는지 귀에 남아 있을 리가 없다. 다만 내 머리맡에 아내가 놓고 간 은화가 전등불에 흐릿하게 빛나고 있을 뿐이다.

고 금고형 벙어리 속에 고 은화가 얼마만큼이나 모였을까. 나는 그러나 그것을 쳐들어 보지 않았다. 그저 아무런 의욕도 기원도 없이 그 단춧구멍처럼 생긴 틈사구니_{틈바구니}로 은화를 떨어뜨려 둘 뿐이었다.

왜 아내의 내객들이 아내에게 돈을 놓고 가나 하는 것이 풀 수 없는 의문인 것같이, 왜 아내는 나에게 돈을 놓고 가나 하는 것도 역시 나에게는 똑같이 풀 수 없는 의문이었다. 내 비록 아내가 내게 돈을 놓고 가는 것이 싫지 않았다 하더라도 그것은 다만 고것이 내 손가락에 닿는 순간에서부터 고 벙어리 주둥이에서 자취를 감추기까지의 하잘것없는 짧은 촉각이 좋았달 뿐이지 그 이상 아무 기쁨도 없다.

어느 날 나는 고 벙어리를 변소에 갖다 넣어버렸다. 그때 벙어리 속에는 몇 푼이나 되는지 모르겠으나 고 은화들이 꽤 들어 있었다.

나는 내가 지구 위에 살며 내가 이렇게 살고 있는 지구가 질풍신뢰_{빠르고 심하게 변하는 상태를 이르는 말}의 속력으로 광대무변_{넓고 커서 끝이 없음}의 공간을 달리고 있다는 것을 생각했을 때 참 허망하였다. 나는 이렇게 부지런한 지구 위에서는 현기증도 날 것 같고 해서 한시바삐 내려버리고 싶었다.

이불 속에서 이런 생각을 하고 난 뒤에는 나는 고 은화를 고 벙어리에 넣고 넣고 하는 것조차 귀찮아졌다. 나는 아내가 손수 벙어리를 사용하였으면 하고 희망하였다. 벙어리도 돈도 사실에는 아내에게만 필요한 것이지 내게는 애초부터 의미가 전연 없는 것이었으니까 될 수만 있으면 그 벙어리를 아내가 아내 방으로 가져갔으면 하고 기다렸다. 그러나 아내는 가져가지 않는다. 나는 내가 아내 방으로 가져다 둘까 하고 생각하여보았으나 그 즈음에는 아내의 내객이 원체 많아서 내가 아내 방에 가볼 기회가 도무지 없었다. 그래서 나는 하는 수 없이 변소에 갖다 집어넣어버리고 만 것이다.

　나는 서글픈 마음으로 아내의 꾸지람을 기다렸다. 그러나 아내는 끝내 아무 말도 나에게 묻지도 하지도 않았다. 않았을 뿐 아니라 여전히 돈은 돈대로 내 머리맡에 놓고 가지 않나? 내 머리맡에는 어느덧 은화가 꽤 많이 모였다.

　내객이 아내에게 돈을 놓고 가는 것이나 아내가 내게 돈을 놓고 가는 것이나 일종의 쾌감, 그 외의 다른 아무런 이유도 없는 것이 아닐까 하는 것을 나는 또 이불 속에서 연구하기 시작하였다.

　쾌감이라면 어떤 종류의 쾌감일까를 계속하여 연구하였다. 그러나 그것은 이불 속의 연구로는 알 길이 없었다. 쾌감, 쾌감 하고 나는 뜻밖에도 이 문제에 대해서만 흥미를 느꼈다.

　아내는 물론 나를 늘 감금하여두다시피 하여왔다. 내게 불평이 있을 리 없다. 그런 중에도 나는 그 쾌감이라는 것의 유무를 체험하고 싶었다.

나는 아내의 밤 외출 틈을 타서 밖으로 나왔다. 나는 거리에서 잊어버리지 않고 가지고 나온 은화를 지폐로 바꾼다. 오 원이나 된다. 그것을 주머니에 넣고 나는 목적지를 잃어버리기 위하여 얼마든지 거리를 쏘다녔다. 오래간만에 보는 거리는 거의 경이에 가까울 만큼 내 신경을 흥분시키지 않고는 마지않았다. 나는 금시에 피곤하여버렸다. 그러나 나는 참았다. 그리고 밤이 이슥하도록 까닭을 잊어버린 채 이 거리 저 거리로 지향 없이 헤매었다. 돈은 물론 한 푼도 쓰지 않았다. 돈을 쓸 아무 엄두도 나서지 않았다. 나는 벌써 돈을 쓰는 기능을 완전히 상실한 것 같았다.

나는 과연 피로를 이 이상 견디기가 어려웠다. 나는 가까스로 내 집을 찾았다. 나는 내 방을 가려면 아내 방을 통과하지 않으면 안 될 것을 알고 아내에게 내객이 있나 없나를 걱정하면서 미닫이 앞에서 좀 거북살스럽게 기침을 한번 했더니, 이것은 참 또 너무도 암상스럽게 미닫이가 열리면서 아내의 얼굴과 그 등 뒤에 낯선 남자의 얼굴이 이쪽을 내다보는 것이다. 나는 별안간 내어 쏟아지는 불빛에 눈이 부셔서 좀 머뭇머뭇했다.

나는 아내의 눈초리를 못 본 것은 아니다. 그러나 나는 모른 체하는 수밖에 없었다. 왜? 나는 어쨌든 아내의 방을 통과하지 아니하면 안 되니까…….

나는 이불을 뒤집어썼다. 무엇보다도 다리가 아파서 견딜 수가 없었다. 이불 속에서는 가슴이 울렁거리면서 암만해도 까무러칠 것만 같았다. 걸을 때는 몰랐더니 숨이 차다. 등에 식은땀이 쭉 내뱄다. 나는 외출한 것을 후회하였다. 이런 피로를 잊고 어서 잠이 들었으면 좋았다. 한잠 잘 자고 싶었다.

얼마 동안이나 비스듬히 엎드려 있었더니 차츰차츰 뚝딱거리는 가슴 동기動氣가 가라앉는다. 그만해도 우선 살 것 같았다. 나는 몸을 되돌려 반듯이 천장을 향하여 눕고 쭈욱 다리를 뻗었다.

그러나 나는 또다시 가슴의 동기를 피할 수 없게 되었다. 아랫방에서 아내와 그 남자의 내 귀에도 들리지 않을 만치 옅은 목소리로 소곤거리는 기척이 장지 틈으로 전하여왔던 것이다. 청각을 더 예민하게 하기 위하여 나는 눈을 떴다. 그리고 숨을 죽였다. 그러나 그때는 벌써 아내와 남자는 앉았던 자리를 툭툭 털며 일어섰고, 일어서면서 옷과 모자 쓰는 기척이 나는 듯하더니 이어 미닫이가 열리고 구두 뒤축 소리가 나고, 그리고 뜰에 내려서는 소리가 쿵 하고 나면서 뒤를 따르는 아내의 고무신 소리가 두어 발자국 찍찍 나고 사뿐사뿐 나나 하는 사이에 두 사람의 발소리가 대문 쪽으로 사라졌다.

나는 아내의 이런 태도를 본 일이 없다. 아내는 어떤 사람과도 결코 소곤거리는 법이 없다. 나는 윗방에서 이불을 쓰고 누운 동안에도 혹 술에 취해서 혀가 잘 돌아가지 않는 내객들의 담화는 더러 놓치는 수가 있어도 아내의 높지도 얕지도 않은 말소리는 일찍이 한 마디도 놓쳐본 일이 없다. 더러 내 귀에 거슬리는 소리가 있어도 나는 그것이 태연한 목소리로 내 귀에 들렸다는 이유로 충분히 안심이 되었다.

그렇던 아내의 이런 태도는 필시 그 속에 여간하지 않은 사정이 있는 듯싶이 생각이 되고 내 마음은 좀 서운했으나, 그러나 그보다도 나는 좀 너무 피곤해서 오늘만은 이불 속에서 아무것도 연구치 않기로 굳게 결심하고 잠을 기다렸다. 잠은 좀처럼 오지 않았다. 대문간에 나간 아내도 좀처럼 들어오지 않았다. 그러는 동안에 흐지부지 나는 잠이 들어버렸다. 꿈이 얼쑹덜쑹 종을 잡을 수 없는 거리의 풍경을 여전히 헤맸다.

나는 몹시 흔들렸다. 내객을 보내고 들어온 아내가 잠든 나를 잡아 흔드는 것이다. 나는 눈을 번쩍 뜨고 아내의 얼굴을 쳐다보았다. 아내의 얼굴에는 웃음이 없다. 나는 좀 눈을 비비고 아내의 얼굴을 자세히 보았다. 노기가 눈초리에 떠서 얇은 입술이 바르르 떨린다. 좀처럼 이 노기가 풀리기는 어려울 것 같았다. 나는 그대로 눈을 감아버렸다. 벼락이 내리기를 기다린 것이다. 그러나 쌔근하는 숨소리가 나면서 푸시시 아내의 치맛자락 소리가 나고 장지가 여닫히며 아내는 아내 방으로 돌아갔다. 나는 다시 몸을 되돌려 이불을 뒤집어쓰고는 개구리처럼 엎드리고, 엎드려서 배가 고픈 가운데서도 오늘 밤의 외출을 또 한 번 후회하였다.

　나는 이불 속에서 아내에게 사죄하였다. 그것은 네 오해라고…….
　나는 사실 밤이 퍽이나 이슥한 줄만 알았던 것이다. 그것이 네 말마따나 자정 전인지는 정말이지 꿈에도 몰랐다. 나는 너무 피곤하였다. 오래간만에 나는 너무 많이 걸은 것이 잘못이다. 내 잘못이라면 잘못은 그것밖에는 없다. 외출은 왜 하였느냐고?
　나는 그 머리맡에 저절로 모인 오 원 돈을 아무에게라도 좋으니 주어보고 싶었던 것이다. 그뿐이다. 그러나 그것도 내 잘못이라면 나는 그렇게 알겠다. 나는 후회하고 있지 않나?
　내가 그 오 원 돈을 써버릴 수가 있었던들 나는 자정 안에 집에 돌아올 수 없었을 것이다. 그러나 거리는 너무 복잡하였고 사람은 너무도 들끓었다. 나는 어느 사람을 붙들고 그 오 원 돈을 내어주어야 할지 갈피를 잡을 수가 없었다. 그러는 동안에 나는 여지없이 피곤해버리고 말았던 것이다.
　나는 무엇보다도 좀 쉬고 싶었다. 눕고 싶었다. 그래서 나는 하는 수 없이 집으로 돌아온 것이다. 내 짐작 같아서는 밤이 어지간히 늦은 줄만 알았는데, 그것이 불행히도 자정 전이었다는 것은 참 안된 일이다. 미안한 일이다. 나는 얼마든지 사죄하여도 좋다. 그러나 종시 아내의 오해를 풀지 못하였다 하면 내가 이렇게까지 사죄하는 보람은 그럼 어디 있나? 한심하였다.

한 시간 동안을 나는 이렇게 초조하게 굴지 않으면 안 되었다. 나는 이불을 홱 젖혀버리고 일어나서 장지를 열고 아내 방으로 비칠비칠 달려갔던 것이다. 내게는 거의 의식이라는 것이 없었다. 나는 아내 이불 위에 엎드러지면서 바지 포켓 속에서 그 돈 오 원을 꺼내 아내 손에 쥐어준 것을 간신히 기억할 뿐이다.

이튿날 잠이 깨었을 때 나는 내 아내 방 아내 이불 속에 있었다. 이것이 이 33번지에서 살기 시작한 이래 내가 아내 방에서 잔 맨 처음이었다.

해가 들창에 훨씬 높았는데 아내는 이미 외출하고 벌써 내 곁에 있지는 않다. 아니! 아내는 엊저녁 내가 의식을 잃은 동안에 외출한 것인지도 모른다. 그러나 나는 그런 것을 조사하고 싶지 않았다. 다만 전신이 찌뿌드드한 것이 손가락 하나 꼼짝할 힘조차 없었다. 책보보다 좀 작은 면적의 볕이 눈이 부시다. 그 속에서 수없는 먼지가 흡사 미생물처럼 난무한다. 코가 콱 막히는 것 같다. 나는 다시 눈을 감고 이불을 푹 뒤집어쓰고 낮잠을 자기에 착수하였다. 그러나 코를 스치는 아내의 체취는 꽤 도발적이었다. 나는 몸을 여러 번 여러 번 비비 꼬면서 아내의 화장대에 늘어선 고 가지각색 화장품 병들과 고 병들의 마개를 뽑았을 때 풍기는 냄새를 더듬느라고 좀처럼 잠은 들지 않는 것을 나는 어찌하는 수도 없었다.

견디다 못하여 나는 그만 이불을 걷어차고 벌떡 일어나서 내 방

으로 갔다. 내 방에는 다 식어빠진 내 끼니가 가지런히 놓여 있는 것
이다. 아내는 내 모이를 여기다 두고 나간 것이다. 나는 우선 배가
고팠다. 한 숟갈을 입에 떠 넣었을 때 그 촉감은 참 너무도 냉회^{불기}
_{운이 전혀 없는 차가워진 재}와 같이 써늘하였다. 나는 숟갈을 놓고 내 이불
속으로 들어갔다. 하룻밤을 비워버린 내 이부자리는 여전히 반갑게
나를 맞아준다. 나는 내 이불을 뒤집어쓰고 이번에는 참 늘어지게
한잠 잤다. 잘……

내가 잠을 깬 것은 전등이 켜진 뒤다. 그러나 아내는 아직도 돌아
오지 않았나 보다. 아니! 들어왔다 또 나갔는지 알 수 없다. 그러나
그런 것을 삼고하여^{여러 번 생각하여} 무엇하나?

정신이 한결 난다. 나는 지난밤 일을 생각해보았다. 그 돈 오 원
을 아내 손에 쥐어주고 넘어졌을 때에 느낄 수 있었던 쾌감을 나는
무엇이라고 설명할 수가 없었다. 그러나 내객들이 내 아내에게 돈
놓고 가는 심리며, 내 아내가 내게 돈 놓고 가는 심리의 비밀을 나
는 알아낸 것 같아서 여간 즐거운 것이 아니다. 나는 속으로 빙그레
웃어보았다. 이런 것을 모르고 오늘까지 지내온 내 자신이 어떻게
우스꽝스러워 보이는지 몰랐다. 나는 어깨춤이 났다.

따라서 나는 또 오늘 밤에도 외출하고 싶었다. 그러나 돈이 없다.
나는 또 엊저녁에 그 돈 오 원을 한꺼번에 아내에게 주어버린 것을
후회하였다. 또 고 벙어리를 변소에 갖다 처넣어버린 것도 후회하

였다. 나는 실없이 실망하면서 습관처럼 그 돈이 들어 있던 내 바지 포켓에 손을 넣어 한번 휘둘러보았다. 뜻밖에도 내 손에 쥐어지는 것이 있었다. 이 원밖에 없다. 그러나 많아야 맛은 아니다. 얼마간 이고 있으면 된다. 나는 그만한 것이 여간 고마운 것이 아니었다.

나는 기운을 얻었다. 나는 그 단벌 다 떨어진 코르덴 양복을 걸치고 배고픈 것도 주제 사나운 것도 다 잊어버리고 활갯짓을 하면서 또 거리로 나섰다. 나서면서 나는 제발 시간이 화살 닫듯 해서 자정이 어서 휙 지나버렸으면 하고 조바심을 태웠다. 아내에게 돈을 주고 아내 방에서 자보는 것은 어디까지든지 좋았지만, 만일 잘못해서 자정 전에 집에 들어갔다가 아내의 눈총을 맞는 것은 그것은 여간 무서운 일이 아니었다. 나는 저물도록 길가 시계를 들여다보고 들여다보고 하면서 또 지향 없이 거리를 방황하였다. 그러나 이날은 좀처럼 피곤하지는 않았다. 다만 시간이 좀 너무 더디게 가는 것만 같아서 안타까웠다.

경성역 시계가 확실히 자정을 지난 것을 본 뒤에 나는 집을 향하였다. 그날은 그 일각 대문에서 아내와 아내의 남자가 이야기하고 선 것을 만났다. 나는 모르는 체하고 두 사람 곁을 지나서 내 방으로 들어갔다. 뒤이어 아내도 들어왔다. 와서는 이 밤중에 평생 안 하던 쓰레질을 하는 것이다. 조금 있다가 아내가 눕는 기척을 엿듣자마자 나는 또 장지를 열고 아내 방으로 가서 그 돈 이 원을 아내 손에 덥석 쥐어주고, 그리고—하여간 그 이 원을 오늘 밤에도 쓰지 않고 도로 가져온 것이 참 이상하다는 듯이 아내는 내 얼굴을 몇 번이고 엿보고—아내는 드디어 아무 말도 없이 나를 자기 방에 재워 주었다. 나는 이 기쁨을 세상의 무엇과도 바꾸고 싶지는 않았다. 나는 편히 잘 잤다.

이튿날도 내가 잠이 깨었을 때는 아내는 보이지 않았다. 나는 또 내 방으로 가서 피곤한 몸이 낮잠을 잤다.

내가 아내에게 흔들려 깨었을 때는 역시 불이 들어온 뒤였다. 아내는 자기 방으로 나를 오라는 것이다. 이런 일은 또 처음이다. 아내는 끊임없이 얼굴에 미소를 띠고 내 팔을 이끄는 것이다. 나는 이런 아내의 태도 이면에 엔간치 않은 음모가 숨어 있지나 않은가 하고 적이 불안을 느끼지 않을 수 없었다.

나는 아내의 하자는 대로 아내의 방으로 끌려갔다. 아내 방에는 저녁 밥상이 조촐하게 차려져 있는 것이다. 생각하여보면 나는 이틀을 굶었다. 나는 지금 배고픈 것까지도 긴가민가 잊어버리고 어름어름하던 차다.

나는 생각하였다. 이 최후의 만찬을 먹고 나자마자 벼락이 내려도 나는 차라리 후회하지 않을 것을. 사실 나는 인간 세상이 너무나 심심해서 못 견디겠던 차다. 모든 일이 성가시고 귀찮았으나 그러나 불의의 재난이라는 것은 즐겁다.

나는 마음을 턱 놓고 조용히 아내와 마주 이 해괴한 저녁밥을 먹었다. 우리 부부는 이야기하는 법이 없었다. 밥을 먹은 뒤에도 나는 말이 없이 그냥 부스스 일어나서 내 방으로 건너가버렸다. 아내는 나를 붙잡지 않았다. 나는 벽에 기대어 앉아서 담배를 한 대 피워 물고, 그리고 벼락이 떨어질 테거든 어서 떨어져라 하고 기다렸다.

오 분! 십 분!

그러나 벼락은 내리지 않았다. 긴장이 차츰 풀어지기 시작한다. 나는 어느덧 오늘 밤에도 외출할 것을 생각하고 있었다. 돈이 있었으면 하고 생각하고 있었다.

그러나 돈은 확실히 없다. 오늘은 외출하여도 나중에 올 무슨 기쁨이 있나. 나는 앞이 그냥 아뜩하였다. 나는 화가 나서 이불을 뒤집어쓰고 이리 뒹굴 저리 뒹굴 굴렀다. 금시 먹은 밥이 목으로 자꾸 치밀어 올라온다. 메스꺼웠다.

하늘에서 얼마라도 좋으니 왜 지폐가 소낙비처럼 퍼붓지 않나, 그것이 그저 한없이 야속하고 슬펐다. 나는 이렇게밖에 돈을 구하는 아무런 방법도 알지는 못했다. 나는 이불 속에서 좀 울었나 보다. 돈이 왜 없냐면서…….

그랬더니 아내가 또 내 방에를 왔다. 나는 깜짝 놀라 아마 인제서야 벼락이 내리려나 보다 하고 숨을 죽이고 두꺼비 모양으로 엎디어 있었다. 그러나 떨어진 입을 새어나오는 아내의 말소리는 참 부드러웠다. 정다웠다. 아내는 내가 왜 우는지를 안다는 것이다. 돈이 없어서 그러는 게 아니란다. 나는 실없이 깜짝 놀랐다. 어떻게 사람의 속을 환하게 들여다보는고 해서 나는 한편으로 슬그머니 겁도 안 나는 것은 아니었으나 저렇게 말하는 것을 보면 아마 내게 돈을 줄 생각이 있나 보다, 만일 그렇다면 오죽이나 좋은 일일까. 나는 이불 속에 똘똘 말린 채 고개도 들지 않고 아내의 다음 거동을 기다리고 있으니까 '옜소' 하고 내 머리맡에 내려뜨리는 것은 그 가뿐한 음향으로 보아 지폐임에 틀림없었다. 그리고 내 귀에다 대고 오늘일랑 어제보다도 좀더 늦게 돌아와도 좋다고 속삭이는 것이다. 그것은 어렵지 않다. 우선 그 돈이 무엇보다도 고맙고 반가웠다.

어쨌든 나섰다. 나는 좀 야맹증이다. 그래서 될 수 있는 대로 밝은 거리로 돌아다니기로 했다. 그러고는 경성역 일이 등 대합실 한 겹 티룸에 들렀다. 그것은 내게는 큰 발견이었다. 거기는 우선 아무도 아는 사람이 안 온다. 설사 왔다가도 곧 가니까 좋다. 나는 날마다 여기 와서 시간을 보내리라 속으로 생각하여두었다.

제일 여기 시계가 어느 시계보다도 정확하리라는 것이 좋았다. 섣불리 서투른 시계를 보고 그것을 믿고 시간 전에 집에 돌아갔다가 큰 코를 다쳐서는 안 된다.

나는 한 부스에 아무것도 없는 것과 마주 앉아서 잘 끓은 커피를 마셨다. 총총한 가운데 여객들은 그래도 한잔 커피가 즐거운가 보다. 얼른얼른 마시고 무얼 좀 생각하는 것같이 담벼락도 좀 쳐다보고 하다가 곧 나가버린다. 서글프다. 그러나 내게는 이 서글픈 분위기가 거리의 티룸들의 그 거추장스러운 분위기보다는 절실하고 마음에 들었다. 이따금 들리는 날카로운 혹은 우렁찬 기적 소리가 모차르트보다도 더 가깝다. 나는 메뉴에 적힌 몇 가지 안 되는 음식 이름을 치읽고 내리읽고 여러 번 읽었다. 그것들은 아물아물하는 것이 어딘가 내 어렸을 때 동무들 이름과 비슷한 데가 있었다.

거기서 얼마나 내가 오래 앉았는지 정신이 오락가락하는 중에, 객이 슬며시 뜸해지면서 이 구석 저 구석 걷어치우기 시작하는 것을 보면 아마 닫는 시간이 된 모양이다. 열한 시가 좀 지났구나, 여기도 결코 내 안주의 곳은 아니구나, 어디 가서 자정을 넘길까, 두루 걱정을 하면서 나는 밖으로 나섰다. 비가 온다. 빗발이 제법 굵은 것이 우비도 우산도 없는 나를 고생을 시킬 작정이다. 그렇다고 이런 괴이한 풍모를 차리고 이 홀에서 어물어물하는 수도 없고, 에이 비를 맞으면 맞았지 하고 그냥 나서버렸다.

대단히 선선해서 견딜 수가 없다. 코르덴 옷이 젖기 시작하더니 나중에는 속속들이 스며들면서 처근거린다. 비를 맞아가면서라도 견딜 수 있는 데까지 거리를 돌아다녀서 시간을 보내려 하였으나, 인제는 선선해서 이 이상은 더 견딜 수가 없다. 오한이 자꾸 일어나면서 이가 딱딱 맞부딪는다.

나는 걸음을 재우치면서 생각하였다. 오늘 같은 궂은 날도 아내에게 내객이 있으려고, 없겠지 하는 생각이 드는 것이다. 집으로 가야겠다. 아내에게 불행히 내객이 있거든 내 사정을 하리라. 사정을 하면 이렇게 비가 오는 것을 눈으로 보고 알아주겠지.

부리나케 와보니까 그러나 아내에게는 내객이 있었다. 나는 너무 춥고 척척해서 얼떨결에 노크하는 것을 잊었다. 그래서 나는 보면 아내가 좀 덜 좋아할 것을 그만 보았다. 나는 감발 자국 같은 발자국을 내면서 덤벙덤벙 아내 방을 디디고, 그리고 내 방으로 가서 쭉 빠진 옷을 활활 벗어버리고 이불을 뒤썼다. 덜덜덜덜 떨린다. 오한이 점점 더 심해 들어온다. 여전 땅이 꺼져 들어가는 것만 같았다. 나는 그만 의식을 잃어버리고 말았다.

이튿날 내가 눈을 떴을 때 아내는 내 머리맡에 앉아서 제법 근심스러운 얼굴이다. 나는 감기가 들었다. 여전히 으스스 춥고 또 골치가 아프고 입에 군침이 도는 것이 씁쓸하면서 다리팔이 척 늘어져서 노곤하다.

아내는 내 머리를 쓱 짚어보더니 약을 먹어야지 한다. 아내 손이 이마에 선뜻한 것을 보면 신열이 어지간한 모양인데 약을 먹는다면 해열제를 먹어야지 하고 속생각을 하자니까, 아내는 따뜻한 물에 하얀 정제약 네 개를 준다. 이것을 먹고 한잠 푹 자고 나면 괜찮다는 것이다. 나는 널름 받아먹었다. 쌉싸름한 것이 짐작 같아서는 아마 아스피린인가 싶다. 나는 다시 이불을 쓰고 단번에 그냥 죽은 것처럼 잠이 들어버렸다.

나는 콧물을 훌쩍훌쩍하면서 여러 날을 앓았다. 앓는 동안에 끊이지 않고 그 정제약을 먹었다. 그러는 동안에 감기도 나았다. 그러나 입맛은 여전히 소태 <small>소태나무의 껍질</small>처럼 썼다.

나는 차츰 또 외출하고 싶은 생각이 났다. 그러나 아내는 나더러 외출하지 말라고 이르는 것이다. 이 약을 날마다 먹고 그리고 가만히 누워 있으라는 것이다. 공연히 외출을 하다가 이렇게 감기가 들어서 저를 고생시키는 게 아니냐. 그도 그렇다. 그럼 외출을 하지 않겠다고 맹세하고 그 약을 연복하여 ^{복용하여} 몸을 좀 보해보리라고 나는 생각하였다.

나는 날마다 이불을 뒤집어쓰고 밤이나 낮이나 잤다. 유난스럽게 밤이나 낮이나 졸려서 견딜 수가 없는 것이다. 나는 이렇게 잠이 자꾸만 오는 것은 내가 몸이 훨씬 튼튼해진 증거라고 굳게 믿었다.

나는 아마 한 달이나 이렇게 지냈나 보다. 내 머리와 수염이 좀 너무 자라서 훗훗해서 ^{약간 갑갑할 정도로 더워서} 견딜 수가 없어서 내 거울을 좀 보리라고 아내가 외출한 틈을 타서 나는 아내 방으로 가서 아내의 화장대 앞에 앉아보았다. 상당하다. 수염과 머리가 참 산란하였다. 오늘은 이발을 좀 하리라고 생각하고 겸사겸사 고 화장품 병들 마개를 뽑고 이것저것 맡아보았다. 한동안 잊어버렸던 향기 가운데서는 몸이 배배 꼬일 것 같은 체취가 전해 나왔다. 나는 아내의 이름을 속으로만 한번 불러보았다. '연심이!' 하고…….

오래간만에 돋보기 장난도 하였다. 거울 장난도 하였다. 창에 든 볕이 여간 따뜻한 것이 아니었다. 생각하면 오월이 아니냐.

나는 커다랗게 기지개를 한번 켜보고 아내 베개를 내려 베고 벌떡 자빠져서는 이렇게도 편안하고 즐거운 세월을 하느님께 흠씬 자랑하여주고 싶었다. 나는 참 세상의 아무것과도 교섭을 가지지 않는다. 하느님도 아마 나를 칭찬할 수도 처벌할 수도 없는 것 같다.

그러나 다음 순간, 실로 세상에도 이상스러운 것이 눈에 띄었다. 그것은 최면약 아달린약품 이름 갑이었다. 나는 그것을 아내의 화장대 밑에서 발견하고 그것이 흡사 아스피린처럼 생겼다고 느꼈다. 나는 그것을 열어보았다. 똑 네 개가 비었다.

나는 오늘 아침에 네 개의 아스피린을 먹은 것을 기억하고 있었다. 나는 잤다. 어제도 그제도 그끄제도…… 나는 졸려서 견딜 수가 없었다. 나는 감기가 다 나았는데도 아내는 내게 아스피린을 주었다. 내가 잠이 든 동안에 이웃에 불이 난 일이 있다. 그때에도 나는 자느라고 몰랐다. 이렇게 나는 잤다. 나는 아스피린으로 알고 그럼 한 달 동안을 두고 아달린을 먹어온 것이다. 이것은 좀 너무 심하다.

별안간 아뜩하더니 하마터면 나는 까무러칠 뻔하였다. 나는 그 아달린을 주머니에 넣고 집을 나섰다. 그리고 산을 찾아 올라갔다. 인간 세상의 아무것도 보기가 싫었던 것이다. 걸으면서 나는 아무쪼록 아내에 관계되는 일은 일절 생각하지 않도록 노력하였다. 길에서 까무러치기 쉬우니까다. 나는 어디라도 양지가 바른 자리를 하나 골라 자리를 잡아가지고 서서히 아내에 관하여서 연구할 작정이었다. 나는 길가의 돌창, 핀 구경도 못한 진개나리꽃, 종달새, 돌멩이도 새끼를 까는 이야기, 이런 것만 생각하였다. 다행히 길가에서 나는 졸도하지 않았다.

거기는 벤치가 있었다. 나는 거기 정좌하고 그리고 그 아스피린과 아달린에 관하여 연구하였다. 그러나 머리가 도무지 혼란하여 생각이 체계를 이루지 않는다. 단 오 분이 못 가서 나는 그만 귀찮은 생각이 번쩍 들면서 심술이 났다. 나는 주머니에서 가지고 온 아달린을 꺼내 남은 여섯 개를 한꺼번에 질경질경 씹어 먹어버렸다. 맛이 익살맞다. 그러고 나서 나는 그 벤치 위에 가로 기다랗게 누웠다. 무슨 생각으로 내가 그따위 짓을 했나? 알 수가 없다. 그저 그러고 싶었다. 나는 게서 그냥 깊이 잠이 들었다. 잠결에도 바위틈으로 흐르는 물소리가 좔좔 하고 언제까지나 귀에 어렴풋이 들려왔다.

내가 잠을 깨었을 때는 날이 환히 밝은 뒤다. 나는 거기서 일주야^{만 하루}를 잔 것이다. 풍경이 그냥 노랗게 보인다. 그 속에서도 나는 번개처럼 아스피린과 아달린이 생각났다.

아스피린, 아달린, 아스피린, 아달린, 마르크스^{독일의 경제학자, 정치학자, 철학자. 사회주의를 창시함}, 말사스^{영국의 경제학자. 사회주의를 비판함}, 마도로스^{외항선의 선원}, 아스피린, 아달린······.

아내는 한 달 동안 아달린을 아스피린이라고 속이고 내게 먹였다. 그것은 아내 방에서 이 아달린 갑이 발견된 것으로 미루어 증거가 너무나 확실하다.

무슨 목적으로 아내는 나를 밤이나 낮이나 재웠어야 됐나?

나를 밤이나 낮이나 재워놓고 그리고 아내는 내가 자는 동안에 무슨 짓을 했나?

나를 조금씩 조금씩 죽이려던 것일까?

　그러나 또 생각하여보면 내가 한 달을 두고 먹어온 것이 아스피린이었는지도 모른다. 아내는 무슨 근심되는 일이 있어서 밤이면 잠이 잘 오지 않아서 정작 아내가 아달린을 사용한 것이나 아닌지, 그렇다면 나는 참 미안하다. 나는 아내에게 이렇게 큰 의혹을 가졌다는 것이 참 안됐다.

　나는 그래서 부리나케 거기서 내려왔다. 아랫도리가 홰홰 내어저이면서 어찔어찔한 것을 나는 겨우 집을 향하여 걸었다. 여덟 시 가까이였다.

　나는 내 잘못된 생각을 죄다 일러바치고 아내에게 사죄하려는 것이다. 나는 너무 급해서 그만 또 말을 잊어버렸다.

　그랬더니 이건 참 너무 큰일 났다. 나는 내 눈으로 절대로 보아서 안 될 것을 그만 딱 보아버리고 만 것이다. 나는 얼떨결에 그만 냉큼 미닫이를 닫고 그리고 현기증이 나는 것을 진정시키느라고 잠깐 고개를 숙이고 눈을 감고 기둥을 짚고 섰자니까 일 초 여유도 없이 홱 미닫이가 다시 열리더니 매무새를 풀어헤친 아내가 불쑥 내밀면서 내 멱살을 잡는 것이다. 나는 그만 어지러워서 게서 그냥 나둥그러졌다. 그랬더니 아내는 넘어진 내 위에 덮치면서 내 살을 함부로 물어뜯는 것이다. 아파 죽겠다. 나는 사실 반항할 의사도 힘도 없어서 그냥 넙죽 엎드려 있으면서 어떻게 되나 보고 있자니까, 뒤이어 남자가 나오는 것 같더니 아내를 한 아름에 덥석 안아가지고 방으로 들어가는 것이다. 아내는 아무 말 없이 다소곳이 그렇게 안겨 들어가는 것이 내 눈에 여간 미운 것이 아니다. 밉다.

아내는 너 밤새워가면서 도둑질하러 다니느냐, 계집질하러 다니느냐고 발악이다. 이것은 참 너무 억울하다. 나는 어안이 벙벙하여 도무지 입이 떨어지지를 않았다.

너는 그야말로 나를 살해하려던 것이 아니냐고 소리를 한번 꽥 질러보고도 싶었으나, 그런 긴가민가한 소리를 섣불리 입 밖에 내었다가는 무슨 화를 볼는지 알 수 있나. 차라리 억울하지만 잠자코 있는 것이 우선 상책인 듯싶이 생각이 들기에 나는 이것은 또 무슨 생각으로 그랬는지 모르지만 툭툭 털고 일어나서 내 바지 포켓 속에 남은 돈 몇 원 몇십 전을 가만히 꺼내서는 몰래 미닫이를 열고 살며시 문지방 밑에다 놓고 나서는 나는 그냥 줄달음박질을 쳐서 나와버렸다.

여러 번 자동차에 치일 뻔하면서 나는 그래도 경성역으로 찾아갔다. 빈자리와 마주 앉아서 이 쓰디쓴 입맛을 거두기 위하여 무엇으로나 입가심을 하고 싶었다.

커피! 좋다. 그러나 경성역 홀에 한 걸음 들여놓았을 때 나는 내 주머니에는 돈이 한 푼도 없는 것을, 그것을 깜박 잊었던 것을 깨달았다. 또 아뜩하였다. 나는 어디선가 그저 맥없이 머뭇머뭇하면서 어쩔 줄을 모를 뿐이었다. 얼빠진 사람처럼 그저 이리 갔다 저리 갔다 하면서……

나는 어디로 어디로 들입다 쏘다녔는지 하나도 모른다. 다만 몇 시간 후에 내가 미츠코시^{일본계 백화점. 지금의 신세계 백화점 본점} 옥상에 있는 것을 깨달았을 때는 거의 대낮이었다.

나는 거기 아무 데나 주저앉아서 내 자라온 스물여섯 해를 회고하여보았다. 몽롱한 기억 속에서는 이렇다는 아무 제목도 불거져 나오지 않았다.

나는 또 내 자신에게 물어보았다. 너는 인생에 무슨 욕심이 있느냐고. 그러나 있다고도 없다고도 그런 대답은 하기가 싫었다. 나는 거의 나 자신의 존재를 인식하기조차도 어려웠다.

허리를 굽혀서 나는 그저 금붕어나 들여다보고 있었다. 금붕어는 참 잘들도 생겼다. 작은 놈은 작은 놈대로 큰 놈은 큰 놈대로 다 싱싱하니 보기 좋았다. 내리비치는 오월 햇살에 금붕어들은 그릇 바탕에 그림자를 내려뜨렸다. 지느러미는 하늘하늘 손수건을 흔드는 흉내를 낸다. 나는 이 지느러미 수효를 헤어보기도^{세어보기도} 하면서 굽힌 허리를 좀처럼 펴지 않았다. 등허리가 따뜻하다.

나는 또 회탁^{灰濁}의 거리를 내려다보았다. 거기서는 피곤한 생활이 꼭 금붕어 지느러미처럼 흐늑흐늑 허비적거렸다. 눈에 보이지 않는 끈적끈적한 줄에 엉켜서 헤어나지들을 못한다. 나는 피로와 공복 때문에 무너져 들어가는 몸뚱이를 끌고 그 회탁의 거리 속으로 섞여 들어가지 않는 수도 없다 생각하였다.

나서서 나는 또 문득 생각하여보았다. 이 발길이 지금 어디로 향하여가는 것인가를…….

그때 내 눈앞에는 아내의 모가지가 벼락처럼 내려 떨어졌다. 아스피린과 아달린.

우리들은 서로 오해하고 있느니라. 설마 아내가 아스피린 대신에 아달린의 정량을 나에게 먹여왔을까? 나는 그것을 믿을 수는 없다. 아내가 대체 그럴 까닭이 없을 것이니, 그러면 나는 날밤을 새면서 도둑질을 계집질을 하였나? 정말이지 아니다.

우리 부부는 숙명적으로 발이 맞지 않는 절름발이인 것이다. 내나 아내나 제 거동에 로직논리을 붙일 필요는 없다. 변해할 말로 풀어 자세히 밝힐 필요도 없다. 사실은 사실대로 오해는 오해대로 그저 끝없이 발을 절뚝거리면서 세상을 걸어가면 되는 것이다. 그렇지 않을까?

그러나 나는 이 발길이 아내에게로 돌아가야 옳은가, 이것만은 분간하기가 좀 어려웠다. 가야 하나? 그럼 어디로 가나?

이때 뚜우 하고 정오 사이렌이 울었다. 사람들은 모두 네 활개를 펴고 닭처럼 푸드덕거리는 것 같고, 온갖 유리와 강철과 대리석과 지폐와 잉크가 부글부글 끓고 수선을 떨고 하는 것 같은 찰나, 그야말로 현란을 극한 정오다.

나는 불현듯 겨드랑이가 가렵다. 아하, 그것은 내 인공의 날개가 돋았던 자국이다. 오늘은 없는 이 날개, 머릿속에서는 희망과 야심이 말소된 페이지가 딕셔너리사전 넘어가듯 번뜩였다.

나는 걷던 걸음을 멈추고 그리고 일어나 한번 이렇게 외쳐보고 싶었다.

　날개야, 다시 돋아라.

　날자. 날자. 날자. 한 번만 더 날자꾸나.

　한 번만 더 날아보자꾸나.

−1936년

· · ·
봉별기

1

스물세 살이오—삼월이오—각혈이다. 여섯 달 잘 기른 수염을 하루 면도칼로 다듬어 코밑에 다만 나비만큼 남겨가지고 약한 제 지어들고 B라는 신개지새로 개간한 땅 한적한 온천으로 갔다. 게서 나는 죽어도 좋았다. 그러나 이내 아직 기를 펴지 못한 청춘이 약탕관을 붙들고 늘어져서는 날 살리라고 보채는 것은 어찌하는 수가 없다. 여관 한등쓸쓸히 비치는 등불 아래 밤이면 나는 억울해했다. 사흘을 못 참고 기어이 나는 여관 주인 영감을 앞장세워 밤에 장구 소리 나는 집으로 찾아갔다. 게서 만난 것이 금홍錦紅이다.

"몇 살인구?"

체대^{몸의 크기}가 비록 풋고추만 하나 깡그라진 계집이 제법 맛이 맵다. 열다섯 살? 많아야 열아홉 살이지 하고 있자니까,

"스물한 살이에요."

"그럼 내 나인 몇 살이나 돼 뵈지?"

"글쎄, 마흔? 서른아홉?"

나는 그저 흥! 그래 버렸다. 그리고 팔짱을 떡 끼고 앉아서는 더욱더욱 점잖은 체했다. 그냥 그날은 무사히 헤어졌건만……

이튿날 화우 K군이 왔다. 이 사람인즉 나와 농하는 친구다. 나는 어쩌는 수 없이 그 나비 같다면서 달고 다니던 코밑수염을 아주 밀어버렸다. 그리고 날이 저물기가 급하게 또 금홍이를 만나러 갔다.

"어디서 뵌 어른 겉은데."

"엊저녁에 왔던 수염 난 양반, 내가 바루 아들이지. 목소리꺼지 닮었지?"

하고 익살을 부렸다. 주석^{술자리}이 어느덧 파하고 마당에 내려서다가 K군의 귀에 대고 나는 이렇게 속삭였다.

"어때? 괜찮지? 자네 한번 얼러보게."

"관두게, 자네나 얼러보게."

"어쨌든 여관으로 끌구 가서 짱껭뽕^{가위바위보}을 해서 정허기루 허세나."

"거 좋지."

그랬는데 K군은 측간^{변소}에 가는 체하고 피해버렸기 때문에 나는

부전승^{상대편의 기권으로 경기를 치르지 아니하고 이김}으로 금홍이를 이겼다. 그
날 밤에 금홍이는 금홍이가 경산부^{아기를 낳은 경험이 있는 여자}라는 것을
감추지 않았다.

"언제?"

"열여섯 살에 머리 얹어서 열일곱 살에 낳았지."

"아들?"

"딸."

"어딨나?"

"돌 만에 죽었어."

지어가지고 온 약은 집어치우고 나는 전혀 금홍이를 사랑하는 데
만 골몰했다. 못난 소린 듯하나 사랑의 힘으로 각혈이 다 멈췄으니까.

나는 금홍이에게 놀음채^{놀음차. 기생에게 놀아준 대가로 주는 돈이나 물건}를
주지 않았다. 왜? 날마다 밤마다 금홍이가 내 방에 있거나 내가 금
홍이 방에 있거나 했기 때문에—그 대신—우禹라는 불란서 유학
생의 유야랑^{주색잡기에 빠진 사람}을 나는 금홍이에게 권하였다. 금홍이
는 내 말대로 우씨와 더불어 '독탕'에 들어갔다. 이 독탕이라는 것
은 좀 음란한 설비였다. 나는 이 음란한 설비 문간에 나란히 벗어놓
은 우씨와 금홍이 신발을 보고 언짢아하지 않았다. 나는 또 내 곁방
에 와 묵고 있는 C라는 변호사에게도 금홍이를 권하였다. C는 내
열성에 감동되어 하는 수 없이 금홍이 방을 범했다.

그러나 사랑하는 금홍이는 늘 내 곁에 있었다. 그리고 우, C 등등

에게서 받은 십 원 지폐를 여러 장 꺼내놓고 어리광 섞어 내게 자랑도 하는 것이었다. 그러자 나는 백부님 소상^{죽은 지 일 년 만에 지내는 제사} 때문에 귀경하지 않으면 안 되게 되었다. 복숭아꽃이 만발하고 정자 곁으로 석간수^{바위틈에서 나오는 샘물}가 졸졸 흐르는 좋은 터전을 한 군데 찾아가서 우리는 석별의 하루를 즐겼다. 정거장에서 나는 금홍이에게 십 원 지폐 한 장을 쥐어주었다. 금홍이는 이것으로 전당잡힌 시계를 찾겠다고 그러면서 울었다.

2

금홍이가 내 아내가 되었으니까 우리 내외는 참 사랑했다. 서로 지나간 일은 묻지 않기로 하였다. 과거래야 내 과거가 무엇 있을까닭이 없고 말하자면 내가 금홍이 과거를 묻지 않기로 한 약속이나 다름없다.

금홍이는 겨우 스물한 살인데 서른한 살 먹은 사람보다도 나았다. 서른한 살 먹은 사람보다도 나은 금홍이가 내 눈에는 열일곱 살 먹은 소녀로만 보이고, 금홍이 눈에 마흔 살 먹은 사람으로 보인 나는 기실 스물세 살이요, 게다가 주책^{일정하게 자리 잡힌 주장이나 판단력}이 좀 없어서 똑 여남은 살 먹은 아이 같다. 우리 내외는 이렇게 세상에도 없이 현란하고 아기자기하였다.

부질없는 세월이—일 년이 지나고 팔월, 여름으로는 늦고 가을로는 이른 그 북새통에—금홍이에게는 예전 생활에 대한 향수가 왔다.

나는 밤이나 낮이나 누워 잠만 자니까 금홍이에게 대하여 심심하다. 그래서 금홍이는 밖에 나가 심심치 않은 사람들을 만나 심심치 않게 놀고 돌아오는, 즉 금홍이의 협착한 생활이 금홍이의 향수를 향하여 발전하고 비약하기 시작하였다는 데 지나지 않는 이야기다.

그런데 이번에는 내게 자랑을 하지 않는다. 않을 뿐만 아니라 숨기는 것이다. 이것은 금홍이로서 금홍이답지 않은 일일밖에 없다. 숨길 것이 있나? 숨기지 않아도 좋지. 자랑을 해도 좋지.

나는 아무 말도 하지 않는다. 나는 금홍이 오락의 편의를 돕기 위하여 가끔 P군 집에 가 갔다. P군은 나를 불쌍하다고 그랬던가 싶이 지금 기억된다.

나는 또 이런 것을 생각하지 않았던 것도 아니다. 즉 남의 아내라는 것은 정조를 지켜야 하느니라고!

금홍이는 나를 나태한 생활에서 깨우치게 하기 위하여 우정 간음하였다고 나는 호의로 해석하고 싶다. 그러나 세상에 흔히 있는 아내다운 예의를 지키는 체해본 것은 금홍이로서 말하자면 천려의 일실_{천 번 생각에 한 번 실수라는 뜻}이 아닐 수 없다.

이런 실없는 정조를 간판 삼자니까 자연 나는 외출이 잦았고 금홍이 사업에 편의를 돕기 위하여 내 방까지도 개방하여주었다. 그러는 중에도 세월은 흐르는 법이다.

하루 나는 제목 없이 금홍이에게 몹시 얻어맞았다. 나는 아파서 울고 나가서 사흘을 들어오지 못했다. 너무도 금홍이가 무서웠다. 나흘 만에 와보니까 금홍이는 때 묻은 버선을 윗목에다 벗어놓고 나가버린 뒤였다. 이렇게도 못나게 홀아비가 된 내게 몇 사람의 친구가 금홍이에 관한 불미한 가십을 가지고 와서 나를 위로하는 것이었으나 종시 나는 그런 취미를 이해할 도리가 없었다. 버스를 타고 금홍이와 남자는 멀리 과천 관악산으로 가는 것을 보았다는데 정말 그렇다면 그 사람은 내가 쫓아가서 야단이나 칠까 봐 무서워서 그런 모양이니까 퍽 겁쟁이다.

3

인간이라는 것은 임시 거부하기로 한 내 생활이 기억력이라는 민첩한 작용을 하지 않았기 때문에 두 달 후에는 나는 금홍이라는 성명 세 자까지도 말쑥하게 잊어버리고 말았다. 그런 두절된 세월 가운데 하루 길일을 복하여 금홍이가 왕복엽서처럼 돌아왔다. 나는 그만 깜짝 놀랐다.

금홍이의 모양은 뜻밖에도 초췌하여 보이는 것이 참 슬펐다. 나는 꾸짖지 않고 맥주와 붕어과자와 장국밥을 사 먹여가면서 금홍이를 위로해주었다. 그러나 금홍이는 좀처럼 화를 풀지 않고 울면서 나를 원망하는 것이었다. 할 수 없어서 나도 그만 울어버렸다.

"그렇지만 너무 늦었다. 그만해두 두 달지간이나 되지 않니? 헤어지자, 응?"

"그럼 난 어떻게 되우, 응?"

"마땅한 데 있거든 가거라, 응?"

"당신두 그럼 장가가나, 응?"

헤어지는 한에도 위로해 보낼지어다. 나는 이런 양식 아래 금홍이와 이별했더니라. 갈 때 금홍이는 선물로 내게 베개를 주고 갔다.

그런데 이 베개 말이다.

이 베개는 이인용이다. 싫대도 자꾸 떠맡기고 간 이 베개를 나는 두 주일 동안 혼자 베어보았다. 너무 길어서 안됐다. 안됐을 뿐 아니라 내 머리에서는 나지 않는 묘한 머릿기름 땟내 때문에 안면이 적이 방해된다.

나는 하루 금홍이에게 엽서를 띄웠다. '중병에 걸려 누웠으니 얼른 오라'고.

금홍이는 와서 보니까 내가 참 딱했다. 이대로 두었다가는 역시 며칠이 못 가서 굶어 죽을 것같이만 보였던가 보다. 두 팔을 부르걷고 그날부터 나가서 벌어다가 나를 먹여 살린다는 것이다.

"오케이."

인간 천국—그러나 날이 좀 추웠다. 그러나 나는 대단히 안일하였기 때문에 재채기도 하지 않았다.

이러기를 두 달? 아니 다섯 달이나 되나 보다. 금홍이는 홀연히 외출했다.

달포를 두고 금홍이 홈식^{향수병}을 기대하다가 진력이 나서 나는 기명집물^{살림살이에 쓰는 온갖 그릇과 기구}을 두들겨 팔아버리고 이십일 년 만에 집으로 돌아갔다.

와보니 우리 집은 노쇠했다. 이어 불초^{못나고 어리석은} 이상^{李箱}은 이 노쇠 가정을 아주 쑥밭을 만들어버렸다. 그동안 이태 가량—어언 간 나도 노쇠해버렸다. 나는 스물일곱 살이나 먹어버렸다.

천하의 여성은 다소간 매춘부의 요소를 품었느니라고 나 혼자는 굳이 신념한다. 그 대신 내가 매춘부에게 은화를 지불하면서도 한 번도 그네들을 매춘부라고 생각한 일이 없다. 이것은 내 금홍이와의 생활에서 얻은 체험만으로는 성립되지 않는 이론같이 생각되나 기실 내 진담이다.

4

나는 몇 편의 소설과 몇 줄의 시를 써서 내 쇠망해가는 심신 위에 치욕을 배가하였다. 이 이상 내가 이 땅에서의 생존을 계속하기가 자못 어려울 지경에까지 이르렀다. 나는 하여간 허울 좋게 말하자 면 망명해야겠다.

어디로 갈까. 나는 만나는 사람마다 동경으로 가겠다고 호언했 다. 그뿐 아니라 어느 친구에게는 전기 기술에 관한 전문 공부를 하러 간다는 둥, 학교 선생님을 만나서는 고급 단식인쇄술을 연구하겠다는 둥, 친한 친구에게는 내 오 개 국어에 능통할 작정일세 어쩌구 심하면 법률을 배우겠소까지 허담을 탕탕 하는 것이다. 웬만한 친구는 보통들 속나 보다. 그러나 이 헛선전을 안 믿는 사람도 더러는 있다. 여하간 이것은 영영 빈빈털터리가 되어버린 이상의 마지막 공포空砲에 지나지 않는 것만은 사실이겠다.

어느 날 나는 이렇게 여전히 공포를 놓으면서 친구들과 술을 먹고 있자니까 내 어깨를 툭 치는 사람이 있다. '긴상김씨를 일컫는 일본말'이라는 이다.

"긴상—이상도 사실은 긴상이다— 참 오래간만이슈. 건데 긴상, 꼭 긴상 한번 만나뵙자는 사람이 하나 있는데 긴상 어떡허려우?"

"거 누군구. 남자야? 여자야?"

"여자니까 일이 재미있지 않느냐 그런 말야."

"여자라?"

"긴상 옛날 옥상부인의 일본말."

금홍이가 서울에 나타났다는 이야기다. 나타났으면 나타났지 나를 왜 찾누? 나는 긴상에게서 금홍이의 숙소를 알아가지고 어쩔 것인가 망설였다. 숙소는 동생 일심이 집이다.

드디어 나는 만나보기로 결심하고 일심이 집을 찾아가서,

"언니가 왔다지?"

"어유! 아제두, 돌아가신 줄 알았구려! 그래 자그마치 인제 온단

말씀유, 어서 들오슈."

금홍이는 역시 초췌하다. 생활 전선에서의 피로의 빛이 그 얼굴
에 여실하였다.

"네눔 하나 보구져서 서울 왔지, 내 서울 뭘허러 왔다디?"

"그리게 또 난 이렇게 널 찾어오지 않았니?"

"너 장가갔다더구나."

"애, 디끼 싫다. 그 육모초^{익모초} 겉은 소리."

"안 갔단 말이냐, 그럼?"

"그럼."

당장에 목침이 내 면상을 향하여 날아 들어왔다. 나는 예나 다름
이 없이 못나게 웃어주었다.

술상을 보아왔다. 나도 한 잔 먹고 금홍이도 한 잔 먹었다. 나는
영변가^{평안도 민요}를 한마디 하고 금홍이는 육자배기^{남도 지방의 잡가}를
한마디 했다.

밤은 이미 깊었고 우리 이야기는 이게 이 생에서의 영이별이라는
결론으로 밀려갔다. 금홍이는 은수저로 소반전을 딱딱 치면서 내가
한 번도 들은 일이 없는 구슬픈 창가를 한다.

"속아도 꿈결 속여도 꿈결 굽이굽이 뜨내기 세상 그늘진 심정에
불질러버려라 운운."

-1936년

• • • • • •

지팡이 역사

아침에 깨이기는 일찍 깨었다는 증거로 닭 우는 소리를 들었는데 또 생각하면 여관으로 돌아오기를 닭이 울기 시작한 후에…… 참 또 생각하면 그 밤중에 달도 없고 한 시골길을 닷 마장이나 되는 읍내에서 어떻게 걸어서 돌아왔는지 술을 먹어서 하나도 생각이 안 나지만 둘이 걸어오면서 S가 코를 곤 것은 기억합니다. 여관 주인아주머니가 아주 듣기 싫은 여자 목소리로 '김상! 오정이 지났는데 무슨 잠이요, 어서 일어나요' 그러는 바람에 일어나 보니까 잠은 한잠도 못 잔 것 같은데 시계를 보니까 아홉 시 반이니까 오정이란 말은 여관 주인아주머니 에누리가 틀림없습니다. 곁에서 자던 S는 벌써 담배로 꽁다리 네 개를 만들어놓고 어디로 나갔는지 없고, 내가 늘 흉보는 S의 인생관을 꾸려넣어가지고 다니는 것 같은 참 궁상스러운 가방이 쭈글쭈글하게 놓여 있고, 그 속에는 S의 저서가 들어 있을 것이 분명합니다. 양말을 신지 않은 채로 구두를 신었더니 좀 못 박힌 모서리가 아파서 안되었길래 다시 양말을 신고 구두를 신고 툇마루에 걸터앉아서 S가 어데로 갔나 하고 생각하고 있으려니까 건너편 방에서 묵고 있는 참 뚱뚱한 사람이 나를 자꾸 보길래 좀 계면쩍어서 문밖으로 나갔더니 문 앞에 늑대같이 생긴 시골뜨기 개 두 마리가 나를 번갈아 흘낏흘낏 쳐다보길래 그것도 싫어서 도로 툇마루로 오니까 그 뚱뚱한 사람은 부처님처럼 아까 앉았던 고대로 앉은 채 또 나를 보길래 참 별사람도 다 많군 왜 내 얼굴에 무에 묻었나 그런 생각에 또 대문간으로 나가니까 그때야 S가 어슬렁어슬렁 이리로 오면서 내 얼굴을 보더니 공연히 싱글벙글 웃길래 나는 또 나대로 공연히 한번 싱글벙글 웃었습니다. 대체 어디를 갔다 왔느냐고 그랬더니 참 새벽에 일어나서 수십 리 길을 걸었는데 그것도 모르고 여태 잤느냐고 나더러 게으른 사람이라고 그러길래 대체 어디어디를 갔다 왔는지 일러바쳐보라고 그랬더니 문무정에 가서 영감님하고 기생이 활 쏘는 것을 맨 처음에 보고…… 그래서 나는 무슨 기생이 새벽부터 활을 쏘느냐고 그랬더니 그 대답은 아니하고 또 문회서원 황해도에 있는 서원에 가서 팔선생의 사당을 보고 기운정에 가서 약물을 먹고 오는 길이라고 그러길래 내가 가만히 쳐다보니까 참 수십 리 길에 틀림은 없지만 그게 원 정말인지 곧이들리지는 않는다고 그랬더니 '에하가키 그림엽서의 일본말'를 내어놓으면서 저 건너 천일각 식당에 가서 커피를 한잔 먹고 있으니까 탐승_{경치 좋은 곳을 찾아다님} 비용은 십 전이라고 그러길래 나는 내가 이렇게 싱겁게 S에게 속은 것은 잠이 덜 깨었거나 잠이 모자라는 까닭이라고 그랬더니 참 그렇다고 나도 잠이 모자라서 죽겠다고 S는 그랬습니다.

밥상이 들어왔습니다. 반찬이 열 가지나 되는데 풋고추로 만든 것이 다섯 가지…… 내 마음에 꼭 들었습니다. 여관 주인아주머니가 오더니 찬은 없지만 많이 먹으라고 그러길래 그 집 밥상이 찬이 없으면 찬 있는 밥상은 그럼 찬을 몇 가지나 놓아야 되느냐고 그랬더니 가짓수는 많지만 입에 맞지 않을 것이라고 그러면서 그래도 여전히 많이 먹으라고 그러길래 아주머니는 공연히 천만에 말씀이라고 그랬더니 그렇지만 쇠고기만은 서울서 얻어먹기 어려운 것이라고 그러길래 서울서도 쇠고기는 팔아도 경찰서에서 꾸지람하지 않는다고 그랬더니 그런 게 아니라 송아지 고기가 어디 있겠느냐고 그럽니다. 나는 상에 놓인 송아지 고기를 다 먹은 뒤에 냉수를 청하였더니 아주머니가 손수 가져오는지라 죄송스럽다고 그러니까 이 냉수 한 지게에 오 전 하는 줄은 김상이 서울 살아도— 서울 사니까 모르리라고 그러길래 그것은 또 어째서 그렇게 냉수가 값이 비싸냐고 그랬더니 이 온천 일대가 어디를 파든지 펄펄 끓는 물밖에는 안 솟는 하느님한테 죄받은 땅이 되어서 냉수가 먹고 싶으면 보통 같으면 거저 주는 온천물을 듬뿍 길어다가 잘 식혀서 냉수를 만들어서 먹을 것이로되 유황 냄새가 몹시 나는 고로 서울서 수돗물만 홀짝홀짝 마시고 살아오던 손님들이 딱 질색들을 하는 고로 부득이 지게를 지고 한 마장이나 넘는 정거장까지 냉수를 한 지게에 오 전씩 주고 사서 길어다 먹는데 너무 거리가 멀어서 물통이 좀 새든지 하면 오 전어치를 사도 이 전어치밖에 못 얻어먹으니 셈을 따지고 보면 이 냉수는 한 대접에 일 전씩은 받아야 경우가 옳은 것이 아니냐고 아주머니는 그러는지라 그것 참 수고가 많으시다고 그럼 이 냉수는 특별히 조심조심하여서 마시겠다고 그랬더니 그렇지만 냉수는 얼마든지 거저 드릴 것이니 염려 말고 꿀떡꿀떡 먹으라고 그러는 말을 듣고서야 S와 둘이 비로소 마음 놓고 벌떡벌떡 먹었습니다.

발동기 소리가 온종일 밤새도록 탕탕탕탕 하는 것이 할 일 없이 항구에 온 것 같은 기분이 난다고 S가 그러는데 알고 보니까 그게 바로 한 지게에 오 전씩 하는 질기고 튼튼한 냉수를 길어 올리는 펌프 모터 소리인 줄 누가 알았겠습니까.

밥값을 치르려고 얼마냐고 그러니까 엊저녁을 안 먹었으니까 칠십 전씩 일 원 사십 전만 내라고 그러는지라 일 원짜리 두 장을 주니까 거스를 돈이 없는데 나가서 다른 집에 가서 바꾸어가지고 오겠다고 그러는 것을 말리면서 그만두라고 그만두고 나머지는 아주머니 왜떡을 사 먹으라고 그러고 나서 생각을 하니까 아주머니더러 왜떡을 사 먹으라는 것도 좀 우습기도 하고 하지만 또 돈 육십 전을 가지고 파라솔을 사 가지라고 그럴 수도 없고 말인즉 잘한 말이라

고 생각하고 나니까 생각나는 것이 주인아주머니에게는 슬하에 일
점혈육으로 귀여운 따님이 한 분 계신데 나이는 세 살입니다. 깜박
잊어버리고 따님 왜떡을 사주라고 그렇게 가르쳐주지 못한 것은 퍽
유감입니다. 주인 영감을 못 보고 가는 것 같은데 섭섭하다고 그러
면서 주인 영감은 어디를 이렇게 볼일을 보러 갔느냐고 그러니까
세루모직물의 한 가지 양복을 입고 넥타이를 매고 읍내에 들어갔다고 아
주머니는 그러길래 나는 안녕히 계시라고 인사를 하고 곧 두 사람
은 정거장으로 나갔습니다.

대체로 이 황해선이라는 철도의 레일 폭은 너무 좁아서 똑 트럭
레일 폭만 한 것이 참 앙증스럽습니다. 그리로 굴러다니는 기차 그
기차를 끌고 다니는 기관차야말로 가엾어 눈물이 날 지경입니다.
그야말로 사람이 치이면 사람이 다칠는지 기관차가 다칠는지 참 알
수 없을 만치 귀엽고도 갸륵한 데다가 그래도 크로싱교차로에 오면
말뚝에다가 간판을 써서 가로되 '기차에 조심' 그것을 읽은 다음에
나는 S더러 농담으로 그 간판을 사람에게 보이는 쪽에는 '기차에
조심' 그렇게 쓰고 기차에서 보이는 쪽에는 '사람에 조심' 그렇게
따로따로 썼으면 여러 가지 의미로 보아 좋겠다고 그래 보았더니
뜻밖에 S도 찬성하였습니다. S의 그 인생관을 집어넣어가지고 다니
는 가방은 캡을 쓴 여관 심부름꾼 녀석이 들고 벌써 플랫폼에 들어
서서 저쪽 기차가 올 쪽을 열심으로 바라보고 섰는지라 시간은 좀
남았는데 혹 그 갸쿠히키손님을 여관이나 술집 등으로 끌어들이는 사람의 일본말

녀석이 그 가방 속에 든 인생관을 건드리지나 않을까 겁이 나서 얼른 그 가방을 이리 빼앗으려고 얼른 우리도 개찰을 통과하여서 플랫폼으로 가는데 여관 보이나 갸쿠히키나 호텔 자동차 운전수들은 일 년간 입장권을 한꺼번에 샀는지 모르지만 함부로 드나드는데 다른 사람은 전송을 하러 플랫폼에 들어가자면 입장권을 사야 된다고 역부^{역무원}가 강경하게 막는지라 그럼 입장권은 값이 얼마냐고 그랬더니 십 전이라고 그것 참 비싸다고 그랬더니 역부가 힐끗 십 전이 무엇이 호되어서 그러느냐는 눈으로 그 사람을 보니까 그 사람은 그만 십 전이 아까워서 그 사람의 친한 사람의 전송을 플랫폼에서 하는 것만은 중지하는 모양입니다. 장난감 같은 시그널^{신호}이 떨어지더니 갸륵한 기관차가 연기를 제법 펄썩펄썩 뿜으면서 기적도 쓱 한번 울려보면서 들어옵니다. 금테를 둘이나 두른 월급을 많이 타는 높은 역장과 금테를 하나밖에 아니 두른 월급을 좀 적게 타는 조역^{일을 거들어주는 역할을 하는 사람}이 나와 섰다가 그 으레 주고받고 하는 굴렁쇠를 이 얌전하게 생긴 기차도 역시 주고받는지라 하도 어쭙잖아서 S와 나와는 그래도 이 기차를 타기는 타야 하겠지만도 원체 겁도 나고 가엾기도 하여서 몸뚱이가 조그마해지는 것 같아서 간질이는 것처럼 남 보기에는 좀 쳐다보일 만치 웃었습니다. 종이 울리고 호루라기가 불리고 하는 체는 다 하느라고 기적이 쓱 한번 울리고 기관차에서 픽 소리가 났습니다. 기차가 떠납니다. 십 전이 아까워서 플랫폼에 들어오지 아니한 맥고자^{밀짚모자}를 쓴 사람이 누구를 향하여 그러는지 쭈글쭈글한 정하지도 못한 손수건을 흔드는 것이 보였습니다. 칙칙푹팍 칙칙푹팍 그러면서 징검다리로도 넉넉한 개천에 놓인 철교를 건너갈 때 같은 데는 제법 흡사하게 기차는 소리를 낼 줄 아는 것이 아닙니까.

그 불쌍한 기차가 객차를 세 채나 끌고 왔습니다. S와의 우리 두 사람이 탄 객차는 맨 꼴찌 객차인데 그 객차의 안에 멤버는 다음과 같습니다. 물론 정말 기차처럼 박스가 있을 수 없는 것이니까 똑 전차처럼 가로 기다랗게 나란히 앉는 것입니다. 우선 내외가 두 쌍인데 썩 젊은 사람이 썩 젊은 부인을 거느리고 부인은 새빨간 핸드백을 들었는데 바깥양반은 구두가 좀 헤어졌습니다. 또 하나는 늙수그레한 사람이 썩 젊은 부인을 데리고 부인은 뿔로 만든 값이 많아 보이는 부채 하나를 들었을 뿐인데 바깥어른은 뚱뚱한 트렁크를 하나 끙끙 매여가면서 들고 들어왔습니다. 그 트렁크 속에는 무엇이 들었는지 도무지 알 수 없습니다. 그 바깥어른은 실례지만 좀 미련하게 생겼는 데다가 무테안경을 넙적한 코에 걸쳐놓고 신문을 참 재미있게 보고 있는 곁에 부인은 깨끗하고 살결은 희고 또 눈썹은 검고 많고 머리 밑으로 솜털이 퍽 많고 팔에 까만 솜털이 나스르르하고 입술은 얇고 푸르고 눈에는 쌍꺼풀이 지고 머리에서는 전나무 냄새가 나고 옷에서는 우유 냄새가 나는 미인입니다. 눈알은 사금파리^{사기그릇의 깨어진 작은 조각} 로 만든 것처럼 번쩍하고 차디찬 것 같고 아무 말도 없이 부채도 곁에 놓고 이 거러지^{거지의 사투리} 같은 기차 들창 바깥 경치 어디를 그렇게 보는지 눈이 깜짝이는 일이 없습니다. 또 다른 한 쌍의 비둘기로 말하면 바깥양반은 앉았는데 부인은 섰습니다. 부인 저고리는 얄따란 항라(명주, 모시, 무명실 따위로 짠 피륙의 하나) 홑껍데기가 되어서 대패질한 소나무에 니스 칠한 것 같은 도발적인 살결이 환하게 들여다보이고 내다보이는데 구두는 여러 조각을 누덕누덕 찍어맨 크림 빛깔 나는 복스(송아지 가죽) 새 구두에 마점산(마잔산, 중국의 군인) 씨 수염 같은 구두끈이 늘어져 있고 바깥양반은 별안간 양복 웃옷을 활활 벗길래 더워서 그러나 보다 그랬더니 꾸깃꾸깃 뭉쳐서 조그맣게 만들더니 다리를 쭉 뻗고 저고리를 베개 삼아 기다랗게 드러누우니까 부인이 한참 바깥양반을 내려다보더니 드러누웠다는 것을 확실히 인정한 다음에 부인은 그 머리맡으로 앉아서 손수건을 먼지 터는 것처럼 흔들흔들하면서 바깥양반 얼굴에다 대고 부채질을 하여주니까 바깥양반은 바람은 안 나고 코로 먼지가 들어간다는 의미의 표정을 부인에게 한번 하여 보이니까 부인은 그만둡니다.

그 외에는 조끼에 금시곗줄을 늘어뜨린 특색밖에는 아무런 특색도 없는 젊은 신사 한 사람 또 진흙투성이가 된 흰 구두를 신은 신사 한 사람 단것 장수 같은 늙수그레한 마나님이 하나 가방을 잔뜩 끼고 앉아서 신문을 보고 있는 구르몽(프랑스의 평론가, 시인, 소설가) 의 시몬('낙엽'이라는 시에 나오는 인물) 같은 S부인의 프로필만 구경하고 앉아 있는 말라빠진 나 이상과 같습니다.

마룻장 한복판 꽤 큰 구멍이 하나 뚫려서 기차가 달아나는 대로 철로바탕^{철도의 레일을 깔아놓은 자리}이 들여다보이는 것이 이상스러워서 S더러 이것이 무슨 구멍이겠느냐고 의논하여보았더니 S는 그게 무슨 구멍일까 그러기만 하길래 나는 이것이 아마 이렇게 철로바탕을 내려다보라고 만든 구멍인 것 같기는 같은데 그런 장난 구멍을 만들어놓을 리는 없으니까 내 생각 같아서는 기차 바퀴에 기름 넣는 구멍일 것에 틀림없다고 그랬더니 S는 아아 이것을 참 깜빡 잊어버렸었구나 이것은 침을 뱉으라는 구멍이라고 그러면서 침 한번 뱉어보이더니 나더러도 정말인가 거짓말인가 어디 침을 한번 뱉어보라고 그러길래 나는 그 모나리자 앞에서 침을 뱉기는 좀 마음에 꺼림칙하여서 나는 그만두겠다고 그러면서 참 아가리가 여실히 타구^{가래나 침을 뱉는 그릇}같이 생겼구나 그랬습니다. 상자 개비로 만든 것 같은 정거장에서 고무장화를 신은 역장이 굴렁쇠를 들고 나오더니 기차가 정거를 하고 기관수와 역장이 무엇이라고 커다란 목소리로 서너 마디 이야기를 하더니 기적이 울리고 동리 어린아이들이 대여섯 기차 떠나는 것을 보고 박수갈채를 하는 소리가 성대하게 들리고 나면 또 위험한 전진입니다. 어느 틈에 내 곁에는 갓 쓴 해태^{사자와 비슷하나 머리에 뿔이 있다고 하는 상상의 동물}처럼 생긴 영감님 하나가 내 즐거운 백통색^{은백색} 시야를 가려놓고 앉았습니다.

내가 너무 모나리자만을 바라다보니까 맞은편에 앉았던 항라 적삼을 입은 비둘기가 참 못난 사람도 다 많다는 듯이 내 얼굴을 보고 나는 그까짓 일에 부끄러워할 일은 아니니까 막 모나리자를 보고 싶은 대로 보고 모나리자는 내 얼굴을 보는 비둘기 부인을 또 좀 조소하는 듯이 바라보고 드러누워 있는 바깥 비둘기가 가만히 보니까 건너편에 앉아 있는 모나리자가 자기 아내를 그렇게 업신여겨 보는 것이 마음에 흡족하지 못하여서 화를 내는 기미로 벌떡 일어나 앉는 바람에 드러눕느라고 벗어놓은 구둣발이 잘 들어맞지 않아서 그만 양말로 담배 꽁다리를 밟는 것을 S가 보고 싱그레 웃으니까 나도 그 눈치를 채고 S를 향하여 마주 싱그레 웃었더니 그것이 대단히 실례 행동 같고 또 한편으로 무슨 음모나 아닌가 퍽 수상스러워서 저편에 앉아 있는 금시곗줄과 진흙 묻은 흰 구두가 눈을 뚱그렇게 뜨고 이쪽을 노려보니까 단것 장수 할머니는 또 이쪽에 무슨 괴변이나 나지 않았나 해서 역시 눈을 두리번두리번하다가 아무 일도 없으니까 싱거워서 눈을 도로 그 맞은편의 금시곗줄로 옮겨놓을 적에 S는 보던 신문을 척척 접어서 인생관 가방 속에다가 집어넣더니 정식으로 모나리자와 비둘기는 어느 편이 더 어여쁜가를 판단할 작정인 모양으로 안경을 바로잡더니 참 세계에 이런 기차는 다시없으리라고 한마디 하니까 비둘기와 모나리자가 S쪽을 일시에 보는지라 나는 또 창 바깥 논 속에 허수아비 같은 황새가 한 마리 내려앉았으니 저것 좀 보라고 소리를 질렀더니 두 미인은 또 일시에 시선을 나 있는 창 바깥으로 옮겨보았는데 결국 아무것도 보이지 않으니까 싱그레 웃으면서 내 얼굴을 한 번씩 보더니 모나리자는 생각

난 듯이 곁에 비프스테이크 같은 바깥어른의 기름기 흐르는 콧잔등이 근처를 한번 들여다보는 것을 본 나는 속마음으로 참 아깝도다 그렇게 생각하고 있는데 S는 무슨 생각으로 그랬는지 개 발에 편자 _{옷차림이나 지닌 물건 따위가 제격에 맞지 아니하여 어울리지 않음을 비유하는 말}라는 말이 있지 않느냐고 그러면서 나에게 해태 _{담배 이름} 한 개를 주는지라 성냥을 그어서 불을 붙이려니까 내 곁에 앉은 갓 쓴 해태가 성냥을 좀 달라고 그러길래 주었더니 서울서 주머니에 넣어가지고 간 카페 성냥이 되어서 이상스럽다는 듯이 두어 번 뒤집어보더니 짚고 들어온 길고도 굵은 얼른 보면 몽둥이 같은 지팡이를 방해 안 되도록 한쪽으로 치워놓으려고 놓자마자 꽤 크게 와지끈하는 소리가 나면서 그 기다란 지팡이가 간 데 온 데가 없습니다. 영감님은 그것도 모르고 담뱃불을 붙이고 성냥을 나에게 돌려보내더니 건너편 부인도 웃고 곁에 앉아 있는 부인도 수건으로 입을 가리고 웃고 S도 깔깔 웃고 젊은 사람도 웃고 나만이 웃지 않고 앉았는지라 좀 이상스러워서 영감은 내 어깨를 꾹 찌르더니 요다음 정거장은 어디냐고 은근히 묻는지라 요다음 정거장은 요다음 정거장이고 영감님 무어 잃어버린 거 없느냐고 그랬더니 또 여러 사람이 웃고 영감님은 우선 쌈지 괴불주머니 _{어린아이가 주머니끈 끝에 차는 세모 모양의 조그만 노리개} 등속을 _{따위를} 만져보고 보따리 한 귀퉁이를 어루만져보고 또 잠깐 내 얼굴을 쳐다보더니 참 내 지팡이를 못 보았느냐고 그럽니다. 또 여러 사람은 웃는데 나만이 웃지 않고 그 지팡이는 그 구멍으로 빠져 달아났으니 요다음 정거장에서는 꼭 내려서 그 지팡이를 찾으러 가라고 이 철둑으로 쭉 따라가면 될 것이니까 길은 아주 찾기 쉽지 않느냐고 그러니까 그 지팡이는 돈 주고 산 것은 아니니까 잃어버려도 좋다고 그러면서 태연자약하게 담배를 뻑뻑 빨고 앉았다가 담배를 다 먹은 다음 담뱃대를 그 지팡이 집어먹은 구멍에다 대고 딱딱 떠는 바람에 나는 그만 전신에 소름이 쫙 끼쳤습니다. 다른 사람들도 물론 이때만은 웃을 수도 없는 업신여길 수도 없는 참 아기자기한 마음에서 역시 소름이 끼쳤으리라고 나는 생각합니다.

−1934년

실화

1

사람이 비밀이 없다는 것은 재산 없는 것처럼 가난하고 허전한 일이다.

2

꿈―꿈이면 좋겠다. 그러나 나는 자는 것이 아니다. 누운 것도 아니다. 앉아서 나는 듣는다. (십이월 이십삼 일)

"언더 더 워치―시계 아래서 말이에요―파이브 타운스―다섯 개의 동리란 말이지요—이 청년은요 세상에서 담배를 제일 좋아합니다. 기다랗게 꾸부러진 파이프에다가 향기가 아주 높은 담배를 피워 빽빽 연기를 품기고 앉았는 것이 무엇보다도 낙이었답니다."

'내야말로 동경 와서 쓸데없이 담배만 늘었지. 울화가 푹 치밀 때 저 폐까지 쭉 연기나 들이키지 않고 이 발광할 것 같은 심정을 억제하는 도리가 없다.'

"연애를 했어요! 고상한 취미! 우아한 성격—이런 것이 좋았다는 여자의 유서예요—죽기는 왜 죽어—선생님—저 같으면 죽지 않겠습니다—죽도록 사랑할 수 있나요—있다지요—그렇지만 저는 모르겠어요."

'나는 일찍이 어리석었니라. 모르고 연이와 죽기를 약속했더니라. 죽도록 사랑했건만 면회가 끝난 뒤 대략 이십 분이나 삼십 분만 지나면 연이는 내가 '설마' 하고만 여기던 S의 품 안에 있었다.'

"그렇지만 선생님 그 남자의 성격이 참 좋아요—담배도 좋고 목소리도 좋고—이 소설을 읽으면 그 남자의 음성이 꼭 웅얼웅얼 들려오는 것 같아요. 이 남자가 같이 죽자면 그때 당해서는 또 모르겠지만 지금 생각 같아서는 저도 죽을 수 있을 것 같아요. 선생님 사람이 정말 죽을 수 있도록 사랑할 수 있나요. 있다면 저도 그런 연애 한번 해보고 싶어요."

'그러나 철부지 C양이여. 연이는 약속한 지 두 주일 되는 날 죽지 말고 우리 살자고 그립니다. 속았다. 속기 시작한 것은 그때부터

다. 나는 어리석게도 살 수 있을 것을 믿었지. 그뿐인가 연이는 나를 사랑하느라고까지.'

"공과학문이나 교육의 과정는 여기까지밖에 안 했어요—청년이 마지막에는—멀리 여행을 간다나 봐요. 모든 것을 잊어버리려고."

'여기는 동경이다. 나는 어쩔 작정으로 여기 왔나? 적빈이 여세가난하기가 물로 씻은 듯하여 아무것도 가진 것이 없음—콕토프랑스의 시인, 작가, 배우, 영화감독, 화가 가 그랬느니라—재주 없는 예술가야, 부질없이 네 빈곤을 내세우지 말라고…… 아 내게 빈곤을 팔아먹는 재주 외에 무슨 기능이 남아 있누. 여기는 간다구神田區 진보초神保町, 내가 어려서 제전帝展 이과二科에 하가키엽서 주문하던 바로 게가 예다. 나는 여기서 지금 잖는다.'

"선생님! 이 여자를 좋아하십니까—좋아하시지요—좋아요—아름다운 죽음이라고 생각해요—그렇게까지 사랑을 받는—남자는 행복되지요—네—선생님—선생님, 선생님."

'선생님 이상 턱에 입언저리에 아, 수염이 숱하게도 났다. 좋게도 자랐다.'

"선생님—뭘—그렇게 생각하십니까—네—담배가 다 타는데—아이—파이프에 불이 붙으면 어떻게 합니까—눈을 좀 뜨세요. 이야기는 끝났습니다. 네—무슨 생각 그렇게 하셨나요."

'아—참 고운 목소리도 다 있지. 십 리나 먼—밖에서 들려오는—값비싼 시계 소리처럼 정확하게 윤택이 있고—피아니시모악보에서 매우 여리게 연주하라는 말—꿈인가. 한 시간 동안이나 나는 스토리보다는 목소리를 들었다. 한 시간—한 시간같이 길었지만 십 분—나는 졸았나? 아니 나는 스토리를 다 외운다. 나는 자지 않았다. 그 흐르는 듯한 연연한 목소리가 내 감관 ^{감각기관과 그 지각작용을 통틀어 이르는 말}을 얼싸안고 목소리가 잤다.'

꿈—꿈이면 좋겠다. 그러나 나는 잔 것도 아니요, 또 누웠던 것도 아니다.

3

파이프에 불이 붙으면?

끄면 그만이지. 그러나 S는 껄껄, 아니 빙그레 웃으면서 나를 타이른다.

"상! 연이와 헤어지게. 헤어지는 게 좋을 것 같으이. 상이 연이와 부부(?)라는 것이 내 눈에는 똑 부러 그러는 것 같아서 못 보겠네."

"거 어째서 그렇다는 건가?"

이 S는, 아니 연이는 일찍이 S의 것이었다. 오늘 나는 S와 더불어 담배를 피우면서 마주 앉아 담소할 수 있었다. 그러면 S와 나 두 사람은 친우였던가.

"상! 자네 'EPIGRAM ^{기지나 풍자에 넘친 짧은 글이나 시}'이라는 글 내 읽었지. 한 번—허허—한 번. 상! 상의 서푼 ^{아주 보잘것없는 값을 이르는 말}짜리 우월감이 내게는 우스워 죽겠다는 걸세. 한 번? 한 번—허허—한 번."

"그러면—나는 실신할 만치 놀랜다—한 번 이상—몇 번. S! 몇 번인가."

"그저 한 번 이상이라고만 알아두게나그려."

꿈—꿈이면 좋겠다. 그러나 시월 이십삼 일부터 시월 이십사 일까지 나는 자지 않았다. 꿈은 없다.

'천사는—어디를 가도 천사는 없다. 천사들은 다 결혼해버렸기 때문이다.'

이십삼 일 밤 열 시부터 나는 가지가지 재주를 다 피워가면서 연이를 고문했다.

이십사 일 동이 훤하게 터올 때쯤에야 연이는 겨우 입을 열었다. 아, 장구한 시간!

"첫 번, 말해라."

"인천 어느 여관."

"그건 안다. 둘째 번, 말해라."

"……."

"말해라."

"N빌딩 S의 사무실."

"셋째 번, 말해라."

"……."

"말해라."

"동소문 밖 음벽정."

"넷째 번, 말해라."

"······."

"말해라."

"······."

"말해라."

머리맡 책상 서랍 속에는 서슬이 퍼런 내 면도칼이 있다. 경동맥을 따면 요물은 선혈이 댓줄기 뻗치듯 하면서 급사하리라. 그러나······ 나는 일찌감치 면도를 하고 손톱을 깎고 옷을 갈아입고 그리고 예년 시월 이십사 일경에는 사체가 며칠 만이면 썩기 시작하는지 곰곰 생각하면서 모자를 쓰고 인사하듯 다시 벗어들고 그리고 방—연이와 반년 침식을 같이하던 냄새나는 방을 휘 둘러 살피자니까 하나 사다 놓네 놓네 하고 뜻을 이루지 못한 금붕어도—이 방에는 가을이 이렇게 짙었건만 국화 한 송이 장식이 없다.

4

그러나 C양의 방에는 지금—고향에서는 스케이트를 지친다는 데^{얼음 위를 미끄러져 달린다는데}—국화 두 송이가 참 싱싱하다.

이 방에는 C군과 C양이 산다. 나는 C양더러 '부인'이라고 그랬더니 C양은 성을 냈다. 그러나 C군에게 물어보면 C양은 '아내'란 다. 나는 이 두 사람 중의 누구라고 정하지 않고 내 동경생활이 하도 적막해서 지금 이 방에 놀러 왔다.

언더 더 워치—시계 아래서의 렉처_{잔소리}는 끝났는데 C군은 조선 곰방대를 피우고 나는 눈을 뜨지 않는다. C양의 목소리는 꿈같다. 인토네이션_{억양}이 없다. 흐르는 것같이 끊임없으면서 아주 조용하다.

나는 그만 가야겠다.

"선생님—이것은 실로 이상 옹_{그 사람을 높여서 부르는 말}을 지적하는 참담한 인칭대명사다—왜 그러세요—이 방이 기분이 나쁘세요—기분? 기분이란 말은 필시 조선말은 아니리라—더 놀다 가세요—아직 주무실 시간도 멀었는데 가서 뭐하세요? 네? 얘기나 하세요."

나는 잠시 그 계간유수_{산골짜기에 흐르는 물} 같은 목소리의 주인 C양의 얼굴을 들여다본다. C군이 범과 같이 건강하니까 C양은 혈색이 없이 입술조차 파르스레하다. 이 오사게라는_{땋아 늘어뜨린} 머리를 한 소녀는 내일 학교에 간다. 가서 언더 더 워치의 계속을 배운다.

사람이 비밀이 없다는 것은 재산 없는 것처럼 가난하고 허전한 일이다.

강사는 C양의 입술이 C양이 좀 횟배를 앓는다는 이유 외의 또 무슨 이유로 조렇게 파르스레한가를 아마 모르리라.

강사는 맹랑한 질문 때문에 잠깐 얼굴을 붉혔다가 다시 제 지위의 현격히 높은 것을 느끼고 그리고 외쳤다.

"쪼끄만 것들이 무얼 안다고……."

그러나 연이는 히힝 하고 코웃음을 쳤다. 모르기는 왜 몰라—연이는 지금 방년^{이십 세 전후의 한창 젊은 꽃다운 나이}이 이십, 열여섯 살 때 즉 연이가 여고 때 수신^{지금의 도덕 과목}과 체조를 배우는 여가에 간단한 속옷을 찢었다. 그러고 나서 수신과 체조는 여가에 가끔 하였다.

여섯, 일곱, 여덟, 아홉, 열…….

다섯 해—개꼬리도 삼 년만 묻어두면 황모^{족제비의 꼬리털}가 된다든다 안 된다든가 원.

수신 시간에는 학감 선생님, 할팽^{베고 삶는다는 뜻으로 음식을 조리함을 뜻하는 말} 시간에는 올드미스 선생님, 국문 시간에는 곰보딱지 선생님.

"선생님, 선생님. 이 귀염성스럽게 생긴 연이가 엊저녁에 무엇을 했는지 알아내면 용하지."

흑판 위에는 '요조숙녀'라는 액의 흑색이 임리하다^{힘이 넘치는 듯하다}

"선생님, 선생님. 제 입술이 왜 요렇게 파르스레한지 알아맞히신다면 참 용하지."

연이는 음벽정에 가던 날도 R영문과 재학 중이다. 전날 밤에는 나와 만나서 사랑과 장래를 맹세하고 그 이튿날 낮에는 기싱^{영국의 소설가, 수필가}과 호손^{미국의 소설가}을 배우고 밤에는 S와 같이 음벽정에 가서 옷을 벗었고 그 이튿날은 월요일이기 때문에 나와 같이 같은 동소문 밖으로 놀러 가서 베제했다^{키스했다}. S도 K교수도 나도 연이가 엊저녁에 무엇을 했는지 모른다. S도 K교수도 나도 바보요, 연이만은 홀로 눈 가리고 아웅 하는 데 희대의 천재다.

연이는 N빌딩에서 나오기 전에 WC라는 데를 잠깐 들르지 않으면 안 되었다. 나오면 남대문통 십오간 대로 GO STOP의 인파.

"여보시오, 여보시오. 이 연이가 조 이층 바른편에서부터 둘째 S씨의 사무실 안에서 지금 무엇을 하고 나왔는지 알아맞히면 용하지."

그때에도 연이의 살결에서는 능금과 같은 신선한 생광(빛이 남)이 나는 법이다. 그러나 불쌍한 이상 선생님에게는 이 복잡한 교통을 향하여 빈정거릴 아무런 비밀의 재료도 없으니 내가 재산 없는 것보다도 더 가난하고 싱겁다.

"C양! 내일도 학교에 가셔야 할 테니까 일찍 주무셔야지요."

나는 부득부득 가야겠다고 우긴다. C양은 그럼 이 꽃 한 송이 가져다가 방에다 꽂아놓으란다.

"선생님 방은 아주 살풍경이라지요?"

내 방에는 화병도 없다. 그러나 나는 두 송이 가운데 흰 것을 달래서 왼편 깃에다가 꽂았다. 꽂고 나는 밖으로 나왔다.

5

국화 한 송이도 없는 방 안을 휘 한번 둘러보았다. 잘하면 나는 이 추악한 방을 다시 보지 않아도 좋을 수도 있을까 싶었기 때문에 내 눈에는 눈물도 고일밖에…….

나는 썼다 벗은 모자를 다시 쓰고 나니까 그만하면 내 연이에게 대한 인사도 별로 유루^{빠짐} 없이 다 된 것 같았다.

연이는 내 뒤를 서너 발자국 따라왔는가 싶다. 그러나 나는 예년 시월 이십사 일경에는 사체가 며칠 만이면 상하기 시작하는지 그것이 더 급했다.

"상! 어디 가세요?"

나는 얼떨결에 되는대로,

"동경."

물론 이것은 허담이다. 그러나 연이는 나를 만류하지 않는다. 나는 밖으로 나갔다.

나왔으니, 자 어디로 어떻게 가서 무엇을 해야 되누.

해가 서산에 지기 전에 나는 이삼 일 내로는 반드시 썩기 시작해야 할 한 개 '사체'가 되어야만 하겠는데, 도리는?

도리는 막연하다. 나는 십 년 긴 세월을 두고 세수할 때마다 자살을 생각하여왔다. 그러나 나는 결심하는 방법도 결행하는 방법도 아무것도 모르는 채다.

나는 온갖 유행약을 암송하여보았다.

그리고 나서는 인도교, 변전소, 화신상회^{한국인이 세운 최초의 백화점} 옥상, 경원선^{서울에서 원산을 잇는 철도} 이런 것들도 생각해보았다.

나는 그렇다고—정말 이 온갖 명사의 나열은 가소롭다—아직 웃을 수는 없다.

웃을 수는 없다. 해가 저물었다. 급하다. 나는 어딘지도 모를 교외에 있다. 나는 어쨌든 시내로 들어가야만 할 것 같았다. 시내 사람들은 여전히 그 알아볼 수 없는 낯짝들을 쳐들고 와글와글 야단이다. 가등^{거리 등}이 안개 속에서 축축해진다. 영경^{영국의 수도} 윤돈^{런던}이 이렇다지.

6

NAUKA사^{일본에 있었던 러시아어 전문 서점}가 있는 진보초 스즈란도^{鈴蘭洞} 거리에는 고본^{오래된 책} 야시^{야시장}가 선다. 섣달 대목, 이 스즈란도도 곱게 장식되었다. 이슬비에 젖은 아스팔트를 이리 디디고 저리 디디고 저녁 안 먹은 내 발길은 자못 창량하였다. 그러나 나는 최후의 이십 전을 던져 타임즈판 상용영어 사천 자라는 서적을 샀다. 사천 자…….

사천 자면 많은 수효다. 이 해양만 한 외국어를 겨드랑이에 낀 나는 섣불리 배고파할 수도 없다. 아 나는 배부르다.

진따^{옛날 활동사진 상설관에서 사용하는 취주악대}— 진동야^{눈에 띄는 특이한 복장을 하고 악기를 연주하며 광고를 하는 사람들}의 진따가 슬프다.

진따는 전원 네 사람으로 조직되었다. 대목의 한몫을 보려는 소백화점의 번영을 위하여 이 네 사람은 클라리넷과 코넷과 북과 소고를 가지고 선조 유신 당초에 부르던 유행가를 연주한다. 그것은 슬프다 못해 기가 막히는 가각거리의 한 모서리 풍경이다. 왜 이 네 사람은 네 사람이 다 묘령스무 살 안팎의 여자 나이의 여성들이더니라. 그들은 똑같이 진홍색 군복과 군모와 꼭구마꼬꼬마. 군졸이 벙거지에 꽂던 붉은 털를 장식하였더니라.

아스팔트는 젖었다. 스즈란도 좌우에 매달린 그 은방울꽃鈴蘭 모양 가등도 젖었다. 클라리넷 소리도―눈물에―젖었다. 그리고 내 머리에는 안개가 자욱이 끼었다.

영국 윤돈은 이렇다지?

"이상!은 무슨 생각을 그렇게 하십니까?"

남자의 목소리가 내 어깨를 쳤다. 법정대학 Y군, 인생보다는 연극이 재미있다는 이다. 왜? 인생은 귀찮고 연극은 실없으니까.

"집에 갔더니 안 계시길래!"

"죄송합니다."

"엠프레스동경에 있던 커피숍 이름에 가십시다."

"좋지요."

〈ADVENTURE IN MANHATTAN미국 영화 제목〉에서 진 아서미국 여자배우가 커피 한잔 맛있게 먹더라. 크림을 타 먹으면 소설가 구보 씨가 그랬다―쥐 오줌내가 난다고. 그러나 나는 조엘 맥크리어미국 남자배우만큼은 맛있게 먹을 수 있었으니…….

MOZART의 41번은 '목성'이다. 나는 몰래 모차르트의 환술을 투시하려고 애를 쓰지만 공복으로 하여 적이 어지럽다.

"신주쿠 가십시다."

"신주쿠라?"

"NOVA에 가십시다."

"가십시다, 가십시다."

마담은 루바시카 블라우스와 비슷한 러시아의 남성용 겉저고리. 노바는 에스페란토. 헌팅을 얹은 놈의 심장을 아까부터 벌레가 연해 파먹어 들어간다. 그러면 시인 지용이여! 이상은 물론 자작의 아들도 아무것도 아니겠습니다그려!

십이월의 맥주는 선뜩선뜩하다. 밤이나 낮이나 감방은 어둡다는 이것은 고리키의 '나드네 밑바닥의 러시아말' 구슬픈 노래, 이 노래를 나는 모른다.

7

밤이나 낮이나 그의 마음은 한없이 어두우리라. 그러나 유정아! 너무 슬퍼마라. 너에게는 따로 할 일이 있느니라.

이런 지비 紙碑가 붙어 있는 책상 앞이 유정에게 있어서는 생사의 기로다. 이 칼날같이 선뜩한 지점에 그는 앉지도 서지도 못하면서 오직 내가 오기를 기다렸다고 울고 있다.

"각혈이 여전하십니까?"

"네, 그저 그날이 그날 같습니다."

"치질이 여전하십니까?"

"네, 그저 그날이 그날 같습니다."

안개 속을 헤매던 내가 불현듯이 나를 위하여는 마코 ^{담배 이름} 두 갑, 그를 위하여는 배 십 전어치를 사가지고 유정을 찾은 것이다. 그러나 그의 유령 같은 풍모를 도회하기 위하여 장식된 무성한 화병에서까지 석탄산 냄새가 나는 것을 지각하였을 때는 나는 내가 무엇하러 여기 왔나를 추억해볼 기력조차도 없어진 뒤였다.

"신념을 빼앗긴 것은 건강이 없어진 것처럼 죽음의 꼬임을 받기 마치 쉬운 경우더군요."

"이상 형! 형은 오늘이야 그것을 빼앗기셨습니까! 인제 겨우 오늘이야, 겨우 인제."

유정! 유정만 싫다지 않으면 나는 오늘 밤으로 치러버리고 말 작정이었다. 한 개 요물에게 부상해서 죽는 것이 아니라 이십칠 세를 일기로 하는 불우의 천재가 되기 위하여 죽는 것이다.

유정과 이상—이 신성불가침의 찬란한 정사—이 너무나 엄청난 거짓을 어떻게 다 주체를 할 작정인지.

"그렇지만 나는 임종할 때 유언까지도 거짓말을 하여줄 결심입니다."

"이것 좀 보십시오."

하고 풀어헤치는 유정의 젖가슴은 초롱 ^{草籠}보다도 앙상하다. 그 앙상한 가슴이 부풀었다 구겼다 하면서 단말마 ^{임종}의 호흡이 서글프다.

"명일내일의 희망이 이글이글 끓습니다."

유정은 운다. 울 수 있는 외의 그의 온갖 표정을 다 망각하여버렸기 때문이다.

"유 형! 저는 내일 아침 차로 동경 가겠습니다."

"……."

"또 뵈옵기 어려울 걸요."

"……."

그를 찾은 것을 몇 번이고 후회하면서 나는 유정을 하직하였다. 거리는 늦었다. 방에서는 연이가 나 대신 내 밥상을 지키고 앉아서 아직도 수없이 지니고 있는 비밀을 만지작만지작하고 있었다. 내 손은 연이 뺨을 때리지는 않고 내일 아침을 위하여 짐을 꾸렸다.

"연이! 연이는 아웅의 천재요. 나는 오늘 불우의 천재라는 것이 되려다가 그나마도 못 되고 도루 돌아왔소. 이렇게 이렇게! 응?"

8

나는 버티다 못해 조그만 종잇조각에다 이렇게 적어 그놈에게 주었다.

"자네도 아웅의 천재인가? 암만해도 천재인가 싶으이. 나는 졌네. 이렇게 내가 먼저 지껄였다는 것부터가 패배를 의미하지."

일고휘장―高徽章 이다. HANDSOME BOY — 해협 오전 두 시의 망토를 두르고 내 곁에 가 버티고 앉아서 동動치 않기를 한 시간—이상以上?

나는 그동안 풍선처럼 잠자코 있었다. 온갖 재주를 다 피워서 이미 목수려한얼굴이 아주 아름다운 천재로 하여금 먼저 입을 열도록 갈팡질팡했건만 급기야 나는 졌다. 지고 말았다.

"당신의 텁석부리는 말馬을 연상시키는구려. 그러면 말아! 다락같은 말아 정지용의 '말'이라는 시의 첫 구절! 귀하는 점잖기도 하다마는 또 귀하는 왜 그리 슬퍼 보이오? 네?"

'이놈은 무례한 놈이다.'

"슬퍼? 응—슬플밖에—20세기를 생활하는데 19세기의 도덕성밖에는 없으니 나는 영원한 절름발이로다. 슬퍼야지—만일 슬프지 않다면—나는 억지로라도 슬퍼해야지—슬픈 포즈라도 해 보여야지—왜 안 죽느냐고? 헤헹!—내게는 남에게 자살을 권유하는 버릇밖에 없다. 나는 안 죽지. 이따가 죽을 것만 같이 그렇게 중속여러 사람이 따르는 습관이 된 풍속을 속여주기만 하는 거야. 아, 그러나 인제는 다틀렸다. 봐라. 내 팔. 피골이 상접. 아야 아야. 웃어야 할 터인데 근육이 없다. 울려야 근육이 없다. 나는 형해뼈대다. 나라는 정체는 누가 잉크 짓는 약으로 지워버렸다. 나는 오직 내 흔적일 따름이다."

NOVA의 웨이트리스 나미코는 아부라에서양화의 일본말 라는 재주를 가진 노라노르웨이 극작가 입센의《인형의 집》주인공의 따님 콜론타이구소련의 여성 정치가의 누이동생이시다. 미술가 나미코 씨와 극작가 Y군은 사차원 세계의 테마를 불란서말로 회화한다.

불란서말의 리듬은 C양의 언더 더 워치 강의처럼 애매하다. 나는 하도 답답해서 그만 울어버리기로 했다. 눈물이 좔좔 쏟아진다. 나미코가 나를 달랜다.

"너는 뭐냐? 나미코? 너는 엊저녁에 어떤 마치아이_{요릿집의 일본말}에서 방석을 비고 십오 분 동안—아니 아니 어떤 빌딩에서 아까 너는 걸상에 포개 앉았었느냐. 말해라—헤헤—음벽정? N빌딩 바른편에서부터 둘째 S의 사무실?—아, 이 주책없는 이상아, 동경에는 그런 것은 없습네—계집의 얼굴이란 다마네기_{양파의 일본말}다. 암만 벗겨보려무나. 마지막에 아주 없어질지언정 정체는 안 내놓느니."

신주쿠 오전 한 시, 나는 연애보다도 우선 담배를 피우고 싶었다.

9

십이월 이십삼 일 아침 나는 진보초 누옥_{자기가 사는 집을 겸손하게 이르는 말} 속에서 공복으로 하여 발열하였다. 발열로 하여 기침하면서 두 벌 편지를 받았다.

저를 진정으로 사랑하시거든 오늘로라도 돌아와주십시오. 밤에도 자지 않고 저는 형을 기다리고 있습니다.

유정

이 편지 받는 대로 곧 돌아오세요. 서울에서는 따뜻한 방과 당신의 사랑하는 연이가 기다리고 있습니다.

연서硏書

이날 저녁에 부질없는 향수를 꾸짖는 것처럼 C양은 나에게 백국한 송이를 주었느니라. 그러나 오전 한 시 신주쿠역 폼에서 비칠거리는 이상의 옷깃에 백국은 간데없다. 어느 장화가 짓밟았을까. 그러나 검정 외투에 조화를 단 댄서 한 사람. 나는 이국종 외국종 강아지올시다. 그러면 당신께서는 또 무슨 방석과 걸상의 비밀을 그 농화장 진한 화장 그늘에 지니고 계시나이까?

사람이 비밀 하나도 없다는 것이 참 재산 없는 것보다도 더 가난하외다그려! 나를 좀 보시지요?

−1939년

· · · ·
종생기

극유산호편郤遺珊瑚鞭——요 다섯 자 동안에 나는 두 자 이상의 오자를 범했는가 싶다. 이것은 나 스스로 하늘을 우러러 부끄러워할 일이겠으나 인지가 발달해가는 면목이 실로 약여하다눈앞에 생생하게 나타나다.

죽는 한이 있더라도 이 산호 채찍일랑 꽉 쥐고 죽으리라. 네 폐포파립해진 옷과 부서진 갓이란 뜻으로 초라한 차림새를 비유하는 말 위에 퇴색한 망해유골 위에 봉황이 와 앉으리라.

나는 내 '종생기'가 천하 눈 있는 선비들의 간담을 서늘하게 해놓기를 애틋이 바라는 일념 아래 이만큼 인색한 내 맵시의 절약법을 피력하여 보인다.

일발 포성에 부득이 영웅이 되고만 희대의 군인 모某는 아흔에 귀를 단 황송한 일생을 끝막던 날 이렇다는 유언 한마디를 지껄이지 않고 그 임종의 장면을 곧잘—무사히 후 한숨이 나올 만큼—넘겼다.

그런데 우리들의 레우오치카— 애칭 톨스토이 러시아의 소설가 —는 괴나리봇짐을 짊어지고 나선 데까지는 기껏 그럴 성싶게 꾸며가지고 마지막 오 분에 가서 그만 잡았다. 자지레한 유언 나부랭이로 말미암아 칠십 년 공든 탑을 무너뜨렸고 허울 좋은 일생에 가실 수 없는 흠집을 하나 내어놓고 말았다.

나는 일개 교활한 옵서버 참관인 의 자격으로 그런 우매한 성인들의 생애를 방청하여왔으니 내 그런 따위의 실수를 알고도 재범할 리가 없는 것이다.

거울을 향하여 면도질을 한다. 잘못해서 나는 생채기를 낸다. 나는 골을 벌컥 낸다.

그러나 와글와글 들끓는 여러 '나'와 나는 정면으로 충돌하기 때문에 그들은 제각기 베스트를 다하여 제 자신만을 변호하는 때문에 나는 좀처럼 범인을 찾아내기는 어렵다는 것이다.

그러기에 대저 어리석은 민중들은 '원숭이가 사람 흉내를 내네' 하고 마음을 놓고 지내는 모양이지만 사실 사람이 원숭이 흉내를 내고 지내는바 짜장 지당한 전고 근거로 삼을 만한 옛일 를 이해하지 못하는 탓이리라.

오호라 일거수일투족이 이미 아담 이브의 그런 충동적 습관에서는 탈각한 지 오래다. 반사운동과 반사운동 틈사구니에 끼어서 잠시 실로 전광석화만큼 손가락이 자의식의 포로가 되었을 때, 나는 모처럼 내 허무한 세월 가운데 한각되어 ^{무심하게 내버려져} 있는 기암^{기이하게 생긴 바위} 내 콧잔등이를 좀 만지작만지작했다거나, 고귀한 대화와 대화 늘어선 쇠사슬 사이에도 정히 간발을 허용하는 들창이 있나니 그 서슬 퍼런 날이 자의식을 걷잡을 사이도 없이 양단하는 순간 나는 내 명경같이 맑아야 할 지보 ^{더없이 중요한 보배} 두 눈에 혹시 눈곱이 끼지나 않았나 하는 듯이 적절하게 주름살 잡힌 손수건을 꺼내어서는 그 두 눈을 만지작만지작했다거나…….

내 혼백과 사대 ^{세상 만물을 구성하는 땅, 물, 불, 바람의 네 가지 요소}의 점잖은 태만성이 그런 사소한 연화^{인연}들을 일일이 따라다니면서—보고 와서—내 통괄되는 처소에다 일러바쳐야만 하는 그런 압도적 망쇄^{忙殺}를 나는 이루 감당해내는 수가 없다.

그러나 나는 내 지중한 산호편^{珊瑚鞭}을 자랑하고 싶다.

'쓰레기', '우거지'.

이 구지레한 ^{상태나 언행 따위가 더럽고 지저분한} 단자^{단어를 표시한 글자}의 분위기를 족하 ^{같은 또래 사이에서 상대편을 높여 이르는 말}는 족히 이해하십니까. 족하는 족하가 기독교식으로 결혼하던 날 네이브 앤드 아일^{교회 신도석과 복도}에서 이 '쓰레기', '우거지'에 근이한 ^{가까운} 감흥을 맛보았으리라고 생각이 되는데 과연 그렇지는 않으십니까.

나는 그런 '쓰레기'나 '우거지' 같은 테이프를—내 종생기 처처에다 ^{곳곳에다} 가련히 심어놓은 자지레한 치레^{무슨 일에 실속 이상으로 꾸며 드}

러냄를 위하여—뿌려보려는 것인데…….

다행히 박수하다. 이상.

'치사侈奢한 소녀는''해동기의 시냇가에 서서''입술이 낙화 지듯 좀 파래지면서''박빙薄氷 밑으로는 무엇이 저리도 움직이는가고''고개를 갸웃거리는 듯이 숙이고 있는데''봄 운기를 품은 훈풍이 불어와서''스커트', 아니 아니, '너무나', 아니 아니, '좀''슬퍼 보이는 홍발紅髮을 건드리면' 그만. 더 아니다. 나는 한마디 가련한 어휘를 첨가할 성의를 보이자.

"나붓나붓."

이만하면 완비된 장치에 틀림없으리라. 나는 내 종생기의 서장을 꾸밀 그 소문 높은 산호편을 더 여실히 하기 위하여 위와 같은 실로 나로서는 너무나 과람히分수에 지나치게 치사스럽고 어마어마한 세간살이를 장만한 것이다.

그런데…….

혹 지나치지나 않았나. 천하에 형안날카로운 눈매이 없지 않으니까 너무 금칠을 아니했다가는 섣불리 들킬 염려가 있다. 하나,

그냥 어디 이대로 써보기로 하자.

나는 지금 가을바람이 자못 소슬한으스스하고 쓸쓸한 내 구중중한지저분한 방에 홀로 누워 종생하고목숨이 다하고 있다.

어머니 아버지의 충고에 의하면 나는 추호의 틀림도 없는 만 이십오 세와 십일 개월의 '홍안젊어서 혈색이 좋은 얼굴을 이르는 말 미소년'이

라는 것이다. 그렇건만 나는 확실히 노옹^{늙은 남자} 이다. 그날 하루하루가 '인생은 짧고 예술은 기다랗다' 하는 엄청난 평생이다.

나는 날마다 운명하였다^{목숨이 끊어졌다}. 나는 자던 잠—이 잠이야말로 언제 시작한 잠이더냐—을 깨면 내 통절한^{뼈에 사무치게 절실한} 생애가 개시되는데 청춘이 여지없이 탕진되는 것을 이불을 푹 뒤집어쓰고 누웠지만 역력히 목도한다^{목격한다}.

나는 노래^{늘그막} 에 빈곤한 식사를 한다. 열두 시간 이내에 종생을 맞이하고, 그리고 할 수 없이 이리 궁리 저리 궁리 유언다운 유언이 어디 유실되어 있지 않나 하고 찾고 찾아서는 그중 의젓스러운 놈으로 몇 추린다.

그러나 고독한 만년 가운데 한 구의 에피그램을 얻지 못하고 그대로 처참히 나는 물고^{物故} 하고 만다.

일생의 하루……

하루의 일생은 대체—우선—이렇게 해서 끝나고 끝나고 하는 것이었다.

자, 보아라.

이런 내 분장은 좀 과하게 치사스럽다는 느낌은 없을까, 없지 않다. 그러나 위풍당당 일세를 풍미할 만한 참신무비^{斬新無比} 한 햄릿—망언다사^{자기가 한 말 속에 망언이 있으면 깊이 사과한다는 뜻} —을 하나 출세시키기 위하여는 이만한 출자는 아끼지 말아야 하지 않을까 하는 느낌도 없지 않다.

나는 가을. 소녀는 해동기.

언제나 이 두 사람이 만나서 즐거운 소꿉장난을 한번 해보리까.

나는 그해 봄에도…….

부질없는 세상이 스스러워서 상설눈서리 같은 위엄을 갖춘 몸으로 한심한 불우의 일월을 맞고 보내지 않으면 안 되었다.

미문아름다운 문장, 미문, 애하曖牙! 미문.

미문이라는 것은 적이 조처하기 위험한 수작이니라.

나는 내 감상의 꿀방구리꿀을 담아놓은 질그릇 속에 청산 가던 나비처럼 마취혼사痲醉昏死 하기 자칫 쉬운 것이다. 조심조심 나는 내 맵시를 고쳐야 할 것을 안다.

나는 그날 아침에 무슨 생각에서 그랬는지 이를 닦으면서 내 작성 중에 있는 유서 때문에 끙끙 앓았다.

열세 벌의 유서가 거의 완성돼가는 것이었다. 그러나 그 어느 것을 집어내 보아도 다 같이 서른여섯 살에 자살한 어느 '천재'가 머리맡에 놓고 간 개세기상이나 위력, 재능 따위가 세상을 뒤덮음 의 일품의 아류에서 일보를 나서지 못했다. 내게 요만 재주밖에는 없느냐는 것이 다시없이 분하고 억울한 사정이었고 또 초조의 근원이었다. 미간을 찌푸리되 가장 고매한 얼굴을 지속해야 할 것을 잊어버리지 않고, 그리고 계속하여 끙끙 앓고 있노라니까—나는 일시 일각을 허송하지는 않는다. 나는 없는 지혜를 끊이지 않고 쥐어짠다—속달 편지가 왔다. 소녀에게서다.

선생님! 어제 저녁 꿈에도 저는 선생님을 만나뵈었습니다. 꿈 가운데 선생님은 참 다정하십니다. 저를 어린애처럼 귀여워해주십니다.

그러나 백일구름이 끼지 않아 밝게 빛나는 해 아래 표표하신 가볍게 나부끼거나 날아오르는 선생님은 저를 부르시지 않습니다.

비굴이라는 것이 무슨 빛으로 되어 있나 보시려거든, 선생님은 거울을 한번 보아보십시오. 거기 비치는 선생님의 얼굴빛이 바로 비굴이라는 것의 빛입니다.

헤어진 부인과 삼 년을 동거하시는 동안에 '너 가거라' 소리를 한마디도 하신 일이 없다는 것이 선생님의 유일의 자만이십니다그려! 그렇게까지 선생님은 인정에 구구하신가요.

R과도 깨끗이 헤어졌습니다. S와는 절연한 지 벌써 다섯 달이나 된다는 것은 선생님께서도 믿어주시는 바지요? 다섯 달 동안 저에게는 아무것도 없습니다. 저의 청절 맑고 깨끗한 절개을 인정해주시기 바랍니다. 저의 최후까지 더럽히지 않은 것을 선생님께 드리겠습니다. 저의 희멀건 살의 매력이 이렇게 다섯 달 동안이나 놀고 있는 것은 참 무엇이라고 말할 수 없이 아깝습니다. 저의 잔털 나스르르한 목 영※한 온도가 선생님을 기다리고 있습니다. 선생님이여! 저를 부르십시오. 저더러 영영 오라는 말을 안 하시는 것은 그 것 역시 가신 적 경우와 똑같은 이론에서 나온 구구한 인생 변호의 치사스러운 수법이신가요? 영원히 선생님 '한 분'만을 사랑하지

요. 어서어서 저를 전적으로 선생님만의 것을 만들어주십시오. 선생님의 '전용'이 되게 하십시오.

제가 아주 어수룩한 줄 오산하고 계신 모양인데 오산 치고는 좀 어림없는 큰 오산이리다.

네 딴은 제법 든든한 줄만 믿고 있는 네 그 안전지대라는 것을 너는 아마 하나 가진 모양인데 그까짓 것쯤 내 말 한마디에 사태가 나고 말리라, 이렇게 일러 드리고 싶습니다. 또……,

예끼! 구역질 나는 인생 같으니, 이러고도 싶습니다.

삼월 삼 일 날 오후 두 시에 동소문 버스 정류장 앞으로 꼭 와야 되지 그렇지 않으면 큰일 나요. 내 징벌을 안 받지 못하리라.

만 십구 세 이 개월을 맞이하는

정희 올림

이상 선생님께

물론 이것은 죄다 거짓부렁이다. 그러나 그 일촉즉발^{한 번 건드리기만 해도 폭발할 것같이 몹시 위급한 상태}의 아슬아슬한 용심법^{用心法}이 특히 그 중에도 결미글의 끝부분의 비견할 데 없는 청초함이 장히 질풍신뢰^{빠르고 심하게 변하는 상태}를 품은 듯한 명문이다.

나는 까무러칠 뻔하면서 혀를 내둘렀다. 나는 깜빡 속기로 한다. 속고 만다.

여기 이 이상 선생님이라는 허수아비 같은 나는 지난밤 사이에 내 평생을 경력했다 여러 가지 일을 겪어 지내왔다. 나는 드디어 쭈글쭈글하게 노쇠해버렸던 차에 아침—이 온 것—을 보고 이키! 남들이 보는데서는 나는 가급적 어쭙잖게—잠을—자야 되는 것이어늘 하고 늘 이를 닦고, 그러고는 도로 얼른 자 버릇하는 것이었다. 오늘도 또 그럴 셈이었다.

사람들은 나를 보고 짐짓 기이하기도 해서 그러는지 경천동지 하늘을 놀라게 하고 땅을 뒤흔든다는 뜻의 육중한 경륜을 품은 사람인가 보다고들 속는다. 그러니까 그렇게 하는 것이 내 시시한 자세나마 유지시킬 수 있는 유일무이의 비결이었다. 즉 나는 남들 좀 보라고 낮에 잔다.

그러나 그 편지를 받고 흔희작약 좋아서 뛰며 기뻐함, 나는 개세의 경륜과 유서의 고민을 깨끗이 씻어버리기 위하여 바로 이발소로 갔다. 나는 여간 아니 호걸답게 입술에다 치분 가루로 되어 있는 치약을 허옇게 묻혀가지고는 그 현란한 거울 앞에 가 앉아 이제 호화장려하게 개막하려 드는 내 종생을 유유히 즐기기로 거기 해당하게 내 맵시를 수습하는 것이었다.

우선 그 작소 까치집라는 뇌명 세상에 널리 알려진 이름까지 있는 봉발 텁수룩하게 흐트러진 머리털을 썰어서 상고머리라는 것을 만들었다. 오각수 윗입술의 양쪽, 양볼, 턱에 난 털이 다섯모꼴을 이루고 있다는 뜻으로 수염을 이르는 말는 깨끗이 도태해버렸다. 귀를 우비고 코털을 다듬었다. 안마도 했다. 그리고 비누 세수를 한 다음 문득 거울을 들여다보니 품 기품, 품격 있는 데라고는 한 귀퉁이도 없어 보이는 듯하면서 또한 태생을 어찌 어기리요. 좋도록 말해서 라파엘전파^{19세기 중엽 영국에서 일어난 소박한 화풍의 예술운동} 일원같이 그렇게 청초한 백면서생^{한갓 글만 읽고 세상일에는 전혀 경험이 없는 사람}이라고도 보아줄 수 있지 하고 실없이 제 얼굴을 미남자거니 고집하고 싶어 하는 구지레한 욕심을 내심 탄식하였다.

아차! 나에게도 모자가 있다. 겨우내 꾸겨 박질러 두었던 것을 부득부득 끄집어내어다 십오 분간 세탁소로 가지고 가서 멀쩡하게 만들었다. 그리고 흰 바지저고리에 고동색 대님을 다 치고 차림차림이 제법 이색이었다. 공단은 못 되나마 능직 두루마기에 이만하면 고왕금래^{예전과 지금을 아울러} 모모한^{아무아무라고 손꼽을 만한} 천재의 풍모에 비겨도 조금도 손색이 없으리라. 나는 내 그런 여간 이만저만하지 않은 풍모를 더욱더욱 이만저만하지 않게 모디파이어하기^{수식하기} 위하여 가늘지도 굵지도 않은 그다지 알맞은 단장을 하나 내 손에 쥐어주어야 할 것도 때마침 잊어버리지는 않았다.

별수 없이…….

오늘이 즉 삼월 삼 일인 것이다.

나는 점잖게 한 삼십 분쯤 지각해서 동소문 지정받은 자리에 도착하였다. 정희는 또 정희대로 아주 정희답게 한 삼십 분쯤 일찍 와서 있다.

정희의 입상^{서 있는 모습}은 제정러시아^{1917년의 혁명이 일어나기 이전의 러시아}적 우표딱지처럼 적잖이 슬프다. 이것은 아직도 얼음을 품은 바람이 해토머리^{얼었던 땅이 녹아서 풀리기 시작할 때}답게 싸늘해서 말하자면 정희의 모양을 얼마간 침통하게 해 보인 탓이렷다.

나는 이런 경우에 천만뜻밖에도 눈물이 핑 눈에 그뜩 돌아야 하는 것이 꼭 맞는 원칙으로서의 의표意表가 아닐까, 그렇게 생각하면서 저벅저벅 정희 앞으로 다가갔다.

우리들은 이 땅을 처음 찾아온 제비 한 쌍처럼 잘 앙증스럽게 만보하기^{한가롭게 슬슬 걷기} 시작했다. 걸어가면서도 나는 내 두루마기에 잡히는 주름살 하나에도, 단장을 한번 휘젓는 곡절에도 세세히 조심한다. 나는 말하자면 내 우연한 종생을 감쪽스럽도록 찬란하게 허식하기^{실속이 없이 겉만 꾸미기} 위하여 내 박빙을 밟는 듯한 포즈를 아차 실수로 무너뜨리거나 해서는 절대로 안 된다는 것을 굳게 굳게 명銘하고 있는 까닭이다.

그러면 맨 처음 발언으로는 나는 어떤 기절참절奇絶慘絶한 경구를 내어놓아야 할 것인가, 이것 때문에 또 잠깐 머뭇머뭇하지 않을 수도 없었지만 그렇다고 바로 대고 거 어쩌면 그렇게 똑 제정러시아적 우표딱지같이 초초하니^{모양이 말쑥하고 깨끗하니} 어쩌니 하는 수는 차마 없다.

나는 선뜻,

"설마가 사람을 죽이느니."

하는 소리를 저 배 속에서부터 우러나오는 듯한 그런 가라앉은 목소리에 꽤 명료한 발음을 얹어서 정희 귀 가까이다 대고 지껄여버렸다. 이만하면 아마 그 경우의 최초의 발성으로는 무던히 성공한 편이리라. 뜻인즉, 네가 오라고 그랬다고 그렇게 내가 불쑥 올 줄은 너 꿈에도 생각하지 못했으리라는 꼼꼼한 의도다.

나는 아침 반찬으로 콩나물을 삼 전어치는 안 팔겠다는 것을 교묘히 무사히 삼 전어치만 살 수 있는 것과 같은 미끈한 쾌감을 맛본다. 내 딴은 다행히 노랑돈_{몹시 아끼는 많지 않은 돈} 한 푼도 참 용하게 낭비하지는 않은 듯싶었다.

그러나 그런 내 청천에 벽력이 떨어진 것 같은 인사에 대하여 정희는 실로 대답이 없다. 이것은 참 큰일이다. 아이들이 '고추 먹고 맴맴 담배 먹고 맴맴' 하고 노는 그런 암팡진 수단으로 그냥 단번에 나를 어지러뜨려서는 넘어뜨려버릴 작정인 모양이다.

정말 그렇다면!

이 상쾌한 정희의 확호_{아주 든든하고 굳센} 부동자세야말로 엔간치 않은 출품이 아닐 수 없다. 내가 내어놓은바 살인촌철_{간단한 말로도 남을 감동하게 하거나 남의 약점을 찌를 수 있음을 이르는 말}은 그만 즉석에서 분쇄되어 가엾은 부작^{不作}으로 내려 떨어지고 마는 것이다 하고 나는 느꼈다.

나는 나로서 할 수 있는 가장 큰 규모의 손짓 발짓을 한번 해 보이고 이윽고 낙담하였다는 것을 표시하였다. 일이 여기 이른 바에는 내 포즈 여부가 문제 아니다. 표정도 인제 더 써먹을 것이 남아 있을 성싶지도 않고 해서 나는 겸연쩍게 안색을 좀 고쳐가지고 그리고 정희! 그럼 나는 가겠소 하고 깍듯이 인사하고 그리고?

나는 발길을 돌려서 집을 향해 걷기 시작했다. 내 파란만장의 생애가 자지레한 말 한마디로 하여 그만 회신불에 타고 남은 끄트러기나 재으로 돌아가고 만 것이다. 나는 세상에도 참혹한 풍채 아래서 내 종생을 치른 것이라고 생각하면서 그렇다면 그럼 그럴 성싶기도 하게 단장도 한두 번 휘두르고 입도 좀 일기죽일기죽해보기도 하고 하면서 행차하는 체해 보인다.

오 초—십 초—이십 초—삼십 초—일 분.

결코 뒤를 돌아다보거나 해서는 못쓴다. 어디까지든지 사심 없이 패배한 체하고 걷는 체한다. 실심한 체한다.

나는 사실은 좀 어지럽다. 내 쇠약한 심장으로는 이런 자약한 큰일을 당해도 놀라지 않고 보통 때처럼 침착한 체조를 그렇게 장시간 계속하기가 썩 어려운 것이다.

묘지명이라. 일세한 시대나 한 세대의 귀재 이상은 그 통생通生의 대작 '종생기' 한 편을 남기고 서력예수 그리스도가 태어난 해를 기원으로 하는 책력 기원후 1937년 정축육십갑자의 열넷째 삼월 삼 일 미시오후 한 시부터 세 시까지 여기 백일 아래서 그 파란만장(?)의 생애를 끝막고 문득 졸卒하다. 향년한평생 살아 누린 나이 만 이십오 세와 십일 개월. 오호라! 상심 크다. 허탈이야, 잔존하는 또 하나의 이상, 구천을 우러러 호곡하고 소리를 내어 슬피 울고 이 한산 일편석一片石을 세우노라. 애인 정희는 그대의 몰후사후 수삼 인의 비첩秘妾된 바 있고 오히려 장수하니 지하의 이상아! 바라건댄 명목하라 눈을 감아라.

그리 칠칠치는 못하나마 이만큼 해가지고 이 꼴 저 꼴 구지레한 흠집을 살짝 도회하기로 하자. 고만 실수는 여상 위와 같은의 묘기로 겸사겸사 메우고 다시 나는 내 반생의 진용 형편 또는 상태 후일에 관해 차근차근 고려하기로 한다. 이상.

역대의 에피그램과 경국의 철칙이 다 내게 있어서는 내 위선을 암장하는 한 스무드한 구실에 지나지 않는다. 실로 나는 내 낙명 목 숨을 잃음의 자리에서도 임종의 합리화를 위하여 코로 프랑스의 풍경화가처럼 도색 桃色의 팔레트를 볼 수도 없거니와 톨스토이처럼 탄식해주고 싶은 쥐꼬리만 한 금언의 추억도 가지지 않고 그냥 난데없이 다리를 삐어 넘어지듯이 스르르 죽어가리라.

거룩하다는 칭호를 휴대하고 나를 찾아오는 '연애'라는 것을 응수하는 데 있어서도 어디서 어떤 노소간 늙은이와 젊은이의 사이의 의뭉스러운 선인들이 발라먹고 내어버린 그런 유훈을 나는 헐값에 거둬들여다가는 제련 재탕 다시 써먹는다는 줄로만 알았다가도 또 내게 혼나는 경우가 있으리라.

나는 찬밥 한술 냉수 한 모금을 먹고도 넉넉히 일세를 위압할 만한 '고언 듣기에는 거슬리나 도움이 되는 말'을 적적 摘摘할 수 있는 그런 지혜의 실력을 가졌다.

그러나 자의식의 절정 위에 발돋움을 하고 올라선 단말마의 비결을 보통 야시 국수버섯을 팔러 오신 시골 아주먼네에게 서너 푼에 그냥 넘겨주고 그만두는, 그렇게까지 자신의 에티켓을 미화시키는 겸허의 방식도 또한 나는 무루히^{번뇌}에서 벗어나 터득하고 있는 것이다. 당목할지어다^{눈을 휘둥그렇게 뜨고 물끄러미 쳐다볼지어다}. 이상.

난마^{어지럽게 얽힌 삼 껍질에서 뽑아낸 실의 가닥}와 같이 갈피를 잡을 수 없는 얼마간 비극적인 자기 탐구.

이런 흙발 같은 남루한 주제는 문벌이 버젓한 나로서 채택할 신세가 아니거니와 나는 태서^{서양}의 에티켓으로 차 한잔을 마실 적의 포즈에 대하여도 세심하고 세심한 용의가 필요하다.

휘파람 한번을 분다 치더라도 내 극비리에 정선^{정밀하게 잘 골라 뽑음}은닉된 절차를 온고^{溫古}하여야만 한다. 그런 다음이 아니고는 나는 희망 잃은 황혼에서도 휘파람 한마디를 마음대로 불 수는 없는 것이다.

동물에 대한 고결한 지식?

사슴, 물오리, 이 밖의 어떤 종류의 동물도 내 애니멀 킹덤^{동물계}에서는 낙탈^{落脫}되어 있어야 한다. 나는 이 수렵용으로 귀여히 가여히 되어먹어 있는 동물 외의 동물에 언제든지 무가내하^{막무가내}로 무지하다. 또⋯⋯,

그럼 풍경에 대한 오만한 처신법?

어떤 풍경을 묻지 않고 풍경의 근원, 중심, 초점이 말하자면 나하나 '도련님'다운 소행에 있어야 할 것을 방약무인^{곁에 사람이 없는 것처럼 거리낌 없이 함부로 말하고 행동하는 태도가 있음}으로 강조한다. 나는 이 맹목적 신조를 두 눈을 그대로 딱 부르감고 믿어야 된다.

자진한 '우매', '몰각'이 참 어렵다.

보아라. 이 자득하는 우매의 절기를! 몰각의 절기를.

백구는 의백사하니 막부춘초벽하라 ^{백구는 흰 모래와 어울리니 봄풀의 푸른} 곳에 가지 말라는 뜻으로 이태백의 시구를 인용한 것.

이태백 ^{중국 당나라의 시인}. 이 전후 만고의 으리으리한 '화족 ^{지체가 높은} 사람이나 나라에 공훈이 있는 사람의 집안이나 자손들'. 나는 이태백을 닮기도 해야 한다. 그러기 위하여 오언절구 한 줄에서도 한 자 가량의 태연자약한 실수를 범해야만 한다. 현란한 문벌이 풍기는 가히 범할 수 없는 기품과 세도가 넉넉히 고시 한 절쯤 서슴지 않고 생채기를 내어놓아도 다들 어수룩한 체들 하고 속느니 하는 교만한 미신이다.

곱게 빨아서 곱게 다리미질을 해놓은 한 벌 슈미즈 ^{여성의 양장용 속옷} ^{의 하나}에 깜빡 속는 청절처럼 그렇게 아담하게 나는 어떠한 질차 ^{跌蹉} 에서도 거뜬하게 얄미운 미소와 함께 일어나야만 하는 것이니까.

오늘날 내 한 씨족이 분명치 못한 소녀에게 섣불리 딴죽을 걸려 넘어진다기로서니 이대로 내 숙망 ^{오랫동안 품어온 소망}의 호화장려한 종생을 한 방울 하잘것없는 오점을 내는 채 투시해서야 어찌 초지의 만일에 응답할 수 있는 면목이 족히 서겠는가 하는 허울 좋은 구실이 영일 ^{아침부터 저녁 늦게까지의 하루 종일} 밤보다도 오히려 한 뼘 짧은 내 전정 ^{앞길}에 대두하기 시작하는 것이었다.

완만 착실한 서술! 나는 과히 눈에 띌 성싶지 않은 한 지점을 재재바르게 붙들어서 거기서 공중 담배를 한 갑 사—주머니에 넣고—

피워 물고 정희의 뻔한 걸음을 다시 뒤따랐다.

　나는 그저 일상의 다반사를 간과하듯이 범연하게 휘파람을 불고, 내 구두 뒤축이 아스팔트를 디디는 템포 음향, 이런 것들의 귀찮은 조절에도 깔끔히 정신 차리면서 넉넉잡고 삼 분, 다시 돌친되돌린 걸음은 정희와 어깨를 나란히 걸을 수 있었다. 부질없는 세상에 제 심각하면 침통하면 또 어쩌겠느냐는 듯싶은 서운한 눈의 위치를 동소문 밖 신개지 풍경 어디라고 정定 치 않은 한 점에 두어두었으니 보라는 듯한 부득부득 지근거리는 자세면서도 또 그렇지도 않을 성싶은 내 묘기 중에도 묘기를 더한층 허겁지겁 연마하기에 골똘하는 것이었다.

　일모청산날이 저묾이 …….

　날은 저물었다. 아차! 아직 저물지 않은 것으로 하는 것이 좋을까 보다.

　날은 아직 저물지 않았다.

　그러면 아까 장만해둔 세간 기구를 내세워 어디 차근차근 살림살이를 한번 치러볼 천우하늘의 도움 의 호기가 내 앞으로 다다랐나 보다. 자…….

　태생은 어길 수 없어 비천한 '티'를 감추지 못하는 딸.

　'전기前記 치사한 소녀 운운은 어디까지든지 이 바보 이상의 호의에서 나온 곡해다. 모파상프랑스의 소설가 의 《비곗덩어리》를 생각하자. 가족은 미만 십사 세의 딸에게 매음돈을 받고 몸을 팖 시켰다. 두 번째는 미만 십구 세의 딸이 자진했다. 아, 세 번째는 그 나이 스물두 살이 되던 해 봄에 얹은 낭자[뒤통수에 땋아서 틀어 올려 비녀를 꽂은 머리털]를 내리우고 게다 다홍 댕기를 들여 늘어뜨려 편발[관례를 하기 전 길게 땋아 늘인 머리] 처자를 위조하여서는 대거하여 강행으로 매끽하여버렸다[팔아먹어버렸다].'

비천한 뉘 집 딸이 해빙기의 시냇가에 서서 입술이 낙화 지듯 좀 파래지면서 박빙 밑으로는 무엇이 저리도 움직이는가고 고개를 갸웃거리는 듯이 숙이고 있는데 봄 운기를 품은 훈풍이 불어와서 스커트, 아니 너무나 슬퍼 보이는, 아니 좀 슬퍼 보이는 홍발을 건드리면—좀 슬퍼 보이는 홍발을 나붓나붓 건드리면…….

여상이다. 이 개기름 도는 가소로운 무대를 앞에 두고 나는 나대로 나답게 가문이라는 자지레한 '투[말이나 글, 행동 따위에서 버릇처럼 일정하게 굳어진 본새나 방식]'는 어떤 일이 있더라도 잊어버리지 않고 채석장 희멀건 단층을 건너다보면서 탄식 비슷이,

"지구를 저며내는 사람들은 역시 자연 파괴자리라."
는 둥,

"개아미 집이야말로 과연 정연하구나."
라는 둥,

"비가 오면, 아 천하에 비가 오면."
이라는 둥,

"작년에 났던 초목이 올해에도 또 돋으려누, 귀불귀[歸不歸]란 무엇인가."

라는 둥…….

치레 잘하면 제법 의젓스러워도 보일 만한 가장 한산한 과제로만 골라서 점잖게 방심해 보여 놓는다.

정말일까? 거짓말일까. 정희가 불쑥 말을 한다. 한 소리가,

"봄이 이렇게 왔군요."

하고 윗니는 좀 사이가 벌어져서 보기 흉한 듯하니까 살짝 가리고 곱다고 자처하는 아랫니를 보이지 않으려고 했지만 부지불식간에 그렇게 내어다보인 것을 또 어쩝니까 하는 듯싶이 가증하게 내어 보이면서 또 여간해서 어림이 서지 않는 어중간한 얼굴을 그 위에 얹어 내세우는 것이었다.

좋아, 좋아, 좋아. 그만하면 잘되었어.

나는 고개 대신에 단장을 끄덕끄덕해 보이면서 창졸간에 그만 정희 어깨 위에다 손을 얹고 말았다.

그랬더니 정희는 적이 해괴해하노라는 듯이 잠시는 묵묵하더니…… 정희도 문벌이라든가 혹은 간단히 말해 에티켓이라든가 제법 배워서 짐작하노라고 속삭이는 것이 아닌가.

꿀꺽!

넘어가는 내 지지한 종생, 이렇게도 실수가 허(許)해서야 물질적 전 생애를 탕진해가면서 사수하여온 산호편의 본의가 대체 어디 있느냐? 내내 울화가 북받쳐 혼도할^{어지러워 쓰러질} 것 같다.

흥천사興天寺 으슥한 구석방에 내 종생의 갈력^{있는 힘을 다함}이 정희

를 이끌어 들이기도 전에 나는 밤 쓸쓸히 거짓말깨나 해놓았나 보다.

나는 내가 그윽히 음모한바 천고불역_{오래도록 변하지 않음}의 탕아, 이상의 자지레한 문학의 빈민굴을 교란시키고자 하던 가지가지 진기한 연장이 어느 겨를에 뼈물기 시작한 것을 여기서 깨달아야 되나 보다. 사회는 어떠쿵, 도덕이 어떠쿵, 내면적 성찰 추구 적발 징발은 어떠쿵, 자의식 과잉이 어떠쿵, 제 깜냥_{스스로 일을 헤아릴 수 있는 능력}에 번지레한 칠을 해 내건 치사스러운 간판들이 미상불 우스꽝스럽기가 그지없다.

'독화^{毒花}.'

족하는 이 꼭두각시 같은 어휘 한마디를 잠시 맡아가지고 계셔보구려? 예술이라는 허망한 아궁이 근처에서 송장 근처에서보다도 한결 더 썰썰 기고 있는 그들 해반주룩한 사도의 혈족들 땟국 내 나는 틈에 가 끼어서, 나는……

내 계집의 치마 단속곳을 갈갈이 찢어놓았고, 버선 켤레를 걸레를 만들어놓았고, 검던 머리에 곱던 양자_{겉으로 나타난 모양이나 모습}, 영악한 곰의 발자국이 질컥 디디고 지나간 것처럼 얼굴을 망가뜨려놓았고, 지기^{知己} 친척의 돈을 뭉청 떼어먹었고, 좌수터 유래 깊은 상호를 쑥밭을 만들어놓았고, 겁쟁이 취리자_{돈이나 곡식을 빌려주고 그 변리를 받는 사람}는 고랑때_{골탕}를 먹여놓았고, 대금업자의 수금인을 졸도시켰고, 사장과 취체역_{예전에 주식회사 이사를 이르던 말}과 사돈과 아범과 아비와 처남과 처제와 또 아비와 아비의 딸과 딸이 허다 중생으로 하여금 서로서로 이간을 붙이고 붙이게 하고 얼버무려져 싸움질을 하게 해놓았고 사글셋방 새 다다미에 잉크와 요강과 팥죽을 엎질렀고, 누구누구를 임포텐츠^{발기불능}를 만들어놓았고……

'독화'라는 말의 콕 찌르는 맛을 그만하면 어렴풋이나마 어떻게 짐작이 서는가 싶소이까.

잘못 빚은 증편^{여름에 먹는 떡의 하나} 같은 시 몇 줄 소설 서너 편을 꿰차고 조촐하게 등장하는 것을 아 무엇인 줄 알고 깜빡 속고 섣불리 손뼉을 한두 번 쳤다는 죄로 제 계집 간음당한 것보다도 더 큰 망신을 일신에 짊어지고 그러고는 앙탈 비슷이 시치미를 떼지 않으면 안 되는, 어디까지든지 치사스러운 예의 절차, 마귀—터주가—의 소행—덧났다—이라고 돌려버리자?

'독화.'

물론 나는 내일 새벽에 내 길든 노상에서 무려 내게 필적하는 한숨은 탕아를 해후할는지도 마치 모르나, 나는 신바람이 난 무당처럼 어깨를 치켰다 젖혔다 하면서라도 풍마우세^{바람에 갈리고 비에 씻김}의 고행을 얼른 그렇게 쉽사리 그만두지는 않는다.

아—어쩐지 전신이 몹시 가렵다. 나는 무연한^{아무 인연이나 연고가 없는} 중생의 뭇 원한 탓으로 악역의 범함을 입나 보다. 나는 은근히 속으로 앓으면서 토일렛^{화장실} 정한 대야에다 양손을 정하게 씻은 다음, 내 자리로 돌아와 앉아 차근차근 나 자신을 반성 회오^{뉘우치고 깨달음}—쉬운 말로 자지레한 셈을 좀 놓아보아야겠다.

에티켓? 문벌? 양식? 번신술^{몸을 변하게 하여 바꾸는 기술}?

그렇다고 내가 찔끔 정희 어깨 위에 얹었던 손을 뚝 떼인다든지 했다가는 큰 망발이다. 일을 잡치리라. 어디까지든지 내 뺨의 홍조만을 조심하면서 좋아, 좋아, 좋아, 그래만 주면 된다. 그러고 나서 피차다 알아들었다는 듯이 어깨에 손을 얹은 채 어깨를 나란히 흥천사 경내로 들어갔다. 가서 길을 별안간 잃어버린 것처럼 자분참^{지체없이 곧} 산 위로 올라가버린다. 산 위에서 이번에는 정말 포즈를 하릴없이 무너뜨렸다는 것처럼 정교하게 머뭇머뭇해준다. 그러나 기실 말짱하다.

풍경^{처마 끝에 다는 작은 종} 소리가 똑 알맞다. 이런 경우에는 제법 번듯한 식자^{학식, 견식, 상식}가 있는 사람이면…….

아, 나는 왜 늘 항례^{보통 있는 일}에서 비켜서려 드는 것일까? 잊었느냐? 비싼 월사^{다달이 내던 수업료}를 바치고 얻은 고매한 학문과 예절을.

현역 육군 중좌^{중령}에게서 받은 추상열일^{형벌이 엄하고 권위가 있음을 비유하는 말}의 훈육을 왜 나는 이 경우에 버젓하게 내세우지를 못하느냐?

창연한 고찰 유루^{빠져나가거나 새어나감} 없는 장치에서 나는 정신 차려야 한다. 나는 내 쟁쟁한 이력을 솔직하게 써먹어야 한다. 나는 고개를 숙이고 담배를 한 대 피워 물고 도장^{도살장}에 들어가는 소, 죽기보다 싫은 서투르고 근질근질한 포즈 체모독주^{體貌獨奏}에 어지간히 성공해야만 한다.

그랬더니 그만두잔다. 당신의 그 어림없는 몸치렐랑 그만두세요.

저는 어지간히 식상^{물리거나 질림}이 되었습니다 한다.

그렇다면?

내 꾸준한 노력도 일조일석에 수포로 돌아가는 것이 아닌가.

대체 정희라는 가련한 '석녀'가 제 어떤 재간으로 그런 음흉한 내 간계를 요만큼까지 간파했다는 것이냐.

일시에 기진한다. 맥은 탁 풀리고는 앞이 팽 돌다 아찔하는 것이 이러다가 까무러치려나 보다고 극력 단장을 의지하여 버텨보노라니까, 희라 ^{매우 애통할 때 하는 말!} 내 기사회생^{죽을 뻔하다가 도로 살아남}의 종생도 이번만은 회춘하기 장히 어려울 듯싶다.

이상! 당신은 세상을 경영할 줄 모르는, 말하자면 병신이오. 그다지도 '미혹' 하단 말씀이오? 건너다보니 절터지요? 그렇다 하더라도 《카라마조프의 형제^{도스토옙스키의 장편소설}》나 《사십 년^{박노갑의 소설}》을 좀 구경 삼아 들러 보시지요.

아니지! 정희! 그게 뭐냐 하면 나도 살고 있어야 하겠으니 너도 살자는 사기, 속임수, 일부러 만들어 내어놓은 미신 중에도 가장 우수한 무서운 주문이오.

이상! 그러지 말고 시험 삼아 한 발만, 한 발자국만 저 개흙밭에다 들여놓아보시지요.

이 악보같이 스무드한 담소 속에서 비칠비칠하노라면 나는 내게 필적하는 천의무봉^{완전무결하여 흠이 없음을 이르는 말}의 탕아가 이 목첩간^{아주 가까운 때나 장소를 비유하는 말}에 있는 것을 느낀다. 누구나 제 내어놓앉던 협수룩한 포즈를 걷어치우느라고 허겁지겁들 할 것이다. 나도 그때 내 슬하에 이렇게 유산되는 자손을 느끼면서 만재에 드리우는 극흉극비 종가의 부적을 앞에 놓고서 적이 불안하게 또 한편으로는 적이 안일하게 운명하는 마지막 낙백낮을 잃음의 이 내 종생을 애오라 지오로지 방불히 하는 것이었다.

나는 내 분묘 될 만한 조촐한 터전을 찾는 듯한 그런 서글픈 마음으로 정희를 재촉하여 그 언덕을 내려왔다. 등 뒤에 들리는 풍경 소리는 진실로 내 심통을 돕는 듯하다고 사자하면글씨를 베껴 쓰면 정경을 한층 더 반듯하게 매만져놓는 한 도움이 되리라. 그럼 진실로 풍경 소리는 내 등 뒤에서 내 마지막 심통함을 한층 더 들볶아놓는 듯하더라.

미문에 견줄 만큼 위태위태한 것이 절승경치가 빼어나게 좋음에 혹사한 풍경이다. 절승에 혹사한 풍경을 미문으로 번안 모사해놓았다면 자칫 실족 익사하기 쉬운 웅덩이나 다름없는 것이니 첨위여러분을 문어적으로 이르는 말는 아예 가까이 다가서서는 안 된다. 도스토옙스키나 고리키는 미문을 쓰는 버릇이 없는 체했고 또 황량, 아담한 경치를 '취급'하지 않았으되 이 의뭉스러운 어른들은 오직 미문을 쓸 듯 쓸 듯, 절승 경개경치는 나올 듯 나올 듯해만 보이고 끝끝내 아주 활짝 꼬랑지를 내보이지는 않고 그만둔 구렁이 같은 분들이기 때문에 그 기만술남을 속여 넘기는 술책은 한층 더 진보된 것이며, 그런 만큼 효과가 또 절대하여 천년을 두고 만년을 두고 내리내리 부질없는 위무를 바라는 중속들을 잘 속일 수 있는 것이다. 그러나 왜 나는 미끈하게 솟아 있는 근대 건축의 위용을 보면서 먼저 철근 철골, 시멘트와 세사 ^{가늘고 고운 모래}, 이것부터 선뜩하니 감응하느냐는 말이다. 씻어버릴 수 없는 숙명의 호곡, 몽고레안플렉 ^{몽고점의 독일말} 오뚝이처럼 쓰러져도 일어나고, 쓰러져도 일어나고 하니 쓰러지나 섰으나 마찬가지 의지할 얄팍한 벽 한 조각 없는 고독, 고고 ^{枯槁}, 독개 ^{獨介}, 초초 ^{楚楚}. 나는 오늘 대오한 ^{크게 깨달은} 바 있어 미문을 피하고 절승의 풍광을 격하여 소조하게 ^{고요하고 쓸쓸하게} 왕생하는 것이며 숙명의 슬픈 투시벽은 깨끗이 벗어놓고 온아종용 ^{溫雅慫慂}, 외로우나마 따뜻한 그늘 안에서 실명하는 ^{목숨을 잃는} 것이다.

의료하지 ^{생각하고 헤아리지} 못한 이 홀홀한 '종생', 나는 요절인가 보다. 아니 중세 최절 ^{摧折}인가 보다. 이길 수 없는 육박 ^{肉迫}, 눈먼 떼까마귀의 매리 ^{심하게 욕하며 나무람} 속에서 탕아 중에도 탕아, 술객 중에도 술객이 난공불락의 관문의 괴멸, 구세주의 최후연히 방방곡곡이 여독은 삼투하는 허식 중에도 허식의 표백 ^{생각이나 태도 따위를 드러내어 밝힘}이다. 출색 ^{出色}의 표백이다.

내부 ^{乃夫}가 있는 불의, 내부가 없는 불의. 불의는 즐겁다. 불의의 주가낙락 ^{酒價落落}한 풍미를 족하는 아시나이까. 윗니는 좀 잇새가 벌고 아랫니만이 고운 이 한경 ^{중국 한나라 때의 거울}같이 결함의 미를 갖춘 깜찍스럽게 시치미를 뗄 줄 아는 얼굴을 보라. 칠 세까지 옥잠화 속에 감춰두었던 장분만을 바르고 그 후 분을 바른 일도 세수를 한

일도 없는 것이 유일의 자랑거리. 정희는 사팔뜨기다. 이것은 무엇으로도 대항하기 어렵다. 정희는 근시 육 도다. 이것은 무엇으로도 대항할 수 없는 선천적 훈장이다. 좌 난시 우 색맹, 아, 이는 실로 완벽이 아니면 무엇이랴.

속은 후에 또 속았다. 또 속은 후에 또 속았다. 미만 십사 세에 정희를 그 가족이 강행으로 매춘시켰다. 나는 그런 줄만 알았다. 한 방울 눈물…….

그러나 가족이 강행하였을 때쯤은 정희는 이미 자진하여 매춘한 후 오래오래 후다. 다홍 댕기가 늘 정희 등에서 나부꼈다. 가족들은 불의에 올 재앙을 막아줄 단 하나 값나가는 다홍 댕기를 기탄없이 믿었건만…….

그러나…….

불의는 귀인답고 참 즐겁다. 간음한 처녀―이는 불의 중에도 가장 즐겁지 않을 수 없는 영원의 밀림이다.

그럼 정희는 게서 멈추나?

나는 자기소개를 한다. 나는 정희에게 분모分毛를 지기 싫기 때문에 잔인한 자기소개를 하는 것이다.

나는 벼를 본 일이 없다. 자전거를 탈 줄 모른다. 생년월일을 가끔 잊어버린다. 구십 노조모가 이팔소부二八少婦로 어느 하늘에서 시집온 십대조의 고성古城을 내 손으로 헐었고 녹엽푸른 나뭇잎 천년의 호두나무 아름드리 근간을 내 손으로 베었다. 은행나무는 원통한 가문을 골수에 지니고 찍혀 넘어간 뒤 장장 사 년, 해마다 봄만 되면 독시^{독화살} 같은 싹이 엄돋는 것이었다.

나는 그러나 이 모든 것에 견뎠다. 한번 석류나무를 휘어잡고 나는 폐허를 나섰다. 조숙^{식물의 열매가 일찍 익음}, 난숙^{열매 따위가 무르익음}, 감^{감나무의 열매} 썩는 골머리 때리는 내. 생사의 기로에서 완이이소^{미소를 띠는 모양}, 표한무쌍^{剽悍無雙}의 척구^{여윈 몸} 음지에 창백한 꽃이 피었다.

나는 미만 십사 세 적에 수채화를 그렸다. 수채화의 파과^{흠집이 난 과실}. 보아라, 목저^{나무젓가락}같이 야윈 팔목에서는 삼동^{겨울의 석달}에도 김이 무럭무럭 난다. 김 나는 팔목과 잔털 나스르르한 매춘하면서 자라나는 회충같이 매혹적인 살결. 사팔뜨기와 내 흰자위 없는 짝짝이 눈. 옥잠화 속에서 나오는 기술 같은 석일^{옛적}의 화장과 화장전폐^{모두 없앰}, 이에 대항하는 내 자전거 탈 줄 모르는 아슬아슬한 천품. 다홍 댕기에 불의와 불의를 방임하는 속수무책의 내 나태.

심판이여! 정희에 비하여 내게 부족함이 너무나 많지 않소이까? 비등비등? 나는 최후까지 싸워보리라.

흥천사 으슥한 구석방 한 칸, 방석 두 개, 화로 한 개, 밥상, 술상······.

접전 수십 합. 좌충우돌. 정희의 허전한 관문을 나는 노사^{老死}의 힘으로 들이친다. 그러나 돌아오는 반발의 흉기는 갈 때보다도 몇 배나 더 큰 힘으로 나 자신의 손을 시켜 나 자신을 살상한다.

지느냐, 나는 그럼 지고 그만두느냐.

나는 내 마지막 무장을 이 전장에 내세우기로 하였다. 그것은 즉 주란^{습관적으로 술에 취하여 날뛰는 일}이다. 한 몸을 건사하기조차 어려웠다. 나는 게울 것만 같았다. 나는 게웠다. 정희 스커트에다, 정희 스타킹에다.

그러고도 오히려 나는 부족했다. 나는 일어나 춤추었다. 그리고 그 방 뒤 쌍창미닫이를 열어젖히고 나는 예서 떨어져 죽는다고 마지막 한 벌 힘만을 아껴 남기고는 나머지 있는 힘을 다하여 난간을 잡아 흔들었다. 정희는 나를 붙들고 말린다. 말리는데 안 말리는 것도 같았다. 나는 정희 스커트를 잡아 젖혔다. 무엇인가 철썩 떨어졌다. 편지다. 내가 집었다. 정희는 모른 체한다.

속달―S와도 절연한 지 다섯 달이나 된다는 것은 선생님께서도 믿어주시는 바지요? 하던 S에게서다.

정희! 노하였소? 어젯밤 태서관 별장의 일! 그것은 결코 내 본의는 아니었소. 나는 그 요구를 하러 정희를 그곳까지 데리고 갔던 것은 아니오. 내 불민不憫을 용서하여주기 바라오. 그러나 정희가 뜻밖에도 그렇게까지 다소곳한 태도를 보여주었다는 것으로 적이 자위를 삼겠소.

정희를 하루라도 바삐 나 혼자만의 것을 만들어달라는 정희의 열렬한 말을 물론 나는 잊어버리지는 않겠소. 그러나 지금 형편으로는 '아내'라는 저 추물을 처치하기가 정희가 생각하는 바와 같이 그렇게 쉬운 일은 아니오.

오늘_{삼월 삼일} 오후 여덟 시 정각에 금화장 주택지 그때 그 자리에서 기다리고 있겠소. 어제 일을 사과도 하고 싶고 달이 밝을 듯하니 송림_{솔숲}을 거닙시다. 거닐면서 우리 두 사람만의 생활에 대한 설계도 의논하여봅시다.

삼 월 삼 일 아침 S

내게 속달을 띄우고 나서 곧 뒤이어 받은 속달이다.

모든 것은 끝났다. 어젯밤에 정희는……

그 낮으로 오늘 정희는 내게 이상 선생님께 드리는 속달을 띄우고 그 낮으로 또 나를 만났다. 공포에 가까운 번신술이다. 이 황홀한 전율을 즐기기 위하여 정희는 무고_{잘못이나 허물이 없음}의 이상을 징발했다. 나는 속고 또 속고 또 또 속고 또 또 또 속았다.

나는 물론 그 자리에 혼도하여버렸다. 나는 죽었다. 나는 황천을 헤매었다. 명부에는 달이 밝다. 나는 또다시 눈을 감았다. 태허_{하늘}에 소리 있어 가로되 너는 몇 살이뇨? 만 이십오 세와 십일 개월이올시다. 요사_{젊은 나이에 죽음}로구나. 아니올시다. 노사_{늙어서 죽음}올시다.

눈을 다시 떴을 때에 거기 정희는 없다. 물론 여덟 시가 지난 뒤였다. 정희는 그리 갔다. 이리하여 나의 종생은 끝났으되 나의 종생기는 끝나지 않는다. 왜?

정희는 지금도 어느 빌딩 걸상 위에서 드로어즈 ^{무릎 길이의 여자용 속} ^{바지}의 끈을 푸는 중이요, 지금도 어느 태서관 별장 방석을 베고 드로어즈의 끈을 푸는 중이요, 지금도 어느 송림 속 잔디 벗어놓은 외투 위에서 드로어즈의 끈을 성히 푸는 중이니까다.

이것은 물론 내가 가만히 있을 수 없는 재앙이다.

나는 이를 간다.

나는 걸핏하면 까무러친다.

나는 부글부글 끓는다.

그러나 지금 나는 이 철천 ^{하늘에 사무침}의 원한에서 슬그머니 좀 비켜서고 싶다. 내 마음의 따뜻한 평화 따위가 다 그리워졌다.

즉 나는 시체다. 시체는 생존하여 계신 만물의 영장을 향하여 질투할 자격도 능력도 없는 것이리라는 것을 나는 깨닫는다. 정희, 간혹 정희의 후틋한 ^{약간 후터분한 기운이 있는} 호흡이 내 묘비에 와 슬쩍 부딪는 수가 있다. 그런 때 내 시체는 홍당무처럼 화끈 달으면서 구천을 꿰뚫어 슬피 호곡한다.

그동안에 정희는 여러 번 제—내 때꼽재기도 묻은—이부자리를 찬란한 일광 아래 널어 말렸을 것이다. 누누한 ^{여러 번 반복한} 이내 혼수 ^{정신없이 잠이 듬} 덕으로 부디 이내 시체에서도 생전의 슬픈 기억이 창궁 높이 훨훨 날아가버렸으면…….

나는 지금 이런 불쌍한 생각도 한다. 그럼…….

만 이십육 세와 삼 개월을 맞이하는 이상 선생님이여! 허수아비여!

자네는 노옹일세. 무릎이 귀를 넘는 해골일세. 아니 아니.
자네는 자네의 먼 조상일세. 이상.

−1937년

• • • •
병상 이후

그는 의사의 얼굴을 몇 번이나 쳐다보았다. '의사도 인간이다, 나하고 조금도 다를 것이 없는!' 이렇게 속으로 아무리 부르짖어보았으나 그는 의사를 한낱 위대한 마법사나 예언자 쳐다보듯이 보지 아니할 수 없었다. 의사는 붙잡았던 그의 팔목을 놓았다─가만히. 그는 그것이 한없이 섭섭하였다. 부족하였다. '왜 벌써 놓을까, 왜 고만 놓을까? 그만 보아가지고도 이 묵은* 중병자를 뚫어들여다볼 수가 있을까.' 꾸지람 듣는 어린아이가 할아버지의 눈치를 쳐다보듯이 그는 가련─참으로─한 눈으로 의사의 얼굴을 언제까지라도 쳐다보아 그만두려고는 하지 않았다. 의사는 얼굴을 십장생화해, 산, 물, 돌, 구름, 소나무, 불로초, 거북, 학, 사슴을 그린 그림 붙은 방문 쪽으로 돌이킨 채 눈은 천장에 꽂아놓고 무엇인지 길이 깊이 생각하는 것 같더니 길게 한숨 하였다. 꽉 다물어져 있는 의사의 입은 그가 아무리 쳐다보아도 열릴 것 같지는 않았다.

안방에서 들리는 담소웃고 즐기면서 하는 이야기의 소리에서 의사의 웃음소리가 누구의 것보다도 가장 큰 것을 그는 들을 수 있었다. 모든 것은 눈물 날 만큼 분하였다. 그러나 '자기의 병이 그다지 중重치는 아니하기에 저렇지' 하는 생각도 들어, 한편으로는 자그마한 안심을 가져오게 할 수도 있었다. 그러나 그러는 가운데에도 그가 잊을 수 없는 것은 그의 팔목을 잡았을 때의 의사의 얼굴에서부터 방산해오는제멋대로 제각기 흩어져오는 술의 취기 그것이었다. '술을 마시고도 정확한 진찰을 할 수 있나?' 이런 생각을 하여가며 그래도 그는 그의 가슴을 자제하였다. 그리고 의사를 믿었다―그것은 억지로가 아니라 그는 그렇게도 의사를 태산같이 믿었다―그러나 안방에서 나오는 의사의 큰 웃음소리를 그가 누워서 귀에 들을 수 있었을 때에 '내 병 같은 것은 안중에도 없지! 술을 마시고 와서 장난으로 내 팔목을 잡았지, 그 수심스러운 무엇인가를 숙고하는 것 같은 얼굴의 표정도 다 일종의 도화극道化劇이었지! 아아 중요하지도 않은 인간.' 이런 제어할 수 없는 상념이 열에 고조된 그의 머리에 좁은 구멍으로 뽑아내는 철사처럼 뒤이어 일어났다. 혼자 애썼다. 그러는 동안에도 '아, 고만하세요. 전작이 있어서 이렇게 많이는 못 합니다.' 의사가 권하는 술잔을 사양하는 이러한 소리와 함께 술잔이 무엇엔가 부딪히는 쨍그랑하는 금속성 음향까지도 구별해내며 의식할 수 있을 만큼 그의 머리는 아직도 그다지 냉정을 상실치는 않았다.

의사 믿기를 하느님같이 하는 그가 약을 전혀 먹지 않는 것은 그 무슨 모순인지 알 수 없다. 한밤중에 달여 들여오는 약을 볼 때 우선 그는 '먹기 싫다'를 느꼈다.

그의 찌푸려진 지 오래인 양미간은 더한층이나 깊디깊은 홈을 짓지 아니하면 아니 되었다. 아무리 바라보았으나 그 누르끄레한 액체의 한 탕기가 묵고 묵은 그의 중병―단지 지금의 형세만으로도 훌륭한 중병 환자의 자격을 가지고 있다―을 고칠 수 있을까 믿기는 예수 믿기보다도 그에게는 어려웠다.

목은 그대로 타 들어온다. 밤이 깊어갈수록 신열이 점점 더 높아가고 의식은 상실되어 몽현간^{꿈과 현실}을 왕래하고, 바른편 가슴은 펄펄 뛸 만큼 아파 들어오는 것이었다. 무엇보다도 우선 가슴 아픈 것만이라도 나았으면 그래도 살 것 같다. 그의 의식이 상실되는 것도 다만 가슴 아픈 데 원인 될 따름이었다―적어도 그에게는 그렇게 생각되었다.

'나의 아프고 고로운^{고통스러운} 것을 하늘이나 땅이나 알지 누가 아나.' 이러한 우스꽝스러운 말을 그는 그대로 자신에서 경험하였다. 약물이 머리맡에 놓인 채로 그는 그대로 혼수상태에 빠져 있었다. 얼마 후에 깨어났을 때에는 그의 전신에는 문자 그대로 땀이 눈으로 보는 동안에 커다란 방울을 지어가며 황백색 피부에서 쏟아져 솟았다. 그는 거의 기능까지도 정지되어가는 눈을 쳐들어 벽에 붙은 시계를 보았다. 약 들여온 지 십 분, 그동안이 그에게는 마치 장년월長年月의 외국 여행에서 돌아온 것만 같은 느낌이었다. 약탕기를 들었을 때에 약은 냉수와 마찬가지로 식었다. '나는 이다지도 중요하지 않은 인간이다. 이렇게 약이 식어버리도록 이것을 마시라는 말 한마디 하여주는 사람이 없으니.' 그는 그것을 그대로 들이마셨다. 거의 절망적 기분으로, 그러나 말라빠진 그의 목을 그것은 훌륭히 축여주었다.

얼마 동안이나 그의 의식은 분명하였다. 빈약한 등광등불의 빛 밑에 한쪽으로 기울어져가며 담벼락에 기대어 있는 그의 우인벗의 '몽국 풍경'의 불운한 작품을 물끄러미 바라다보았다. 평소 같으면 그 화면이 몹시 눈이 부셔서—밤에만—이렇게 오랫동안을 계속하여 바라볼 수 없었을 것을 그만하여도 그의 시각은 자극에 대하여 무감각이 되었다. 몽롱히 떠올라오는 그동안 수개월의 기억이—더욱이—그를 다시 몽현왕래의 혼수상태로 이끌었다. 그 난의식어지러운 의식 가운데서도 그는 동요가 왔다—이것을 나는 근본적인 줄만 알았다. 그때에 나는 과연 한때의 참혹한 걸인이었다. 그러나 오늘날까지의 거짓을 버리고 참에서 살아갈 수 있는 '인간'이 되었다—나는 이렇게만 믿었다. 그러나 그것도 사실에 있어서는 근본적은 아니었다. 감정으로만 살아나가는 가엾은 한 곤충의 내적 파문에 지나지 않았던 것을 나는 발견하였다. 나는 또한 나로서도, 또 나의 주위의 모든 것에 대하여 굉장한 무엇을 분명히 창작(?)하였는데,

그것이 무슨 모양인지 무엇인지 등은 도무지 기억할 길이 없는 것은 당연한 일이다.

그동안 수개월—그는 극도의 절망 속에 살아왔다—이런 말이 있을 수 있다면 그는 '죽어왔다'는 것이 더 정확하겠다—급기야 그가 병상에 쓰러지지 아니하면 아니 되었을 순간—그는 '죽음은 과연 자연적으로 왔다'를 느꼈다. 그러나 하루 이틀 누워 있는 동안 생리적으로 죽음에 가까이까지에 빠진 그는 타오르는 듯한 희망과 야욕을 가슴 가득히 채웠던 것이다. 의식이 자기로 회복되는 사이사이 그는 이 오래간만에 맛보는 새 힘에 졸리었다^{보채어졌다}. 나날이 말라 들어가는 그의 체구가 그에게는 마치 강철로 만든 것으로만, 결코 죽거나 할 것이 아닌 것으로만 자신되었다.

그가 쓰러지던 그날 밤—그전부터 그는 드러누웠었다. 그러나 의식을 잃기 시작하기는 그날 밤이 첫 밤이었다—그는 그의 우인에게서 길고 긴 편지를 받았다. 그것은 글로서 졸렬한 것이겠다 하겠으나 한 순한 인간의 비통을 초한^{필요한 부분만을 뽑아서 적은} 인간 기록이었다. 그는 그것을 다 읽는 동안에 무서운 원시성의 힘을 느꼈다. 그의 가슴속에는 보는 동안에 캄캄한 구름이 전후를 가릴 수도 없이 가득히 엉켜들었다. '참을 가지고 나를 대하여주는 이 순한 인간에게 대하여 어째 나는 거짓을 가지고만밖에는 대할 수 없는 것은 이 무슨 슬퍼할 만한 일이냐.' 그는 그대로 배를 방바닥에 댄 채 엎드렸다. 그의 아픈 몸과 함께 그의 마음도 차츰차츰 아파 들어왔다.

그는 더 참을 수는 없었다. 원고지 틈에 끼어 있는 3030용지를 꺼내어 한두 자 쓰기를 시작하였다. '그렇다. 나는 확실히 거짓에 살아왔다─그때에 나에게는 체험을 반려한 무서운 동요가 왔다─이것을 나는 근본적인 줄만 알았다. 그때에 나는 과연 한때의 참혹한 걸인이었다. 그러나 오늘까지의 거짓을 버리고 참에서 살아갈 수 있는 '인간'이 되었다─나는 이렇게만 믿었다. 그러나 그것도 사실에 있어서는 근본적은 아니었다. 감정으로만 살아나가는 가엾은 한 곤충의 내적 파문에 지나지 않았던 것을 나는 발견하였다. 나는 또한 나로서도 또 나의 주위의 모든 것에게 대하여서도 차라리 여지껏^{여태껏} 이상의 거짓에서 살지 아니하면 안 되었다…… 운운.' 이러한 문구를 늘어놓는 동안에 그는 또한 몇 줄의 짧은 시를 쓴 것도 기억할 수도 있었다. 펜이 무연히 종이 위를 활주하는 동안에 그의 의식은 차츰차츰 몽롱하여 들어갔다. 어느 때 어느 구절에서 무슨 말을 쓰다가 펜을 떨어뜨렸는지 그의 기억에서는 전혀 알아낼 길이 없다. 그가 펜을 든 채로, 그대로 의식을 잃고 말아버린 것만은 사실이다.

의사도 다녀가고 며칠 후, 의사에게 대한 그의 분노도 식고 그의 의식에 명랑한 시간이 차차로 많아졌을 때, 어느 시간 그는 벌써 알지 못할─근거─희망에 애태우는 인간으로 나타났다. '내가 일어나기만 하면…….' 그에게는 단테의 《신곡》도 다빈치의 '모나리자'도 아무것도 그의 마음대로 나올 것만 같았다. 그러나 오직 그의 몸이 불건강한 것이 한 탓으로만 여겨졌다. 그는 그 우인의 기다란 편지를 다시 꺼내들었을 때 전날의 어두운 구름을 대신하여 무한히 굳센 '동지'라는 힘을 느꼈다. 'XX씨! 아무쪼록 광명을 보시오!' 그의 눈은 이러한 구절이 쓰인 곳에까지 다다랐다. 그는 모르는 사이에 입 밖에 이런 부르짖음을 내기까지 하였다. '오냐, 지금 나는 광명을 보고 있다'고.

—1939년

단발

그는 쓸데없이 자기가 애정의 거자 ^{떠나거나 떠나가버린 사람}인 것을 자랑하려 들었고 또 그렇지 않고 그냥 있을 수가 없었다.

공연히 그는 서먹서먹하게 굴었다. 이렇게 함으로써 자기의 불행에 고귀한 탈을 씌워놓고 늘 인생에 한눈을 팔자는 것이었다.

이런 그가 한 소녀와 천변을 걸어가다가 그만 잘못해서 그의 소녀에게 대한 애욕을 지껄여버리고 말았다.

여기는 분명히 그의 음란한 충동 외에 다른 아무런 이유도 없다. 그러나 소녀는 그의 강렬한 체취와 악의의 태만에 역설적인 흥미를 느끼느라고 그냥 그저 흐리멍덩하게 그의 애정을 용납하였다는 자세를 취하여두었다. 이것을 본 그는 곧 후회하였다. 그래서 그는 이중의 역어^{번역할 때 쓰는 말}를 구사하여 동물적인 애정의 말을 거침없이 소녀 앞에 쏟고 쏟고 하였다. 그러면서도 그의 육체와 그 부속품은 이상스러울 만치 게을렀다.

소녀는 조금 있다가 이 드문 애정의 형식에 그만 갈팡질팡하기 시작하였다. 그러고는 내심 이 남자를 어디까지든지 천하게 대접했다. 그랬더니 또 그는 '옳지' 하고 카멜레온처럼 태도를 바꾸어서 소녀에게 하루라도 얼른 애인이 생기기를 희망한다는 둥 하여가면서 스스롭게 구는 것이었다.

소녀의 눈은 이런 허위가 그대로 무사히 지나갈 수가 없었다. 투시한 소녀의 눈이 오만을 장치하기 시작하였다. 그렇기 위한 세상의 '교만한 여인'으로서의 구실을 찾아놓고 소녀는 빙그레 웃었다.

"세상 사람들이 모두 연씨를 욕허니까 어디 제가 고쳐 디리지오. 연씨는 정말 악인인지두 모르니까요."

이런 소녀의 말버릇에 그는 가슴이 뜨끔했다. 그냥 코웃음으로 대접할 일이 못 된다. 왜? 사실 그는 무슨 그렇게 세상 사람들에게 욕을 먹고 있는 것도 아닐 뿐만 아니라 악인일 것도 없었다. 말하자면 애호하는 가면을 도적을 맞는 외에 그 가면을 뒤집어 이용당하면서 놀림감이 되고 말 것밖에 없다.

그러나 그라고 해서 소녀에게 자그마한 욕구가 없는 바는 아니었다. 아니 차라리 이것은 한 무적 에고이스트^{이기주의자}가 할 수 있는 최대 욕구였는지도 모른다.

그는 결코 고독 가운데서 제법 하수할 수 있는 진짜 염세주의자세계나 인생을 불행하고 비참한 것으로 보는 사람 는 아니었다. 그의 체취처럼 그의 몸뚱이에 붙어 다니는 염세주의라는 것은 어디까지든지 게으른 성격이요, 게다가 남의 염세주의는 어느 때나 우습게 알려 드는 참 고약한 아리아욕我利我慾의 염세주의였다.

죽음은 식전의 담배 한 모금보다도 쉽다. 그렇건만 죽음은 결코 그의 창호를 두드릴 리가 없으리라고 미리 넘겨짚고 있는 그였다. 그러나 다만 하나 이 예외가 있는 것을 인정한다.

A Double Suicide동반 자살.

그것은 그러나 결코 애정의 방해를 받아서는 안 된다는 조건이 붙는다. 다만 아무것도 이해하지 말고 서로서로 스프링보드도약판 노릇만 하는 것으로 충분히 이용할 것을 희망한다. 그들은 또 유서를 쓰겠지. 그것은 아마 힘써 화려한 애정과 염세의 문자로 가득 차도록 하는 것인가 보다.

이렇게 세상을 속이고 일부러 자기를 속임으로 하여 본연의 자기를 얼른 보기에 고귀하게 꾸미자는 것이다. 그러나 가뜩이나 애정이라는 것에 서먹서먹하게 굴며 생활하여오고 또 오는 그에게 그런 기회가 마침 올까 싶지도 않다.

당연히 오지 않을 것인데도 뜻밖에 그가 소녀에게 가지는 감정 가운데 좀 세속적인 애정에 가까운 요소가 섞인 것을 알아차리자 그 때문에 몹시 자존심이 상하지나 않았나 하고 위구하고염려하고 두려워하고 또 쩔쩔매었다. 이것이 엔간치 않은 힘으로 그의 정신생활을 선불리 건드리기 전에 다른 가장 유효한 결과를 예기하는 처벌을 감행치 않으면 안 될 것을 생각하고 좀 무리인 줄은 알면서 놀음하는 셈 치고 소녀에게 Double Suicide를 프로포즈해본 것이었다.

되어도 그만 안 되어도 그만, 편리한 도박이다. 되면 식전에 담배 한 모금이요, 안 되면 소녀를 회피하는 구실을 내외에 선고할 수 있지 않느냐는 것이다.

거기는 좀 너무 어두운 그런 속에서 그것은 조인된 일이라 소녀가 어떤 표정을 하나 자세히 볼 수는 없으나 그의 이런 도박적 심리는 그의 앞에서 늘 태연한 이 소녀를 어디 한번 마음껏 놀려먹을 수 있었대서 속으로 시원해하였다. 그런데 나온 패는 역시 '노'였다. 그는 후 한번 한숨을 쉬어보고 말은 없이 몸짓으로만,

"혼자 죽을 수 있는 수양을 허지."

이렇게 한번 배를 퉁겨보았다. 그러나 이것 역시 빨간 거짓인 것은 물론이다.

황량한 방풍림 가운데 저녁노을을 멀거니 바라다보고 선 소녀의 모양이 퍽 아팠다.

늦은 가을이라기보다 첫겨울^{겨울이 시작되는 첫머리} 저물게 강을 건너서 부첩^{符牒}과 같은 검은빛 새들이 떼를 지어 날았다. 그러나 발아래 낙엽 속에서 거의 생물이랄 만한 생물을 찾아볼 수조차 없는 참적멸의 인외경^{사람이 살지 않는 곳}이었다.

"싫습니다. 불행을 짊어지고 살아가는 것이 제게는 더없는 매력

입니다. 그렇게 내버리구 싶은 생명이거든 제게 좀 빌려주시지요."

연애보다도 한 구^{구절} 위티시즘^{재치 있는 말}을 더 좋아하는 그였다.
그런 그가 이때만은 풍경에 자칫하면 패배할 것 같기만 해서 갈팡
질팡 그 자리를 피해보았다.

소녀는 그때부터 그를 경멸하였다느니보다는 차라리 염오하는^싫
^{어서 미워하는} 편이었다. 그의 틈사구니투성이의 점잖으려는 재능을 향
하여 소녀의 침착한 재능의 창끝이 걸핏하면 침략하여왔다.

오월이 되어서 한 돌발사건이 이들에게 있었다. 소녀의 단 하나
의 동지, 소녀의 오빠가 소녀로부터 이반하였다는 것이다. 오빠에
게 소녀보다 세속적으로 훨씬 아름다운 애인이 생긴 것이다. 이 새
소녀는 그 오빠를 위하여 애정에 빛나는 눈동자를 가졌다. 이 소녀
는 소녀의 가까운 동무였다.

오빠에게 하루라도 빨리 애인이 생겼으면 하고 바랐고, 그래서
동무가 오빠를 사랑하였다고 오빠가 동생과의 굳은 약속을 저버려
야 되나?

소녀는 비로소 '세월'이라는 것을 느꼈다. 소녀의 방심을 어느 결
에 통과해버린 '세월'의 소녀로서는 차라리 자신에게 고소하였다.

고독—그런 어느 날 밤 소녀는 고독 가운데서 그만 별안간 혼자
울었다. 깜짝 놀라 얼른 울음을 그쳤으나 이것을 소녀는 자기의 어
휘로 설명할 수 없었다.

이튿날 소녀는 그가 하자는 대로 교외 조용한 방에 그와 대좌하

여보았다. 그는 또 그의 그 '위티시즘'과 '아이러니'를 아무렇게나 휘두르며 산비할 <small>슬프거나 참혹하여 콧마루가 시큰할</small> 연막을 펴는 것이었다. 또 가장 이 소녀가 싫어하는 몸맵시로 넙죽 드러누워서 그냥 사정 없이 지껄여대는 것이다. 이런 그 앞에서 소녀도 인제는 어지간히 피곤하였던지 이런 소용없는 감정의 시합은 여기쯤서 그만두어야 겠다고 절실히 생각하는 모양 같았다. 그러나 이런 경우에 소녀는 그에게보다도 자기 자신에게 이기고 싶었다.

"인제 또 만나뵙기 어려워요. 저는 내일 E하구 같이 동경으루 가요."

이렇게 아주 순량하게 도전하여보았다. 그때 그는 아마 이 도전 의 상대가 분명히 그 자신인 줄만 잘못 알고 얼른 모가지 털을 불끈 일으키고 맞선다.

"그래? 그건 섭섭허군. 그럼 내 오늘 밤에 기념 스탬프를 하나 찍 기루 허지."

소녀는 가벼이 흥분하였고 고개를 아래위로 흔들어 보이기만 하 였다. 얼굴이 소녀가 상기한 탓도 있었겠지만 암만 보아도 이것은 가장 동물적인 동물 이외의 아무것도 아니었다.

마지막 승부를 가릴 때가 되었나 보다. 소녀는 도리어 초조해하 면서 기다렸다. 즉 도박적인 '성미'로!

'도박은 타기 <small>아주 업신여기어 돌아보지 않음</small>와 모멸!뿐이려나 보다.'

'그가 과연 그의 훈련된 동물성을 가지고 소녀 위에 스탬프를 찍거든, 소녀는 그가 보는 데에 그 스탬프와 얼굴 위에 침을 뱉는다. 그가 초조하면서도 결백한 체하고 말거든, 소녀는 그의 비겁한 정도와 추악한 가면을 알알이 폭로한 후에 소인으로 천대해준다.'

그러나 아마 그가 좀더 윗길 가는 배우였던지 혹 가련한 불감증이었던지 오전 한 시가 훨씬 지난 산길을 달빛을 받으며 그들은 내려왔다. 내려오면서…….

어느 날 그는 이 길을 이렇게 내려오면서 소녀의 삼 전 우표처럼 얄팍한 입술에 그의 입술을 건드려본 일이 있었건만 생각하여보면 그것은 그저 입술이 서로 닿았었다뿐이지—아니 역시 서로 음모를 내포한 암중모색은밀한 가운데 일의 실마리나 해결책을 찾아내려 함이었다. 두 사람은 서로 그리 부드럽지도 않은 피부를 느끼고 공기와 입술과의 따끈한 맛은 이렇게 다르고나를 시험한 데 지나지 않았다.

이 밤 소녀는 그의 거친 행동이 몹시 기다려졌다. 이것은 거의 역설적이었다. 안 만나기는 누가 안 만나 하고 조심조심 걷는 사이에 그만 산길은 시가에 끝나고 시가도 그의 이런 행동에 과히 적당치 않다.

소녀는 골목 밖으로 지나가는 자동차의 헤드라이트를 보고 경칠 나 쪽에서 서둘러 볼까까지 생각하여도 보았으나 그는 그렇게 초조한 듯한데 그때만은 웬일인지 바늘귀만 한 틈을 소녀에게 엿보이지 않는다. 그러느라고 그랬는지 걸으면서 그는 참 잔소리를 퍽 하였다.

"가령 자기가 제일 싫어하는 음식물을 상 찌푸리지 않고 먹어보는 거, 그래서 거기두 있는 '맛'인 '맛'을 찾아내구야 마는 거, 이게 말하자면 패러독스지. 요컨대 우리들은 숙명적으로 사상, 즉 중심이 있는 사상생활을 할 수가 없도록 돼먹었거든. 지성, 흥! 지성의 힘으로 세상을 조롱할 수야 얼마든지 있지, 있지만 그게 그 사람의 생활을 리드할 수 있는 근본에 있을 힘이 되지 않는 걸 어떡허나? 그러니까 선이나 내나 큰소리는 말아야 해. 일체 맹서하지 말자, 허는 게 즉 우리가 해야 할 맹서지."

소녀는 그만 속이 발끈 뒤집혔다. 이 씨름은 결코 여기서 그만둘 것이 아니라고 내심 분연하였다. 이따위 연막에 대항하기 위하여는 새롭고 효과적인 엔간치 않은 무기를 장만하지 않을 수 없다. 생각해두었다.

또 그 이튿날 밤은 질척질척 비가 내렸다. 그 빗속을 그는 소녀의 오빠와 걷고 있었다.

"연! 인젠 내 힘으로는 손을 댈 수가 없게 되구 말았으니까 자넨 뒷갈망이나 좀 잘해주게, 선이가 대단히 흥분한 모양인데……."

"그건 왜 또?"

"그건 왜 또 딴전을 허는 거야?"

"딴전을 허다니 내가 어떻게 딴전을 했단 말인가?"

"정말 모르나?"

"뭐를?"

"내가 E허구 동경 간다는 걸……."

"그걸 자네 입에서 듣기 전에 내가 어떻게 안단 말인가?"

"선이는 그러니까 갈 수가 없게 된 거지. 선이허구 E허구 헌 약속이 나 때문에 깨어졌으니까."

"그래서."

"게서버텀은 자네 책임이지."

"흥."

"내가 동생버텀 애인을 더 사랑했다구 그렇게 선이가 생각헐까봐서 걱정이야."

"허는 수 없지."

선이, 오빠에게서 모든 이야기를 듣고 나는 참 깜짝 놀랐소. 오빠도 그럽디다. 운명에 억지로 거역하려 들어서는 못쓴다고. 나도 그렇게 생각하오. 나는 오랫동안 '세월'이라는 관념을 망각해왔소. 이번에 참 한참 만에 느끼는 '세월'이 퍽 슬펐소. 모든 일이 '세월'의 마음으로부터의 접대에 늘 우리들은 다 조신하게 제 부서에 나아가야 하지 않나 생각하오. 흥분하지 말아요. 아무쪼록 이제부터는 내게 괄목하면서 나를 믿어주기 바라오. 그 맨 처음 선물로 우리 같이 동경 가기를 내가 프로포즈할까? 아니 약속하지. 선이 안 기뻐하여준다면 나는 나 혼자 힘으로 이것을 실현해 보이리다. 그럼 선이의 승낙서를 기다리기로 하오.

그는 좀 겸연쩍은 것을 참고 어쨌든 이 편지를 포스트에 넣었다. 저로서도 이런 협기가 우스꽝스러웠다. 이 소녀를 건사한다?—당분간만 내게 의지하도록 해?—이렇게 수작을 해가지고 소녀가 듣나 안 듣나 보자는 것이었다. 더 그에게 발악을 하려 들지 않을 만하거든, 그는 소녀를 한 마리 카나리아를 놓아주듯이 그의 위티시즘의 지옥에서 석방, 아니 제풀에 나가나? 어쨌든 소녀는 길게 그의 길에 같이 있을 것은 아니니까. 답장이 왔다.

처음부터 이렇게 되었어야 하지 않았나요? 저는 지금 조금도 흥분하거나 하지는 않았습니다. 이런 제가 연께 감사하다고 말씀드린다면 연께서는 역정을 내시나요? 그럼 감사한다는 기분만은 제 기분에서 삭제하기로 하지요.

연을 마음에 드는 좋은 교수로 하고 저는 연의 유쾌한 강의를 듣기로 하렵니다. 이 교실에서는 한 표독한 교수가 사나운 목소리로 무엇인가를 강의하고 있다는 것을 안 지는 오래지만 그 문간에서 머뭇머뭇하면서 때때로 창틈으로 새어나오는 교수의 위티시즘을 귓결에 들었다뿐이지, 차마 쑥 들어가지 못하고 오늘까지 왔습니다. 그렇지만 지금은 벌써 들어와 앉았습니다. 자, 무서운 강의를 어서 시작해주시지요. 강의의 제목은 '애정의 문제'인가요? 그렇지 않으면 '지성의 극치를 흘낏 들여다보는 이야기'를 하여주시나요?

엊그제 연을 속였다고 너무 꾸지람은 말아주세요. 오빠의 비장한 출발을 같이 축복하여주어야겠지요. 저는 결코 오빠를 야속하게 여긴다거나 하지 않아요. 애정을 계산하는 버릇은 언제든지 미움받을 버릇이라고 생각하니까요. '세월'이요? 연에서 가르쳐주셔서 참 비로소 이 '세월'을 느꼈습니다. '세월!' 좋군요. 교수, 제가 제 맘대로 교수를 사랑해도 좋지요? 안 되나요? 괜찮지요? 괜찮겠지요, 뭐? 단발했습니다. 이렇게도 흥분하지 않는 제 자신이 그냥 미워서 그랬습니다.

단발? 그는 또 한 번 가슴이 뜨끔했다. 이 편지는 필시 소녀의 패배를 의미하는 것인데 그에게 의논 없이 소녀는 머리를 잘랐으니, 이것은 새로워진 소녀의 새로운 힘을 상징하는 것일 것이라고 간파하였다. 그러면서도 그는 눈물이 났다. 왜?

머리를 자를 때의 소녀의 마음이 필시 제 마음 가운데 제 손으로 제 애인을 하나 만들어놓고 그 애인으로 하여금 저에게 머리를 자르도록 명령하게 한, 말하자면 소녀의 끝없는 고독이 소녀에게 일인이역을 시킨 것에 틀림없었다.

소녀의 고독!

혹은 이 시합은 승부 없이 언제까지라도 계속하려나—이렇게도 생각이 들었고—그것보다도 머리를 싹둑 자르고 난 소녀의 얼굴, 몸 전체에서 오는 인상은 어떠할까 하는 것이 차라리 더 그에게는 흥미 깊은 우선 유혹이었다.

-1939년

• • • • • •
공포의 기록

서장

생활, 내가 이미 오래전부터 생활을 갖지 못한 것을 나는 잘 안다. 단편적으로 찾아오는 '생활 비슷한 것'도 오직 고통이란 요괴뿐이다. 아무리 찾아도 이것을 알아줄 사람은 한 사람도 없다.

무슨 방법으로든지 생활력을 회복하려 꿈꾸는 때도 없지는 않다. 그것 때문에 나는 입때 자살을 안 하고 대기의 자세를 취하고 있는 것이다—이렇게 나는 말하고 싶다만.

제2차의 각혈이 있은 후 나는 어슴푸레하게나마 내 수명에 대한 개념을 파악하였다고 스스로 믿고 있다.

그러나 그 이튿날 나는 작은어머니와 말다툼을 하고 맥박 백이십오의 팔을 안은 채, 나의 물욕을 부끄럽다 하였다. 나는 목을 놓고 울었다. 어린애같이 울었다.

남 보기에 퍽이나 추악했을 것이다. 그러나 나는 내가 왜 우는가를 깨닫고 곧 울음을 그쳤다.

나는 근래의 내 심경을 정직하게 말하려 하지 않는다. 말할 수 없다. 만신창이의 나이건만 약간의 귀족 취미가 남아 있기 때문이다. 그러나 만약 남 듣기 좋게 말하자면 나는 절대로 내 자신을 경멸하지 않고, 그 대신 부끄럽게 생각하리라는 그러한 심리로 이동하였다고 할 수는 있다. 적어도 그것에 가까운 것만은 사실이다.

불행한 계승

사월로 들어서면서는 나는 얼마간 기동할 정신이 났다. 각혈하는 도수 _{거듭하는 횟수}도 훨씬 뜨고 또 분량도 훨씬 줄었다. 그러나 침침한 방 안으로 후틋한 공기가 들어와서 미적지근하게 미적지근한 체온과 어울릴 적에 피로는 겨울 동안보다 훨씬 더한 것 같음은 제 팔뚝을 들 힘조차 제게 없는 것이다. 하도 답답하면 나는 툇마루에 볕이 드는 데로 나와 앉아서 반쯤 보이는 닭의 장 속을 보려고 그래서가 아니라 보이니까 멀거니 보고 있자면 으레 작은어머니가 그 닭의 장을 얼싸안고 얼미적얼미적 하는 것이다. 저것은 작고 덜 여물어서 알을 안 까는 암탉들을 내려다보면서 언제나 요것들을 길러서

누이를 보나 하는 고약한 어머니들의 제 딸 노리는 그게 아닌가 내 눈에 비치는 것이다.

나는 물론 이래서는 안 된다고 생각한다. 작은어머니 얼굴을 암만 봐도 미워할 데가 어디 있느냐. 넓은 이마, 고른 치아의 열, 알맞은 코, 그리고 작은아버지만 살아 계시면 아직도 얼마든지 연연한 애정의 색을 띠울 수 있는 총기 있는 눈하며 다 내가 좋아하는 부분 부분인데 어째 그런지 그런 좋은 부분들이 종합된 '작은어머니'라는 인상이 나로 하여금 증오의 염을 일으키게 한다.

물론 이래서는 못쓴다. 이것은 분명히 내 병이다. 오래오래 사람을 싫어하는 버릇이 살피고 살펴서 급기야에 이 모양이 되고 만 것임에 틀림없다. 그렇다고 내 육친까지를 미워하기 시작하다가는 나는 참 이 세상에 의지할 곳이 도무지 없어지는 것이 아니냐. 참 안됐다.

이런 공연한 망상들이 벌써 나을 수도 있었을 내 병을 자꾸 덧들리게 하는 것일 것이다. 나는 마음을 조용히 또 순하게 먹어야 할 것이라고 여러 번 괴로워하는데 그렇게 괴로워하는 것은 도리어 또 겹겹이 짐 되는 것도 같아서 나는 차라리 방심상태를 꾸미고 방 안에서는 천장만 쳐다보거나 나오면 허공만 쳐다보거나 하재도 역시 나를 싸고도는 온갖 것에 대한 증오의 염이 무럭무럭 구름 일 듯하는 것을 영 막을 길이 없다.

비가 두어 번 왔다. 싹이 트려나 보다. 내려다보는 지면이 갈수록

심상치 않다. 바람이 없이 조용한 날은 툇마루에 드는 볕을 가만히 잡기만 하면 퍽 따뜻하다. 이렇게 따뜻한 볕을 쪼이면서 이렇게 혼곤한데 하필 사람만을 미워해야 되는 까닭이 무엇이냐.

사람이 나를 싫어할 성싶은데 나도 사실 내가 싫다. 이렇게 저를 사랑할 줄도 모르는 인간이 남을 위할 줄 알 수 있으랴. 없다. 그러면 나는 참 불행하구나.

이런 망상을 시작하면 정말이지 한이 없다. 그러니까 나는 힘이 들고 힘이 드는 것이 싫어도 움직여야 한다. 나는 헌 구두짝을 끌고 마당으로 나가서 담 한 모퉁이를 의지해서 꾸며놓은 닭의 집 가까이 가본다.

혹 나는 마음으로 작은어머니에게 사과하려는 것인지도 모른다. 그런데 또 이것은 왜 그러나, 작은어머니는 나를 보더니 얼른 안으로 들어가버린다. 저러기 때문에 안 된다는 것이다. 닭의 집 높이가 내 턱 좀 못 미쳤기 때문에 나는 거기 가로질린 나무에 턱을 받치고 닭의 집 속을 내려다보고 있자니까 냄새도 어지간한데 제일 그 수탉이 딱해 죽겠다. 공연히 성이 대밑둥^{밑둥}까지 나서 모가지 털을 벌컥 일으켜 세워가지고는 숨이 헐레벌떡 헐레벌떡 야단법석이다. 제 딴은 그 가운데 막힌 철망을 뚫고 이쪽 암탉들 있는 데로 가고 싶어서 그러는 모양인데 사람 같으면 그만하면 못 넘어갈 줄 알고 그만둠 직하건만 이놈은 참 성벽^{성질이나 버릇}이 대단하다.

가끔 철망 무너진 구멍에 무작정하고 목을 틀어박았다가 잘 나오지 않아서 눈을 감고 끽끽 소리를 지르다가 가까스로 빠져나가는 걸 보고 저놈이 그만하면 단념하였다 하고 있으면 그래도 여전히 야단이다. 나는 그만 그놈의 끈기에 진력이 나서 못생긴 놈, 미련한 놈, 못생긴 놈, 미련한 놈 하고 혼자서 화를 벌컥 내어보다가도 또 그놈의 그런 미칠 것 같은 정열이 다시없이 부럽기도 하고 존경해야 할 것같이 생각기도 해서 자세히 본다.

그런데 암탉들은 어떠냐 하면 영 본숭만숭이다. 모른 체하고 그저 모이 주워 먹기에만 열중이다. 아하, 저러니까 수탉이란 놈이 화가 더 날밖에 하고 나는 그 새침데기 암탉들을 안타깝게 생각한 것이다. 좀 가끔 수탉 쪽을 한두 번쯤 건너다가도 보아주지 원…… 하고 나도 실없이 화가 난다. 수탉은 여전히 모이 주워 먹을 생각도 하지 않고 뒤법석을 치는데 좀처럼 허기도 지지 않는다.

이러다가 나는 저 수탉이 대체 요 세 마리 암탉 중의 어떤 놈을 노리는 것인가 살펴보기로 하였다. 물론 수탉이란 놈의 변두[볏]가 하도 두리번거리니까 그놈의 시선만 가지고는 알아차리기가 어렵다. 그래서 나는 보통 사람 남자가 여자 보는 그런 눈으로 한번 보아야겠다.

얼른 보기에 사람의 눈으로는 짐승의 얼굴을 사람이 아무개 아무개 하듯 구별하기는 어려운 것같이 보이는데 또 그렇지도 않다. 자세히 보면 저마다 특징다운 특징이 있고 성미도 제각기 다르다. 요 암탉 세 마리도 기뻐하여서 얼른 보기에는 고놈이 고놈 같고 하더니 얼마만큼이나 들여다보니까 모두 참 다르다.

키가 작달막하고 눈앞이 검고 털이 군데군데 빠지고 흙투성이의 그중 더러운 암탉 한 마리가 내 눈에 띄었다. 새침한 중에도 새침한 품이 풋고추같이 맵겠다. 그렇게 보니 그럴 성도 싶은 게 모이를 먹다가는 때때로 흘깃흘깃 음분한 음란하고 방탕한 계집같이 곁눈질을 곧잘 한다. 금방 달려들어 모래라도 한 줌 끼얹어주었으면 하는 공연한 충동을 느끼나, 그러나 허리를 굽히기가 싫다. 속 모르는 수탉은 수선도 피우는구나.

아무것도 생각 않는 게 상수가장 좋은 꾀다. 닭들의 생활에도 그런 갸륵한 분쟁이 있으니 하물며 사람의 탈을 쓴 나에게 수없는 번거로움이 어찌 없으랴. 가엾은 수탉에 내 자신을 비겨보고 비겨보고 나는 다시 헌 구두짝을 질질 끈다. 바람이 없어서 퍽 따뜻하다. 싹이 트려나 보다.

얼굴이 이렇게까지 창백한 것이 웬일일까 하고 내가 번민해서— 내 황막한 의학지식이 그예 진단하였다—회충—그렇지만 이 진단에는 심원한 유서가 있다. 회충이 아니면 십이지장충—십이지장충이 아니면 조충—이러리라는 것이다.

회충약을 써서 안 들으면 십이지장충약을 쓰고, 십이지장충약을 써서 안 들으면 조충약을 쓰고, 조충약을 써서 안 들으면 그다음은 아직 연구해보지 않았다.

어떤 몹시 불쾌한 하루를 선택하여 우선 회충약을 돈복하였다한꺼번에 다 먹었다.

안다. 두 끼를 절식해야 한다는 것도, 복약 후에 반드시 혼도한다는 것도…….

대낮이다. 이부자리를 펴고 그 속으로 움푹 들어가서 너부죽이 누워서, 이래도? 하고 그 혼도라는 것이 오기를 기다렸다.

기다리는 마음이 늘 초조한 법, 귀로 위 속이 버글버글하는 소리를 알아듣고 눈으로 방 네 귀가 정말 뒤퉁그러지려나 보고 옆구리만 좀 근질근질해도 아하, 요게 혼도라는 놈인가 보다 하고 긴장한다.

그랬건만 딱한 일은 끝끝내 내가 혼도 않고 그만두었다는 것이다. 세 시를 쳐도 역시 그 턱이다. 나는 그만 흥분했다. 혼도커녕은 정신이 말똥말똥하단 말이다. 이럴 리가 없는데.

그렇다고 금방 십이지장충약을 써보기도 싫다. 내 진단이 너무나 허황한데 스스로 놀래고 또 그 약을 구해야 할 노력이 아깝고 귀찮다. 구름 꾀듯 뭉게뭉게 불쾌한 감정이 솟아오른다. 이러다가는 저녁 지으시는 작은어머니와 또 싸우겠군— 얼마 후에 나는 히죽히죽 모자도 안 쓰고 거리로 나섰다.

막 다방에를 들어서니까 수군이 마침 문간을 나서면서 손바닥을 보인다.

"쉬, 자네 마누라 와 있네."

나는 정신이 번쩍 났다.

"얘, 요것 봐라."

하고 무작정 그리 들어서려는 것을 수군이 아예 말리는 것이다.

"만좌지중에서 망신 톡톡히 당할 테니 염체 어델."

"그런가……."

입맛을 쩍쩍 다시면서 발길을 돌리기는 돌렸으나 먼발치서라도 어디 좀 보고 싶었다.

솜옷을 입고 아내가 나갔거늘 이제 철은 홑것홑옷을 입어야 하니 넉 달지간이나 되나 보다.

나를 배반한 계집이다. 삼 년 동안 끔찍이도 사랑하였던 끝장이다. 따귀도 한 개 갈겨주고 싶다. 호령도 좀 하여주고 싶다. 그러나 여기는 몰려드는 사람이 하나도 내 얼굴을 모르는 사람이 없는 다방이다. 장히 모양도 사나우리라.

"자네 만나면 헐 말이 꼭 한마디 있다네."

"어쩌라누."

"사생결단을 허겠대네."

"어이쿠."

나는 몹시 놀래어 보이고 '레이몬드 허튼' 같이 빙글빙글 웃었다. '아내—마누라'라는 말이 낮잠과도 같이 옆구리를 간질인다. 그 이미지는 벌써 먼 바다를 건너간다. 이미 파도 소리까지 들리지 않느냐. 이러한 환상 속에 떠오르는 내 자신은 언제든지 광채 나는 루바시카를 입었고 퇴폐적으로 보인다. 소년과 같이 창백하고도 무시무시한 풍모다. 어떤 때는 울기도 했다. 어떤 때는 어딘지 모르는 먼

나라의 십자로를 걸었다.

수군에게 끌려 한강으로 나갔다. 목선_{나무배}을 하나 빌려 맥주도 싣고 상류로 거슬러 동작리 갯가에다 대어놓고 목로 찾아 취하도록 먹었다. 황혼에 수평은 시야와 어우러져서 아물아물 허공에 놓인 비조_{날아다니는 새}처럼 이 허망한 슬픔을 참 어디다 의지해야 옳을지 비철거리지 않을 수 없었다.

"응, 넉 달이 지나서 인제? 네가 내게 헐 말은 뭐냐? 애 더리고 더리다."

"이건 왜 벤벤치 못하게 이러는 거야."

"아니 아니 일테면 그렇다 그 말이지, 고론 앙큼스런 놈의 계집이 또 있을 수가 있나."

"글쎄, 관둬 관둬."

"관두긴 허겠지만 어차피 말을 허자구 자연 말이 이렇게쯤 나가지 않겠느냐 그런 말야."

"이렇게 못생긴 건 내 보길 처음 보겠네 원!"

"기집이란 놈의 물건이 아무리 독헌 물건이기루 고렇게 싹 칼루 에인 듯이 돌아설 수가 있냐고."

우리들은 술이 살렸다. 나야말로 술 없이 사는 도리가 없었다.

노들서 또 먹었다. 전후불각_{앞뒤의 구별도 할 수 없을 만큼 정신이 없는 상태}으로 취하여 의식을 완전히 잃어버려야겠어서 그랬다.

넉 달―장부답지 못하게 뒤끓던 마음이 그만하고 차츰차츰 가라앉기 시작하려는 이 철에 뭐냐! 부전 ^{간단한 의견을 적어서 덧붙이는 쪽지} 붙은 편지 모양으로 때와 손자국이 잔뜩 묻은 채 돌아오다니.

"요 얌치 ^{부끄러움을 아는 태도}두 없는 것아, 요 요 요."

나는 힘껏 고성질타로 제 자신을 조소하건만도 이와 따로 밑둥 치운 대목 기울 듯 자분참 기우는 이 어리석지 않고 들을 소리도 없는 마음을 주체하는 방법이 없는 것이었다.

넉 달—이 동안이 결코 짧지가 않다. 한 사람의 아내가 남편을 배반하고 집을 나가 넉 달을 잠잠하였다면 아내는 그예 용서받을 자격이 없는 것이요, 남편은 꿀꺽 참아서라도 용서하여서는 안 된다.

"이 천하의 공규 公規를 너는 어쩌려느냐?"

와서 그야말로 단죄를 달게 받아보려는 것일까.

어떤 점을 붙잡아 한 여인을 믿어야 옳을 것인가. 나는 대체 종잡을 수가 없어졌다.

하나같이 내 눈에 비치는 여인이라는 것이 그저 끝없이 경조부박한 ^{말하고 행동하는 것이 신중하지 못하고 가벼운} 음란한 요물에 지나지 않는 것이 없다.

생물이 이렇다는 의의를 홀떡 잃어버린 나는 환신 ^{허깨비같이 허망하고 덧없는 몸}이나 무엇이 다르랴. 산다는 것은 내게 딴은 필요 이상의 '야유'에 지나지 않는다.

그것은 무슨 한 여인에게 배반당하였다는 고만 이유로 해서 그렇다는 것이 아니라 사물의 어떤 포인트로 이 믿음이라는 역학의 지점을 삼아야겠느냐는 것이 전혀 캄캄하여졌다는 것이다.

"믿다니 어떻게 믿으라는 것인구."

함부로 예제 침을 퉤퉤 뱉으면서도 보조^{걸음걸이의 속도나 모양 따위의} 상태는 자못 어지럽고 비창한^{마음이 몹시 상하고 슬픈} 것이었다. 술을 한 모금이라도 마시고 나면 약삭빨리 내 심경에 아첨하는 이 전신의 신경은 번번이 대담하게도 천변지이^{하늘과 땅에서 일어나는 자연계의 여러 가지 변동과 이변}가 이 일신에 벼락치기를 바라고 바라고 하는 것이었다.

"경칠 화물자동차에나 질컥 치여 죽어버리지, 그랬으면 이렇게 후덥지근헌 생활을 면허기라두 허지."

하고 주책없이 중얼거려본다. 그러나 짜장 화물자동차가 탁 앞으로 닥칠 적이면 덴겁해서^{뜻밖의 일로 놀라서 허둥지둥해서} 피하는 재주가 세상의 어떤 사람보다도 능히 빠르다고는 못해도 비슷했다. 그럴 적이면 혀를 쑥 내밀어 제 자신을 조롱하였습네 하고 제 자신을 속여 버릇하였다.

이런 넉 달.

이런 넉 달이 지나고 어리석은 꿈을 그럭저럭 어리석은 꿈으로 돌릴 줄 알 만한 시기에 아내는 꿈을 거친 걸음걸이로 역행하여 여기 폭군의 인상으로 나타난 것이다.

나는 어떻게 해야 하나? 거암^{매우 큰 바위}과 같은 불안이 공기와 호흡의 중압이 되어 덤벼든다. 나는 야행열차와 같이 자야 옳을는지도 모른다.

추악한 화물

그예 찾아내고 말았다.

나는 안을 들여다보았다. 풀칠한 현관 유리창에 거무데데한 내 얼굴의 하이라이트가 비칠 뿐이다. 물론 아무것도 보이지는 않았다. 나는 그 자리에 주저앉고 만다. 내 바로 옆에서 한 마리의 개가 흙을 파고 있다. 드러누웠다. 혀를 내민다. 혀가 깃발같이 굽이치는 게 퍽 고단해 보였다.

온돌방 한 칸과 이첩칸^{二疊間. 다다미 두 장을 놓을 정도.}

이렇단다. 굳게 못질을 하여놓았다. 분주하게 드나드는 쥐새끼들은 이 집에 관해서 아무것도 나에게 전하지 않는다. 안면근육이 별안간 바작바작 오그라드는 것 같다. 살이 내리나 보다. 사람은 이렇게 하루에도 몇 번씩 살이 내리고 오르고 하나보다.

날라와야겠다. 그 오물투성이의 대화물을!

절이나 하는 듯이 '대가^{大家}'라 써 붙인 목패 옆에 조그마한 명함 한 장이 꽂혀 있다. '한^韓××, 전등료는 ××정 ×× 번지로 받으러 오시오.' 거짓말 말어라─이 한××란 사나이도 오물투성이의 대화물을 질질 끌고 이리저리 방황했을 것이어늘─××정이 어디쯤인가!

'거짓말 말어라.'

왜 사람들은 이삿짐이란 대화물을 운반해야 할 구차 기구한 책임을 가졌나.

나는 집 뒤로 돌아가 보려 했다. 그러나 길은 곧장 온돌방까지 뚫린 모양이다. 반 칸도 못 되는 컴컴한 부엌이 변소와 마주 붙었다. 나는 기가 막혔다. 거기도 못이 굳게 박혀 있다. 나는 기가 막혔다.

성격 파산, 무엇 때문에? 나의 교양은 나의 생애와 다름없이 되었다. 헌 누더기 수염도 길렀다. 거리, 땅.

한 번도 아내가 나를 사랑하지 않는 줄 생각해본 일조차 없다. 나는 어느 틈에 고상한 국화 모양으로 금시에 수세미가 되고 말았다. 아내는 나를 버렸다. 아내를 찾을 길이 없다.

나는 아내의 구두 속을 들여다본다. 공복—절망적 공허가 나를 조롱하는 것 같다. 숨이 가빴다.

그다음에 무엇이 왔나.

적빈^{몹시 가난함}—중요한 오물들은 집안사람들이 하나둘 집어내었다. 특히 더러운 상품 가치 없는 오물만이 병균같이 남아 있었다.

하룻날 탕아^{방탕한 사나이}는 이 처참한 현상을 내 집이라 생각하고 돌아와 보았다. 뜰 앞에 화초만이 향기롭게 피어 있다. 붉은 열매가 열린 것도 있었다. 그러나 가족들은 여지없이 변형되고 말았고 기성^{기이한 소리}을 발하여 욕지거리다.

종시 나는 암말 없었다.

이미 만사가 끝났기 때문이다. 나는 혼자서 손바닥만 한 마당에 내려서서 주위를 둘러본다. 내 손때가 안 묻은 물건은 하나도 없다.

나는 책을 태워버렸다. 산적했던 서신을 태워버렸다. 그리고 나머지 나의 기념을 태워버렸다.

가족들은 나의 아내에 관해서 나에게 질문하거나 하지는 않는다. 나도 말하지 않는다.

밤이면 나는 유령과 같이 흥분하여 거리를 뚫었다. 나는 목표를 갖지 않았다. 공복만이 나를 지휘할 수 있었다. 성격의 파편, 그런 것을 나는 꿈에도 돌아보려 않는다. 공허에서 공허로 말과 같이 나는 광분하였다. 술이 시작되었다. 술은 내 몸 속에서 향수같이 빛났다. 바른팔이 왼팔을, 왼팔이 바른팔을 가혹하게 매질했다. 날개가 부러지고 파랗게 멍든 흔적이 남았다.

몹시 피곤하다. 아방궁^{크고 화려한 집을 비유하는 말}을 준대도 움직이기 싫다. 이 집으로 정해버려야겠다.

빨리 운반해야 한다. 그 악귀가 가득한 육신들을 피를 토하는 내가 헌 구루마 위에 걸레짝같이 실어가지고 운반해야 한다.

노동이다. 나에게는 생각할 여유조차 없었다.

불행의 실천

나는 닭도 보았다. 또 개도 보았다. 또 소 이야기도 들었다. 또 외국서 섬 그림도 보았다. 그러나 나는 너희들에게 이 행운의 열쇠를 빌려주려고는 않는다. 내가 아니면— 보아라 좀 오래 걸렸느냐— 이런 것을 만들어놓을 수는 없다.

책상다리를 하고 앉은 채 그냥 앉아 있기만 하는 것으로 어떻게 이렇게 힘이 드는지 모른다. 벽은 육중한데 외풍은 되고 천장은 여름 모자처럼 이 방의 감춘 것을 뚜껑 젖히고 고자질하겠다는 듯이 선뜻하다. 장판은 뼈가 저리게 하지 않으면 안절부절을 못하게 달른다. 반닫이에 바른 색종이는 눈으로 보는 폭탄이다.

그저께는 그끄저께보다 여위고 어저께는 그저께보다 여위고 오늘은 어저께보다 여위고 내일은 오늘보다 여윌 터이고, 나는 그럼 마지막에는 보송보송한 해골이 되고 말 것이다.

이 불쌍한 동물들에게 무슨 방법으로 죽을 먹이나. 나는 방탕한 장판 위에 넘어져서 한없는 '죄'를 섬겼다. 죄—나는 시냇물 소리에서 가을을 들었다. 마개 뽑힌 가슴에 담을 무엇을 나는 찾았다. 그리고 스스로 달래었다. 가만있으라고, 가만있으라고…….

그러나 드디어 참다못하여 가을비가 소조하게 내리는 어느 날 나는 화덕을 팔아서 냄비를 사고, 냄비를 팔아서 풍로를 사고, 냉장고를 팔아서 식칼을 사고, 유리그릇을 팔아서 사기그릇을 샀다.

처음으로 먹는 따뜻한 저녁 밥상을 낯선 네 조각의 벽이 에워쌌다. 육 원—육 원어치를 완전히 다 살기 위하여 나는 방바닥에서 섣불리 일어서거나 하지는 않았다. 언제든지 가구와 같이 주저앉았거나 서까래처럼 드러누웠거나 하였다. 식을까 봐 연거푸 군불을 때었고, 구들온돌을 어디 흠씬 얼궈보려고열려보려고 중양음력 구월 구 일이 지난 철에 사날씩 검부러기 하나 아궁이에 안 넣었다.

나는 나의 친구들의 머리에서 나의 번지수를 지워버렸다. 아니 나의 복장까지도 말갛게 지워버렸다. 은근히 먹는 나의 조석이 게으르게 나은 육신에 만연하였다. 나의 영양의 찌꺼기가 나의 피부에 지저분한 수염을 낳았다. 나는 나의 독서를 뾰족하게 접어서 종이비행기를 만든 다음 어린아이와 같이 나의 자기自棄를 태워서 죄다 날려버렸다.

아무도 오지 마라. 안 들일 터이다. 내 이름을 부르지 말라. 칠면조처럼 심술을 내기 쉽다. 나는 이 속에서 전부를 살라버릴 작정이다. 이 속에서는 아픈 것도 거북한 것도 동사물의 이치에 들어맞는 조리에 닿지 않는 것도 아무것도 없다. 그냥 쏟아지는 것 같은 기쁨이 즐거워할 뿐이다. 내 맨발이 값비싼 향수에 질컥질컥 젖었다.

한 달—맹렬한 절뚝발이의 세월—그동안에 나는 나의 성격의 서막을 닫아버렸다.

두 달—발이 맞아 들어왔다.

호흡은 깨끼저고리처럼 찰싹 안팎이 달라붙었다. 탄도목표에 이르기까지 그리는 선를 잃지 않은 질풍이 가리키는 대로 곧잘 가는 황금과 같은 절정의 세월이었다. 그동안에 나는 나의 성격을 서랍 같은 그릇에다 담아버렸다. 성격은 간 데 온 데가 없어졌다.

석 달—그러나 겨울이 왔다. 그러나 장판이 카스텔라빛으로 타들어왔다. 얄팍한 요 한 겹을 통해서 올라오는 온기는 가히 비밀을 그을릴 만하다. 나는 마지막으로 나의 특징까지 내어놓았다. 그리고 단 한 가지 재주를 샀다. 송곳과 같은—송곳 노릇밖에 못하는—송곳만도 못한 재주를—과연 나는 녹슨 송곳 모양으로 멋도 없고 말라버리기도 하였다.

혼자서 나쁜 짓을 해보고 싶다. 이렇게 어둠컴컴한 방 안에 표본과 같이 혼자 단좌하여 창백한 얼굴로 나는 후회를 기다리고 있다.

−1937년

• • • • •
지주회시

1

　그날밤에그의아내가층계에서굴러떨어지고— 공연히내일일
을글탄 끓탕. 속을 태우는 걱정 말라고어느눈치빠른어른이타일러놓으셨
다. 옳고말고다. 그는하루치씩만잔뜩산다. 이런복음에곱신히그는
벙어리(속지말라)처럼말이없다. 잔뜩산다. 아내에게무엇을물어보
리오? 그러니까아내는대답할일이생기지않고따라서부부는식물처
럼조용하다. 그러나식물은아니다. 아닐뿐아니라여간동물이아니다.
그래서그런지그는이굴궤짝만한방안에무슨연줄로언제부터이렇게
있게되었는지도무지기억에없다. 오늘다음에오늘이있는것. 내일조
금전에오늘이있는것. 이런것은영따지지않기로하고그저얼마든지

오늘오늘오늘오늘하릴없이눈가린마차말의동강난시야다. 눈을뜬다. 이번에는생시가보인다. 꿈에는생시를꿈꾸고생시에는꿈을꿈꾸고어느것이나재미있다. 오후네시. 옮겨앉은아침—여기가아침이냐. 날마다다. 그러나물론그는한번씩한번씩이다. (어떤거대한모체가나를여기다갖다버렸나)—그저한없이게으른것—사람노릇을하는체대체어디얼마나기껏게으를수있나좀해보자—게으르자—그저한없이게으르자—시끄러워도그저모른체하고게으르기만하면다된다. 살고게으르고죽고—가로대사는것이라면떡먹기다. 오후네시. 다른시간은다어디갔나. 대수냐. 하루가한시간도없는것이라기로서니무슨성화가생기나.

또거미. 아내는꼭거미. 라고그는믿는다. 저것이어서도로환퇴^{환생}를하여서거미형상을나타내었으면—그러나거미를총으로쏘아죽였다는이야기는들은일이없다. 보통발로밟아죽이는데신발신기커녕일어나기도싫다. 그러니까마찬가지다. 이방에그외에또생각하여보면—맥이뼈를디디는것이빤히보이고, 요밖으로내어놓는팔뚝이밴댕이처럼꼬스르하다—이방이그냥거민게다. 그는거미속에가넓적하게드러누워있는게다. 거미냄새다. 이후덥지근한냄새는아하거미냄새다. 이방안이거미노릇을하느라고풍기는흉악한냄새에틀림없다.

그래도그는아내가거미인것을잘알고있다. 가만둔다. 그리고기껏게을러서아내—인거미—로하여금육체의자리—(혹, 틈)를주지않게한다.

방밖에서아내는부스럭거린다. 내일아침보다는너무이르고그렇
다고오늘아침보다는너무늦은아침밥을짓는다. 예이덧문을닫는다.
(민활하게)방안에색종이로바른반닫이가없어진다. 반닫이는참보
기싫다. 대체세간이싫다. 세간은어떻게하라는것인가. 왜오늘은있
나. 오늘이있어서반닫이를보아야되느냐. 어뒈졌다. 계속하여게으
른다. 오늘과반닫이가없어져려고. 그러나아내는깜짝놀란다. 덧문
을닫는─남편─잠이나자는남편이덧문을닫았더니생각이많다. 오
줌이마려운가─가려운가─아니저인물이왜잠을깨었나. 참신통한
일은─어쩌다가저렇게사는지사는것이신통한일이라면또생각하여
보면자는것은더신통한일이다. 어떻게저렇게자나? 저렇게도많이자
나? 모든일이희한한일이었다. 남편. 어디서부터어디까지가부부람
─남편─아내가아니라도그만아내이고마는고야. 그러나남편은아
내에게무엇을하였느냐─담벽락이라고외풍이나가려주었더냐. 아
내는생각하다보니까참무섭다는듯이─ 또정말이지무서웠겠지
만─이닫은덧문을얼른열고늘들어도처음듣는것같은목소리로어디
말을건네본다. 여보─오늘은크리스마스요─봄날같이따뜻(이것
이원체틀린화근이다)하니수염좀깎소.

도무지그의머리에서그거미의어렵디어려운발들이사라지지않는
데들은크리스마스라는한마디말은참서늘하다. 그가어쩌다가그의
아내와부부가되어버렸나. 아내가그를따라온것은사실이지만왜따
라왔나? 아니다. 와서왜가지않았나─그것은분명하다. 왜가지않았

나이것이분명하였을때—그들이부부노릇을한지일년반쯤된때—
아내는갔다. 그는아내가왜갔나를알수없었다. 그까닭에도저히아내
를찾을길이없었다. 그런데아내는왔다. 그는왜왔는지알았다. 지금
그는아내가왜안가는지를알고있다. 이것은분명히왜갔는지모르게
아내가가버릴징조에틀림없다. 즉경험에의하면그렇다. 그는그렇다
고왜안가는지를일부러몰라버릴수도없다. 그냥아내가설사또간다
고하더라도왜안오는지를잘알고있는그에게로불쑥돌아와주었으면
하고바라기나한다.

　수염을깎고첩첩이닫아버린번지에서나섰다. 딴은크리스마스가
봄날같이따뜻하였다. 태양이그동안에퍽자란가도싶었다. 눈이부시
고—또몸이까칫까칫?하고—땅은힘이들고두꺼운벽이더덕더덕붙
은빌딩을쳐다보는것은보는것만으로도넉넉히숨이차다. 아내흰양
말이고동색털양말로변한것—계절은방속에서묵는그에게겨우제목
만을전하였다. 겨울—가을이가기도전에내닫친 ⁽내닫는⁾ 겨울에서처음
으로인사비슷이기침을하였다. 봄날같이따뜻한겨울날—필시이런
날이세상에흔히있는공일날이나아닌지— 그러나바람은뺨에도콧
방울에도차다. 저렇게바쁘게씨근거리는사람 무거운통 짐 구두 사
냥개 야단치는소리 안열린들창 모든것이견딜수없이답답하다. 숨
이막힌다. 어디로가볼까. (A취인점 ⁽상점 거래점⁾) (생각나는명함) (오군)
(자랑마라) (이십사일날월급이든가) 동행이라도있는듯이그는팔짱
을내저으며싹둑싹둑썰어붙인것같이얄팍한A취인점담벼락을뼁 뼁

싸고돌다가이속에는무엇이있나. 공기? 사나운공기리라. 살을저미는— 과연보통공기가아니었다. 눈에핏줄— 새빨갛게단전화— 그의허섭수룩한몸은금시에타죽을것같았다. 오는어느회전의자에병마개모양으로명쳐있었다. 꿈과같은일이다. 오는장부를뒤져주소씨명을차곡차곡써내려가면서미남자인채로생동생동(살고) 있었다. 조사부라는패가붙은방하나를독차지하고 방사벽에다가는빈틈없이방안지에그린그림아닌그림을발라놓았다. "저런걸많이연구하면대강은짐작이나서렷다." "도통하면돈이돈같지않아지느니." "돈같지않으면그럼방안지같은가." "방안지?" "그래도통은?" "흐흠— 나는도로그림이그리고싶어지데." 그러나오는여위지않고는배기기어려웠던가싶다. 술— 그럼색? 오는완전히오자신을활활열어젖혀놓은모양이었다. 흡사 그가 오앞에서나세상앞에서나그자신을첩첩이닫고있듯이. 오냐 왜그러니 나는거미다. 연필처럼야위어가는것— 피가지나가지않는혈관— 생각하지않고도없어지지않는머리— 칵막힌머리— 코없는생각— 거미거미속에서안나오는것— 내다보지않는것—취하는것—정신없는것—방—버선처럼생긴방이었다. 아내였다. 거미라는탓이었다.

오는주소씨명을멈추고그에게담배를내밀었다. 그러자연기를가르면서문이열렸다. (퇴사시간)뚱뚱한사람이말처럼달려들었다. 뚱뚱한신사는오와깨끗하게인사를한다. 가느다란몸집을한오는굵은목소리를굵은몸집을한신사는가느다란목소리로주고받고하는신선한회화다. "사장께서는나가셨나요?" "네― 참이백명이좀넘는데요." "넉넉합니다. 먼저오시겠지요." "한시간쯤미리가지요." "에―또 에―또 에또 에또 그럼그렇게알고." "가시겠습니까?"

툭탁하고나더니뚱뚱한신사는곁에앉은그를흘깃보고고개를돌리고지나갈듯하다가다시흘깃본다. 그는― 내인사를하면어떻게되더라? 하고망싯망싯하다가그만얼떨결에꾸뻑인사를하여버렸다. 이무슨염치없는짓인가. 뚱뚱신사는인사를받더니받아가지고는그냥싱긋웃듯이나가버렸다. 이무슨모욕인가. 그의귀에는뚱뚱신사가대체누군가를생각해보는동안에도 '어떠십니까'하는뚱뚱신사의손가락질같은말한마디가남아서웽웽한다. 어떠냐니무엇이어떠냐누―아니그게누군가― 오라오라. 뚱뚱신사는바로그의아내가다니고있는카페R회관주인이었다. 아내가또온건서너달전이다. 와서그를먹여살리겠다는것이었다. 빚 '백원'을얻어쓸때그는아내를앞세우고이뚱뚱이보는데타원형도장을찍었다. 그때유카타 목욕 후에 또는 여름철에 입는 일본의 무명 홑옷 입고내려다보던눈에서느낀굴욕을오늘이라고잊었을까. 그러나그는이게누군지도채생각나기전에어언간이뚱뚱이에게고개를수그리지않았나. 지금. 지금. 골수에스미고말았나보다. 칙칙한근성이― 모르고그랬다고하면말이될까? 더럽구나. 무슨구실로변명하여야되나. 에잇! 에잇! 아무것도차라리억울해하지말자―이렇게맹서하자. 그러나그의뺨이화끈화끈달았다. 눈물이새금새금맺혀들어왔다. 거미― 분명히그자신이거미였다. 물부리처럼야위어

들어가는아내를빨아먹는거미가너자신인것을깨달아라. 내가거미
다. 비린내나는입이다. 아니아내는그럼그에게서아무것도안빨아먹
느냐. 보렴―이파랗게질린수염자국―퀭한눈―늘씬하게만연되나
마나하는형용없는영양을―보아라. 아내가거미다. 거미아닐수있
으랴. 거미와거미거미와거미냐. 서로빨아먹느냐. 어디로가나. 마주
야위는까닭은무엇인가. 어느날아침에나뼈가가죽을찢고내밀리려
는지―그손바닥만한아내의이마에는땀이흐른다. 아내의이마에손
을얹고그래도여전히그는잔인하게아내를밟았다. 밟히는아내는삼
경이면쥐소리를지르며찌그러지곤한다. 내일아침에펴지는염낭처
럼. 그러나아주까리같은사치한꽃이핀다. 방은밤마다홍수가나고이
튿날이면쓰레기가한삼태기씩이나났고―아내는이묵직한쓰레기를
담아가지고늦은아침―오후네시―뜰로내려가서그도대리하여두
사람치의해를보고들어온다. 금긋듯이아내는작아들어갔다. 쇠와같
이독한꽃―독한거미문을닫자. 생명에뚜껑을덮었고사람과사람이
사귀는버릇을닫았고 그자신을닫았다. 온갖벗에서―온갖관계에
서―온갖희망에서― 온갖욕慾에서― 그리고온갖욕에서― 다만방
안에서만그는활발하게발광할수있다. 미역핥듯핥을수도있었다.

전등은그런숨결때문에곧잘꺼졌다. 밤마다이방은고달팠고뒤집
어엎었고방안은기어병들어가면서도빠득빠득버티고있다. 방안은
쓰러진다. 밖에와있는세상―암만기다려도그는나가지않는다. 손
바닥만한유리를통하여꿋꿋이걸어가는세월을볼수있을따름이었다.

그러나밤이그유리조각마저도얼른얼른닫아주었다. 안된다고.

그러자오는그의무색해하는것을볼수없다는듯이들창셔터를내렸
다. 자나가세. 그는여기서나가지않고그냥그의방으로돌아가고싶었
다. (육원짜리셋방) (방밖에없는방) (편한방) 그럴수는없다. "그뚱
뚱이어떻게아나?" "그저알지." "그저라니." "그저." "친헌가?" "천
만에―대체그게누군가." "그거―그건가부꾼이지―우리취인점허
구는돈만원거래나있지." "흠." "개천에서용이나려니까." "흠."

R카페는뚱뚱이의부업인모양이었다. 내일밤은A취인점이고객을
초대하는망년회가R카페삼층홀에서열릴터이고오는그준비를맡았
단다. 이따가느지막해서오는R회관에좀들른단다. 그들은차점^{다방}
에서우선홍차를마셨다. 크리스마스트리곁에서축음기가깨끗이울
렸다. 두루마기처럼기다란털외투―기름바른머리―금시계―보
석박힌넥타이핀―이런모든오의차림차림이한없이그의눈에거슬렸
다. 어쩌다가저지경이되었을까. 아니. 내야말로어쩌다가이모양이
되었을까. (돈이었다)사람을속였단다. 다털어먹은후에는볼품좋게
여비를주어서쫓는것이었다. 삼십까지백만원. 주체할수없이달라붙
는계집. 자네도공연히꾸물꾸물하지말고청춘을이렇게대우하라는
것이었다. (거침없는오이야기) 어쩌다가아니―어쩌다가나는이렇
게휠씬물러앉고말았나를알수가없었다. 다만모든이런오의저속한
큰소리가맹탕거짓말같기도하였으나 또아니부러워할래야아니부러
워할수없는 형언안되는것이확실히있는것도같았다.

지난봄에오는인천에있었다. 십년— 그들의깨끗한우정이꿈과같은그들의소년시대를그냥아름다운것으로남기게하였다. 아직싹트지않은이른봄건강이없는그는오와사직공원산기슭을같이걸으며오가긴히이야기해야겠다는이야기를듣고있었다. 너무나뜻밖에일은— 오의아버지는백만의가산을날리고마지막경매가완전히끝난것이바로엊그제라는— 여러형제가운데이오에게만단한줄기촉망을두는늙은기미期米호걸의애끓는글을오는속주머니에서꺼내보이고— 저버릴수없는마음이— 오는운다— 우리일생의일로정하고있던화필을요만일에버리지않으면안되겠느냐는— 전에도후에도한번밖에없는오의종종한고백이었다. 그때그는봄과함께건강이오기만눈이빠지게고대하던차— 그도속으로화필을던진지오래였고— 묵묵히머지않아쪼개질축축한지면을굽어보았을뿐이었다. 그리고뒤미처태풍이왔다. 오너라— 와서내생활을좀보아라— 이런오의부름을빙그레웃으며그는인천에오를들렀다. 사십사— 벅적대는해안통—K취인점사무실— 어디로갔는지모르는오의형영깎은듯한오의집무태도를그는여전히건강이없는눈으로어이없이들여다보고오는날을오는날을탄식하였다. 방은전화자리하나를남기고빽빽이방안지로메워져있었다. 낡기도전에갈리는방안지위에붉은선푸른선의높고낮은것—오의얼굴은일시일각이한결같지않았다. 밤이면오를따라양철조각같은바로얼마든지쏘다닌다음—(시키시마일본의 담 이름)— 나날이축이가는몸을다스릴수없었건만이상스럽게오는여섯 시면깨었고깨어서는화등잔같은눈알을이리굴리고저리굴리고빨간뺨이까딱하지않고아홉시까지는해안통사무실에낙자없이있었다. 피곤하지않은오의몸이아마금강력 _{금강석처럼 단단하여 온갖 사물과 번뇌를 깨뜨릴 만큼 강한 힘}과함께— 필연— 무슨도道고도를통하였나보다. 낮이면오의아버지는울적한심사를하나남은가야금에붙이고이따금자그마한수첩에믿는아들에게서걸리는전화를만족한듯이적는다. 미닫이를열면경인열차가가끔보인다. 그는오의털외투를걸치고월미도뒤를돌아드문드문아직도덜진꽃나무사이잔디위에자리를잡고반듯이누워서봄이오고건강이아니온것을글탄하였다. 내다보이는바다— 개흙밭위로바다가한벌드나들더니날이저물고저물고하였다. 오후네시오는휘파람을불며이날마다같은잔디로그를찾아온다. 천막친데서흔들리는포터블_{휴대용 라디오}을들으며차를마시고사슴을보고너무긴방죽중간에서좀선선한아이스크림을사먹고굴캐는것좀보고오방에서신문과저녁이정답게끝난다. 이런한달— 오월— 그는바로그잔디위에서어느덧배따라기를배웠다. 흥중에획책하던_{어떤 일을 꾸미거나 꾀하던} 일이날마다한켜씩바다로흩어졌다. 인생에대한끝없는주저를잔뜩지니고인천서돌아온그의방에서는아내의자취를찾을길이없었다. 부모를배역한이런아들을아내는기어이이렇게잘퉁겨주는구나—(문학)(시) 영구히인생을망설거리기위하여길아닌길을내디뎠다그러나또뛰려는마음— 비뚤어진젊음 (정치) 가끔그는투어리스트뷰로_{관광객 안내소}에전화를걸었다. 원양항해의배는늘방안에서만

기적도불고입항도하였다. 여름이그가땀흘리는동안에가고— 그러나그의등의땀이걷히기전에왕복엽서모양으로아내가초조히돌아왔다. 낡은잡지속에섞여서배고파하는그를먹여살리겠다는것이다. 왕복엽서— 없어진반[*]—눈을감고아내의살에서허다한지문냄새를맡았다. 그는그의생활의서술에귀찮은공을쳤다. 끝났다. 먹여라먹으마— 머리도잘라라— 머리지지는십전짜리인두— 속옷밖에필요치않은하루— R카페— 뚱뚱한유카타앞에서얻은백원— 그러나그백원을그냥쥐고인천오에게로달려가는그의귀에는지난오월오가— 백원을가져오너라우선석달만에백원내놓고오백원을주마— 는분간할수없지만너무든든한한마디말이쟁쟁하였던까닭이다. 그리고도전하는그에게아내는제발이저려그랬겠지만잠자코있었다. 당하였다. 신문에서배시간표를더러보기도하였다. 오는두서너번편지로그의그런생활태도를여간칭찬한것이아니다. 오가경성으로왔다. 석달은한달전에끝났는데— 오는인천서오에게버는족족털어바치던아내(라고오는결코부르지않았지만)를벗어버리고— 그까짓것은하여간에오의측량할수없는깊은우정은그넉달전의일도또한달전에으레있었어야할일도광풍제월[비가 갠 뒤의 맑게 부는 바람과 밝은 달] 같이잊어버린— 참반가운편지가요며칠전에그의닫은생활을뚫고들어왔다. 그는가을과겨울을잤다. 계속하여자는중이었다— 에이그래이사람아한번파치[깨어지거나 흠이 나서 못 쓰게 된 물건]가된계집을또데리고살다니하는오의필시그럴공연한쑤석질도싫었고— 그러나크리스마스— 아니다.

어디그핑구워먹은좋은얼굴을좀보아두자— 좋은얼굴— 전날의
오— 그런것이지— 주체할수없게되기전에여기다가동그라미를하
나쳐두자— 물론아내는아무것도모른다.

2

그날밤에아내는멋없이충계에서굴러떨어졌다. 못났다. 도저히알
아볼수없는이긴가민가한오와그는어디서술을먹었다. 분명히아내
가다니고있는R회관은아닌그러나역시그는그의아내와조금도틀린
곳을찾을수없는너무많은그의아내들을보고소름이끼쳤다. 별의별
세상이다. 저렇게해놓으면어떤것이어떤것인지— 오— 가는것을보
면알겠군— 두시에는남편노릇하는사람들이일일이영접하러오는그
들여급의신기한생활을그는들어알고있다. 아내는마주오지않는그
를애정을구실로몇번이나책망하였으나들키면어떻게하려느냐— 누
구에게— 즉— 상대는보기싫은넓적하게생긴세상이다. 그는이왔다
갔다하는똑같이생긴화장품— 사실화장품의고하가그들을구별시키
는외에는표난데라고는영없었다— 얼굴덜숭한아내들을두리번두리
번돌아보았다. 헤헤— 모두그렇겠지— 가서는방에서— (참당신은
너무닮았구려)— 그러나내아내는화장품을잘사용하지않으니까—
아내의파리한바탕주근깨— 코보다작은코— 입보다얇은입— (화장
한당신이화장안한아내를닮았다면?)— "용서하오."— 그러나내아

내만은왜그렇게야위나. 무엇때문에 (네죄) (네가모르느냐) (알지) 그러나이여자를좀보아라. 얼마나이글이글하게살이알르냐잘쪘다. 곁에와앉기만하는데도후끈후끈하는구나. 오의귓속말이다. "이게 마유미야이뚱뚱보가—하릴없이양돼진데좋아좋단말이야—금알 낳는게사니이야기알지(알지) 즉화수분이야—하룻저녁에삼원사 원오원—잡힐물건이없는데돈주는전당국이야. (정말?) 아—나의 사랑하는마유미거든." 지금쯤은아내도저짓을하렷다. 아프다. 그의 찌푸린얼굴을얼른오가껄껄웃는다. 흥—고약하지—하지만들어보 게—소바에계집은절대금물이다. 그러나살을저며먹이려고달겨드 는_{달려드}것을어쩌느냐. (옳다옳다) 계집이란무엇이냐돈없이계집 은무의미다—아니, 계집없는돈이야말로무의미다. (옳다옳다) 오 야어서다음을계속하여라. 따면따는대로금시계를산다몇개든지, 또 보석, 털외투를산다, 얼마든지비싼것으로. 잃으면그놈을끄린다. 옳 다. (옳다옳다) 그러나이짓은좀안타까운걸. 어떻게하는고하니계집 을하나찰_짜성질이 수더분하지 아니하고 몹시 까다로운 사람 로골라가지고쓱시계 보석을사주었다가도로빼앗아다가끄리고또사주었다가또빼앗아다 가끄리고—그러니까사주기는사주었는데그놈이평생가야제것이아 니고내것이거든—쓱얼마를그런다음에는—그러니까꼭여급이라 야만쓰거든—하룻저녁에아따얼마를벌든지버는대로털거든—살 을저며먹이려드는데하루에아삼사원털기쯤—보석은또여전히사주 니까남는것은없어도여러번사준폭되고내가거미지거민줄알면서도—아니야, 나는또제요구를안들어주는것은아니니까—그렇지만 셋방하나얻어가지고같이살자는데는학질이야—여보게거기까지만 가면삼십까지백만원꿈은세봉좋지 않은 일, 큰 탈이 날 일을 속되게 이르는 말이 지. (옳다?옳다?) 소바란놈이따가부자되는수효보다는지금거지되 는수효가훨씬더많으니까, 다, 저런것이하나있어야든든하지. 즉배 수진을쳐놓자는것이다. 오는현명하니까이금알낳는게사니배를가 를리는천만만무다. 저더덕더덕붙은볼따구니두껍다란입술이생각 하면다시없이귀엽기도할밖에.

그의눈은주기로하여차차몽롱하여들어왔다. 개개풀린시선이그마 유미라는고깃덩어리를부러운듯이살피고있었다. 아내—마유미— 아내—자꾸말라들어가는아내—꼬챙이같은아내—그만좀마르 지—마유미를좀보려무나—넓적한잔등이푼더분한두툼하고 탐스러운 폭, 폭, 폭을—세상은고르지도못하지—하나는옥수수과자모양으 로무럭무럭부풀어오르고하나는눈에보이듯이오그라들고—보자어 디좀보자—인절미굽듯이부풀어올라오는것이눈으로보이렷다. 그 러나그의눈은어항에든금붕어처럼눈자위속에서그저오르락내리락 꿈틀거릴뿐이었다. 화려하게웃는마유미의복스러운얼굴이해초처 럼느리게움직이는것이희미하게보일뿐이었다. 오는이런코를찌르 는화장품속에서웃고소리지르고손뼉을치고또웃었다.

왜오에게만저런강력한것이있나. 분명히오는마유미에게여위지 못하도록금하여놓았으리라. 명령하여놓았나보다. 장하다. 힘. 의지?—그런강력한것—그런것은어디서나오나. 내—그런것만있다면이노릇안하지—일하지—하여도잘하지—들창을열고뛰어내리고싶었다. 아내에게서그악착한끄나풀을끌러던지고훨훨줄달음박질을쳐서달아나버리고싶었다. 내의지가작용하지않는온갖것아. 없어져라. 닫자. 첩첩이닫자. 그러나이것도힘이아니면무엇이랴—시뻘겋게상기한눈이살기를띠고명멸하는황홀경담벼락에숨쉬일구멍을찾았다. 그냥벌벌떨었다. 텅빈골속에회오리바람이일어난것같이완전히전후를가리지못하는일개그는추잡한취한으로화하고말았다.

그때마유미는그의귀에다대고속삭인다. 그는목을움칫하면서혀를내밀어날름날름하여보였다. 그러나저러나너무먹었나보다—취하였거니와이것은배가좀너무부르다. 마유미무슨이야기요. "저이가거짓말쟁인줄제가모르는줄아십니까. 알아요. (그래서)미술가라지요. 생딴전을해놓겠지요. 좀타일러주세요—어림없이그러지말라구요—이마유미는속는게아니라구요—제가이러는게그야좀반하긴반했지만—선생님은아시지요. (알고말고) 어쨌든저따위끄나풀이한마리있어야삽니다. (뭐? 뭐?) 생각해보세요—그래하룻밤에삼사원씩벌어야뭣에다쓰느냐말이에요—화장품을사나요? 옷감을끊나요. 하긴한두번아니여남은번까지는아주비싼놈으로골라서그짓도허지요—하지만허구한날화장품을사나요옷감을끊나요? 거다뭐하나요—얼마못가서싫증이납니다—그럼거지를주나요? 아이구참—이세상에서제일미운게거지입니다. 그래두저런끄나풀을한마리가지는 게화장품이나옷감보다는훨씬낫습니다. 좀처럼싫증나는법이없으니까요— 즉남자가외도하는— 아니— 좀다릅니다. 하여간싸움을해가면서벌어다가그날저녁으로저끄나풀한테빼앗기고나면— 아니송두리째갖다바치고나면속이시원합니다. 구수합니다. 그러니까저를빨아먹는거미를제손으로기르는셈이지요. 그렇지만또이허전한것을저끄나풀이다소곳이채워주거니하면아까운생각은커녕즈이가되려거민가싶습니다. 돈을한푼도벌지말면그만이겠지만인제그만해도이생활이살에척배어버려서얼른그만두기도어렵고하자니그러기는싫습니다. 이를북북갈아제쳐가면서기를쓰고빼앗습니다."

양말— 그는아내의양말을생각하여보았다. 양말사이에서는신기하게도밤마다지폐와은화가나왔다. 오십전짜리가딸랑하고방바닥에굴러떨어질때듣는그음향은이세상아무것에도비길수없는가장숭엄한감각에틀림없었다. 오늘밤에는아내는또몇개의그런은화를정강이에서뱉어놓으려나. 그북어와같은종아리에난돈자국— 돈이살을파고들어가서— 고놈이아내의정기를속속들이빨아내나보다. 아— 거미— 잊어버렸던거미— 돈도거미— 그러나눈앞에놓여있는너무나튼튼한쌍거미— 너무튼튼하지않으냐. 담배를한대피워물고— 참— 아내야. 대체내가무엇인줄알고죽지못하게이렇게먹여살리느냐— 죽는것— 사는것— 그는천하다. 그의존재는너무나우스꽝스럽다. 스스로지나치게비웃는다.

그러나— 두시— 그황홀한동굴— 방— 을향하여걸음은빠르다.

여러골목을지나―오냐너는너갈데로가거라―따뜻하고밝은들창과들창을볼적마다―닭―개―소는이야기로만―그리고그림엽서―이런펄펄끓는심지를부여잡고그화끈화끈한방을향하여쏟아지듯이몰려간다. 전신의피―무게―와있겠지―기다리겠지―오래간만에취한실없는사건―허리가녹아나도록이녀석―이녀석―이엉뚱한발음―숨을힘껏들이쉬어두자. 숨을힘껏쉬어라. 그리고참자. 에라. 그만아주미쳐버려라.

　그러나웬일일까아내는방에서기다리고있지않았다. 아하―그날이왔구나. 왜갔는지모르는데가버리는날―하필? 그러나(왜왔는지알기전에)왜갔는지모르고지내는중에너는또오려느니―내친걸음이다. 아니―아주닫아버릴까. 수챗구멍에빠져서라도섣불리세상이업신여기려도업신여길수없도록―트집거리를주어서는안된다. R카페―내일A취인점이고객을초대하는망년회를열―아내―뚱뚱주인이받아가지고간내인사―이저주받아야할R카페의뒷문으로하여주춤주춤그는조바 카운터의 일본말 에그의헙수룩한팔을나타내었다. 조바내다안다―너희들이얼마에사다가얼마에파나―알면무엇을하나―여보안경쓴부인말좀물읍시다. (아이구복작거리기도한다. 이속에서어떻게들사누) 부인은통신부같이생긴종잇조각에차례차례도장을하나씩만찍어준다. 아내는일상말하였다. 얼마를벌든지일원씩만갚는법이라고―딴은무이자다―어째서무이자냐―(아느냐)―돈이―같지않더냐―그야말로도통을하였느냐. 그래 "나미코가

어디있습니까?" "댁에서오셨나요. 지금경찰서에가있습니다." "뭘
잘못했나요?" '아아니—이거어째이렇게칠칠치가못할까'는듯이칼
을들고나온쿡 ^{요리사}이똑똑히좀들으라는이야기다. 아내는층계에서
굴러떨어졌다. 넌왜요렇게빼빼말랐니—아야아야놓으세요말좀해
봐아야아야놓으세요. (눈물이핑돌면서) 당신은왜그렇게양돼지모
양으로살이쪘소— 뭐이, 양돼지?—양돼지가아니고—에이발칙한
것. 그래서발길로차였고차여서는층계에서굴러떨어졌고굴러떨어졌
으니분하고—모두분하다. "과히다치지는않았지만그런놈은버릇을
좀가르쳐주어야하느니그래경관은내가불렀소이다." 말라깽이라고
그런점잖은손님의농담에어찌외람히말대꾸를하였으며말대꾸도유
분수지양돼지라니—그래생각해보아라네가말라깽이가아니고무엇
이냐—암—내라도양돼지소리를듣고는—아니말라깽이소리를듣
고는—아니양돼지소리를듣고는—아니다아니다말라깽이소리를듣
고는—나도사실은말라깽이지만—그저있을수없다—양돼지라그
래줄밖에—아니그래양돼지라니그런괘씸한소리를듣고내가손님이
라면—아니내가여급이라면—당치않은말—내가손님이라면그냥
패주겠다. 그렇지만아내야양돼지소리한마디만은잘했다. 그러니까
걷어차였지—아니나는대체누구편이냐누구편을들고있는셈이냐.
그대그락대그락하는몸이은근히다쳤겠지—접시깨지듯했겠지—아
프다. 아프다. 앞이다캄캄하여지기전에 사부로가씨근씨근왔다. 남
편되는이더러오란단다. 바로나요—마침잘되었습니다. 나쁜놈입니

다. 고소하세요. 여급들과보이들과이다바^{조리사의 일본말} 들의동정은
실로나미코일신위에집중되어형세자못온건치않은것이었다.

경찰서숙직실—이상하다—우선경부보와순사그리고오R카페뚱
뚱주인 그리고과연양돼지와같은범인(저건내라도양돼지라고자칫
그러기쉬울걸) 그리고난로앞에새파랗게질린채쪼그리고앉아있는
생쥐만한아내—그는얼빠진사람모양으로이진기한—도저히있을
법하지않은콤비네이션^{조합}을몇번이고두루살펴보았다. 그는비칠비
칠그양돼지앞으로가서그개기름흐르는얼굴을한참이나들여다보더
니떠억 "당신입디까?" "당신입디까?" 아마안면이무던히있나보다
서로쳐다보며빙그레웃는속이—그러나아내야가만있자—제발울
음을그쳐라어디이야기나좀해보자꾸나. 후—한숨을내쉬고났더니
멈췄던취기가한꺼번에치밀어올라오면서그는금시로그자리에쓰러
질것같았다. 와이셔츠자락이바지밖으로나온이양돼지에게말을건
넨다. "뵈옵기에퍽몸이약하신데요." "딴말씀." "딴말씀이라니."
"딴말씀이지." "딴말씀이지라니." "허딴말씀이라니까." "허딴말씀
이라니까라니." 그때참다못하여경부보가소리를질렀다. 그리고그
대가나미코의정당한남편인가. 이름은무엇인가직업은무엇인가하
는질문에는질문마다그저한없이공손히고개를숙여주었을뿐이었다.
고개만그렇게공연히숙였다치켰다할것이아니라그대는그래고소할
터인가즉말하자면이사람을어떻게하였으면좋겠는가. 그렇습니다.
(당신들눈에내가구더기만큼이나보이겠소? 이사람을어떻게하였으

면좋을까는내가모르면경찰이알겠거니와그래내가하라는대로하겠
다는말이오?) 지금내가어떻게하였으면좋을까는누구에게물어보아
야되나요. 거기선오그리고내아내의주인나를위하여가르쳐주소, 어
떻게하였으면좋으리까눈물이어느사이에빰을흐르고있었다. 술이
점점더취하여들어온다. 그는이자리에서어떻다고차마입을벌릴정
신도용기도없었다. 오와뚱뚱주인이그의어깨를건드리며위로한다.
"다른사람이아니라우리A취인점전무야. 술취한개라니그렇게만알
게나그려. 자네도알다시피내일망년회에전무가없으면사장이없는
것이상이야. 잘화해할수는없나?" "화해라니누구를위해서?" "친구
를위하여." "친구라니?" "그럼우리점을위해서." "자네가사장인가?"
그때뚱뚱주인이 "그럼당신의아내를위하여." 백원씩두번얻어썼다.
남은것일백오십원―잘알아들었다. 나를위협하는모양이구나. "이
건동화지만세상에는어쨌든이런일도있소. 즉백원이석달만에꼭오
백원이되는이야긴데꼭되었어야할오백원이그게넉달이었기때문에
감쪽같이한푼도없어져버린신기한이야기요. (오야내가좀치사스러
우냐) 자이런일도있는데일개여급발길로차는것쯤이야팥고물이아
니고무엇이겠소? (그러나오야일없다일없다) 자나는가겠소왜들이
렇게성가시게구느냐, 나는아무것에도참견하기싫다. 이술을곱게삭
이고싶다. 나를보내주시오. 아내를데리고가겠소. 그러고는다마음
대로하시오."

밤―홍수가고갈한최초의밤―신기하게도건조한밤이었다. 아내

야너는이이상더야위어서는안된다. 절대로안된다. 명령해둔다. 그러나아내는참새모양으로깽깽신열까지내어가면서날이새도록앓았다. 그곁에서그는이것은너무나염치없이씨근씨근쓰러지자마자잠이들어버렸다. 안골던코까지골고—아—정말양돼지는누구냐너무피곤하였던것이다. 그냥기가막혀버렸던것이다.

그동안—긴시간.

아내는아침에나갔다. 사부로가부르러왔기때문이다. 경찰서로간단다. 그도오란다. 모든것이귀찮았다. 다리저는아내를억지로내어보내놓고그는인간세상의하품을한번커다랗게하였다. 한없이게으른것이역시제일이구나. 첩첩이덧문을닫고앓는소리없는방안에서이번에는정말—제발될수있는대로아내는오래걸려서이따가저녁때나되거든돌아왔으면그러든지—경우에따라서는아내가아주가버리기를바라기조차하였다. 두다리를쭉뻗고깊이깊이잠이좀들어보고싶었다.

오후두시—십원지폐가두장이었다. 아내는그앞에서연해해죽거렸다. "누가주더냐?" "당신친구오씨가줍디다." 오, 오역시오로구나. (그게네백원꿀떡삼킨동화의주인공이다) 그리운지난날의기억들변한다모든것이변한다. 아무리그가이방덧문을첩첩닫고일년열두달을수염도안깎고누워있다하더라도세상은그잔인한'관계'를가지고담벼락을뚫고스며든다. 오래간만에잠다운잠을참한잠늘어지게잤다. 머리가차츰맑아들어온다. "오가주더라. 그래뭐라고그러면서주더냐?" "전무가술이깨서참잘못했다고사과하더라고." "너대

체어디까지갔다왔느냐?" "조바까지." "잘한다. 그래그걸넙죽받았
느냐?" "안받으려다가정말잘못했다고그러더라니까." 그럼오의돈
은아니다. 전무? 뚱뚱주인 둘다있을법한일이다. 아니, 십원씩추렴
인가. 이런때왜그의머리는맑은가. 그냥흐려서아무것도생각할수없
이되어버렸으면작히좋겠나. 망년회오후. 고소. 위자료. 구더기. 구
더기만도못한인간. 아내는아프다면서재재댄다. "공돈이생겼으니
써버립시다. 오늘은안나갈테야. (멍든데고약사바를생각은꿈에도
하지않고) 내일낮에치마가한감저고리가한감 (뭣이하나뭣이하나)
(그래서십원은까불린다음) 나머지십원은당신구두한켤레맞춰주기
로." 마음대로하려무나. 나는졸립다. 졸려죽겠다. 코를풀어버리더
라도내게의논마라. 지금쯤R회관삼층에얼마나장중한연회가열렸
을것이며 양돼지전무는와이셔츠를접어넣고얼마나점잖을것인가.
유치장에서연회로 (공장에서가정으로) 십원짜리—이백여명—칠
면조—햄—소시지—비계—양돼지—일년전이년전십년전—수
염—냉회와같은것—남은것—뼈다귀—지저분한자국—과무엇이
남았느냐—닫은일년동안—산채썩어들어가는그앞에가로놓인아가
리딱벌린일월이었다.

이것이지금이기괴망측한생리현상이즉배가고프다는상태렷다.
배가고프다. 한심한일이다. 부끄러운일이었다. 그러나오네생활에
내생활을비교하여 아니내생활에네생활을비교하여어떤것이진정우
수한것이냐. 아니어떤것이진정열등한것이냐. 외투를걸치고모자를

없고—그리고잊어버리지않고그이십원을주머니에넣고집—방을 나섰다. 밤은안개로하여흐릿하다. 공기는제대로썩어들어가는지쉬지근하다. 또—과연거미다. (환퇴)—그는그의손가락을코밑에가져다가가만히맡아보았다. 거미냄새는—그러나이십원을요모조모주무르던그새큼한지폐냄새가참그윽할뿐이었다. 요새큼한냄새—요것때문에세상은가만있지못하고생사람을더러잡는다—더러가뭐냐. 얼마나많이축을내나. 가다듬을수없는어지러운심정이었다. 거미—그렇지—거미는나밖에없다. 보아라. 지금이거미의끈적끈적한촉수가어디로몰려가고있나—쪽소름이끼치고식은땀이내솟기시작이다.

노한촉수—마유미—오의자신있는계집—끄나풀—허전한것—수단은없다. 손에쥐인이십원—마유미—십원은술먹고십원은팁으로주고그래서마유미가응하지않거든에이양돼지라고그래버리지. 그래도그만이라면이십원은그냥날아가—헛되다—그러나어떠냐 공돈이아니냐. 전무는한번더아내를층계에서굴러떨어뜨려주려무나. 또이십원이다. 십원은술값십원은팁. 그래도마유미가응하지않거든 양돼지라고그래주고그래도그만이면이십원은그냥뜨는것이다 부탁이다. 아내야또한번전무귀에다대고양돼지그래라. 걷어차거든 두말말고층계에서내리굴러라.

—1936년

• • •
실낙원

소녀

소녀는 확실히 누구의 사진인가 보다. 언제든지 잠자코 있다.

소녀는 때때로 복통이 난다. 누가 연필로 장난을 한 까닭이다. 연필은 유독하다. 그럴 때마다 소녀는 탄환을 삼킨 사람처럼 창백하다고 한다.

소녀는 때때로 각혈한다. 그것은 부상한 나비가 와서 앉는 까닭이다. 나뭇가지는 부러지고 만다.

소녀는 단정 가운데 있었다―군중과 나비를 피하여 냉각된 수압이―냉각된 유리의 기압이 소녀에게 시각만을 남겨주었다. 그리고 허다한 독서가 시작된다. 덮은 책 속에 혹은 서재 어떤 틈에 곧잘 한

장의 '얄따란 것'이 되어버려서는 숨고 한다. 내 활자에 소녀의 살결 냄새가 섞여 있다. 내 제본에 소녀의 인두 자국이 남아 있다. 이것만은 어떤 강렬한 향수로도 헷갈리게 하는 수는 없을……

사람들은 그 소녀를 내 처라고 해서 비난하였다. 듣기 싫다. 거짓말이다. 정말 이 소녀를 본 놈은 하나도 없다.

그러나 소녀는 누구든지의 처가 아니면 안 된다. 내 자궁 가운데 소녀는 무엇인지를 낳아놓았으니, 그러나 나는 아직 그것을 분만하지 않았다. 이런 소름 끼치는 지식을 내버리지 않고야—그렇다는 것이—체내에 먹어 들어오는 연탄처럼 나를 부식시켜버리고야 말 것이다.

나는 이 소녀를 화장해버리고 그만두었다. 내 비공^{콧구멍}으로 종이 탈 때, 나는 그런 냄새가 어느 때까지라도 저회^{低徊}하면서 사라지려 하지 않았다.

육친의 장

기독^{그리스도. 예수에 대한 칭호}에 혹사한^{아주 비슷한} 한 사람의 남루한 사나이가 있었다. 다만 기독에 비하여 눌변^{더듬거리는 서툰 말솜씨}이요, 어지간히 무지한 것만이 틀리다면 틀렸다.

연기^{年紀} 오십 유일^{有一}.

나는 이 모조 기독을 암살하지 아니하면 안 된다. 그렇지 아니하면 내 일생을 압수하려는 기색이 바야흐로 농후하다.

한 다리를 절름거리는 여인이 한 사람이 언제든지 돌아선 자세로 내게 육박한다. 내 근육과 골편^{뼈의 조각}과 또 약소한 입방의 혈청과의 원가 상환을 청구하는 모양이다. 그러나……

내게 그만한 금전이 있을까. 나는 소설을 써야 서푼도 안 된다. 이런 흉장의 배상금을—도리어—물어내라 그러고 싶다. 그러나……

어쩌면 저렇게 심술궂은 여인일까. 나는 이 추악한 여인으로부터 도망하지 아니하면 안 된다.

단 한 개의 상아 스틱. 단 한 개의 풍선.

묘혈^{시체가 놓이는 무덤의 구덩이 부분}에 계신 백골까지 내게 무엇인가를 강요하고 있다. 그 인감은 이미 실효된 지 오랜 줄은 꿈에도 생각하지 않고.

'그 대상으로 나는 내 지능의 전부를 기권하리라.'

칠 년이 지나면 인간 전신의 세포가 최후의 하나까지 교차된다고 한다. 칠 년 동안 나는 이 육친들과 관계없는 식사를 하리라. 그리고 당신네들을 위하는 것도 아니고 또 칠 년 동안은 나를 위하는 것도 아닌 새로운 혈통을 얻어보겠다…… 하는 생각을 하여서는 안 된다.

돌려보내라고 하느냐. 칠 년 동안 금붕어처럼 개흙만을 토하고 지내면 된다. 아니, 미여기^{메기}처럼.

실낙원

천사는 아무 데도 없다. 파라다이스는 빈터다.

나는 때때로 이삼 인의 천사를 만나는 수가 있다. 제각각 다 쉽사리 내게 키스하여준다. 그러나 홀연히 그 당장에서 죽어버린다. 마치 웅봉 _{벌의 수컷}처럼······.

천사는 천사끼리 싸움을 하였다는 소문도 있다.

나는 B군에게 내가 향유하고 있는 천사의 시체를 처분하여버릴 취지를 이야기할 작정이다. 여러 사람을 웃길 수도 있을 것이다. 사실 S군 같은 사람은 깔깔 웃을 것이다. 그것은 S군은 오 척 _{길이의 단위} 이나 넘는 훌륭한 천사의 시체를 십 년 동안이나 충실하게 보관하여온 경험이 있는 사람이니까······.

천사를 다시 불러서 돌아오게 하는 응원기 같은 기는 없을까.

천사는 왜 그렇게 지옥을 좋아하는지 모르겠다. 지옥의 매력이 천사에게도 차차 알려진 것도 같다.

천사의 키스에는 색색이 독이 들어 있다. 키스를 당한 사람은 꼭 무슨 병이든지 앓다가 그만 죽어버리는 것이 예사다.

면경

철필 달린 펜촉이 하나. 잉크병. 글자가 적혀 있는 지면―모두가

한 사람 치.

부근에는 아무도 없는 것 같다. 그리고 그것은 읽을 수 없는 학문인가 싶다. 남아 있는 체취를 유리의 '냉담한 것'이 덕德하지 아니하니, 그 비장한 최후의 학자는 어떤 사람이었는지 조사할 길이 없다. 이 간단한 장치의 정물은 투탕카멘고대 이집트 제18대 왕조의 제12대 왕처럼 적적하고 기쁨을 보이지 않는다.

피만 있으면, 최후의 혈구 하나가 죽지만 않았으면 생명은 어떻게라도 보존되어 있을 것이다.

피가 있을까. 혈흔을 본 사람이 있나. 그러나 그 난해한 문학의 끄트머리에 사인이 없다. 그 사람은—만일 그 사람이라는 사람이 그 사람이라는 사람이라면—아마 돌아오리라.

죽지는 않았을까—최후의, 한 사람의 병사의 논공공적의 있고 없음이나 크고 작음 따위를 논의하여 평가함조차 행하지 않을—영예를 일신에 지고 지리하다지루하다. 그는 필시 돌아올 것인가. 그래서는 피로에 가늘어진 손가락을 놀려서는 저 정물을 운전할 것인가.

그러면서도 결코 기뻐하는 기색을 보이지는 아니하리라.

지껄이지도 않을 것이다. 문학이 되어버리는 잉크에 냉담하리라. 그러나 지금은 한없는 정밀고요하고 편안함이다. 기뻐하는 것을 거절하는 투박한 정물이다.

정물은 부득부득 피곤하리라. 유리는 창백하다. 정물은 골편까지도 노출한다.

시계는 좌향으로 움직이고 있다. 그것은 무엇을 계산하는 미터일까. 그러나 그 사람이라는 사람은 피곤하였을 것도 같다. 저 칼로리의 삭감—모든 기계는 연한^{정해지거나 경과한 햇수}이다. 거진 거진— 잔인한 정물이다. 그 강의불굴^{强毅不屈}하는 시인은 왜 돌아오지 아니할까. 과연 전사하였을까.

정물 가운데, 정물의 정물 가운데 정물을 저며내고 있다. 잔인하지 아니하냐.

초침을 포위하는 유리덩어리에 담긴 지문은 소생하지 아니하면 안 될 것이다. 그 비장한 학자의 주의를 환기하기 위하여.

자화상

여기는 도무지 어느 나라인지 분간할 수 없다. 거기는 태고와 전승하는 판도가 있을 뿐이다. 여기는 폐허다. 피라미드와 같은 코가 없다. 그 구멍으로는 '유구한 것'이 드나들고 있다. 공기는 퇴색되지 않는다. 그것은 선조가 혹은 내 전신이 호흡하던 바로 그것이다. 동공에는 창공이 의고하여 있으니 태고의 영상의 약도다. 여기는 아무 기억도 유언되어 있지는 않다. 문자가 닳아 없어진 석비처럼 문명에 잡다한 것이 귀를 그냥 지나갈 뿐이다. 누구는 이것이 데스마스크^{사람이 죽은 직후에 그 얼굴을 본떠서 만든 안면상}라고 그랬다. 또 누구는 데스마스크는 도적맞았다고도 그랬다.

죽음은 서리와 같이 내려왔다. 풀이 말라버리듯이 수염은 자라지 않은 채 거칠어갈 뿐이다. 그리고 천기 모양에 따라서 입은 커다란 소리로 외친다―수류 물의 흐름처럼.

월상

그 수염 난 사람은 시계를 꺼내어 보았다. 나도 시계를 꺼내어 보았다. 늦었다고 그랬다.

일주야나 늦어서 달은 떴다. 그러나 그것은 너무나 심통한 차림차림이었다. 만신창이, 아마 혈우병인가도 싶었다.

지상에는 금시 산비할 악취가 미만하였다. 나는 달이 있는 반사 방향으로 걷기 시작하였다. 그러나 걱정하였다―어떻게 달이 저렇게 비참한가 하는……

작일 어제의 일을 생각하였다―그 암흑을―그리고 내일의 일도―그 암흑을……

달은 지지하게도 몹시 더디게도 행진하지 않는다. 나의 그 겨우 있는 그림자가 상하하였다 오르고 내렸다. 달은 제 체중에 견디기 어려운 것 같았다. 그리고 내일의 암흑의 불길을 징후하였다. 나는 이제는 다른 말을 찾아내지 않으면 안 되게 되었다.

나는 엄동과 같은 천문 천체에서 일어나는 온갖 현상과 싸워야 한다. 빙하와 설산 가운데 동결하지 않으면 안 된다. 그리고 나는 달에 대한 일은 모두 잊어버려야 한다―새로운 달을 발견하기 위하여―금시로 나는 도도한 대음향을 들으리라. 달은 타락할 것이다. 지구는 피투성이가 되리라.

사람들은 전율하리라. 부상한 달의 악혈 가운데 유영하면서 드디어 결빙하여버리고 말 것이다.

이상한 괴기가 내 골수에 침입하여 들어오는가 싶다. 태양은 단념한 지상 최후의 비극을 나만이 예감할 수가 있을 것 같다.

드디어 나는 내 전방에 질주하는 내 그림자를 추격하여 앞설 수 있었다. 내 뒤에 꼬리를 이끌며 내 그림자가 나를 쫓는다.

내 앞에 달이 있다. 새로운―새로운―불과 같은―혹은 화려한 홍수 같은…….

―1939년

· · ·
환시기

태석太昔에 좌우를 난변難辨하는 천치 있더니
그 불길한 자손이 백대를 겪으매
이에 가지가지 천형天刑 병자를 낳았더라

암만 봐두 여편네 얼굴이 왼쪽으로 좀 삐뚤어진 거 같단 말야 싯?
결혼한 지 한 달쯤 해서.

처녀가 아닌 대신에 고리키 전집을 한 권도 빼놓지 않고 독파했
다는 처녀 이상의 보배가 송군을 동하게 하였고 지금 송군의 은근한
자랑거리리라. 결혼하였으니 자연 송군의 서가와 부인 순영 씨—
이순영이라는 이름자 밑에다 씨자를 붙이지 않으면 안 되는 지금 내
가엾은 처지가 말하자면 이 소설을 쓰는 동기지—의 서가가 합병할

밖에, 합병을 하고 보니 송군의 최근에 받은 고리키 전집과 순영 씨의 고색창연한 고리키 전집이 얼렸다.

결혼한 지 한 달쯤 해서 송군은 드디어 자기가 받은 신판 고리키 전집 한 질을 내다 팔았다.

반만 먹세.

반은? 반은 여편네 갖다 주어야지— 지난달에 그 지경을 해놓아서 이달엔 아주 죽을 지경일세.

난 또 마누라 화장품이나 사다 주는 줄 알았네그려.

화장품? 암만 봐두 여편네 얼굴이라능 게 왼쪽으로 '약간' 비뚤어졌다는 감이 없지 않단 말야—자네 사 년 동안이나 쫓아댕겼다니 삐뚤어진 거 알구두 그랬나? 끝끝내 모르구 그만두었나?

좋은 하늘에 별까지 똑똑히 잘 박힌 밤이 사 년 전 첫여름 어느 날이었던지? 방송국 넘어가는 길 성벽에 가 기대선 순영의 얼굴은 월광 속에 있는 것처럼 아름다웠다. 항라 적삼 성긴 구멍으로 순영의 소맥빛 호흡이 드나드는 것을 나는 내 가장 인색한 원근법에 의하여서도 썩 가쁘게 느꼈다. 어떻게 하면 가장 민첩하게 그러면서도 가장 자연스럽게 순영의 입술을 건드리나—나는 약 삼 분 가량의 지도를 설계하였다. 우선 나는 순영의 정면으로 다가서 보는 수밖에…….

그때 나는 참 이상한 것을 느꼈다. 월광 속에 있는 것처럼 아름다운 순영의 얼굴이 웬일인지 왼쪽으로 좀 삐뚤어져 보이는 것이다.

나는 큰 범죄나 한 사람처럼 냉큼 바른편으로 비켜섰다. 나의 그런 불손한 시각을 정정하기 위하여……

그리하여— 위치의 불리로 말미암아서도 나는 순영의 입술을 건드리지 못하고 그만두었다— 실로 사 년 전 첫여름 어느 별빛 좋은 밤—경관이 무엇하러 왔는지 왔다. 나는 삼천포읍^{경상남도에 있던 읍}에 사는 사람이라고 그러니까 순영은 회령읍^{함경북도에 있는 읍}에 사는 사람이라고 그런다. 내 그 인색한 원근법이 일사천리 지세로 남북 이천오백 리라는 거리를 급조하여 나와 순영 사이에다 펴놓는다. 순영의 얼굴에서 순간 월광이 사라졌다.

아내가 삼천포에서 편지를 했다. 곧 돌아가게 될는지 좀 지체가 될는지 지금 같아서는 도무지 짐작이 서지 않는단다.

내 승낙 없이 한 아내의 외출이다. 고물 장수를 불러다가 아내가 벗어놓고 간 버선짝까지 모조리 팔아먹으려다가……

아내가 십 중의 다섯은 돌아올 것 같았고 십 중의 다섯은 안 돌아올 것 같았고 해서 사실 또 가랬댔자 갈 데가 있는 바 아니고 에라 자빠져서 어디 오나 안 오나 기다려보자꾸나 싶어서 나는 저녁이면 윤군을 이용해서는 순영이 있는 바^{선술집} 모로코에를 부리나케 드나들었다. 아내가 달아났다는 궁상이 술 먹는 남자에게는 술 먹기 좋은 구실이다. 십 중 다섯은 아내가 돌아올 가능성이 있다는 눈치를 눈곱만치라도 거죽에 나타내어서는 안 된다. 나는 내 조금도 슬프지 않은 슬픔을 재주껏 과장해서 순영의 동정심을 끌기에 노력했다. 그러나 이런 던적스러운^{하는 짓이 보기에 매우 치사하고 더러운 데가 있는} 청승이 결국 순영을 어찌할 수도 없었다.

그 후 얼마 되지 않아 순영은 광주로 갔다. 가던 날 순영은 내게 술을 먹였다. 나는 그의 치맛자락을 잡아 찢고 싶었다. 나는 울었다. 인생은 허무하외다. 그러면서—그랬더니 순영은 이것은 아마 술이 부족해서 그러나 보다고 여기고 맥주 한 병을 더 청하는 것이었다.

반년 동안 나는 순영을 잊을 수가 없었다. 그동안에 십 중 다섯으로 아내가 돌아왔다. 나는 이 아내를 맞을 수밖에 없었다. 사랑하지 않는 아내를 나는 전의 열 갑절이나 사랑할 수 있었다. 내 순영에게 향하여 잔뜩 곪은 애정이 이에 순영이 돌아오기 전에 터져버린 것이다. 아내는 이런 나를 넘보기 시작했다.

반년 만에 돌아온 순영이 돌아서서 침을 탁 뱉는다. 반년 동안 외출했던 아내를 말 한마디 없이 도로 맞는 내 얼굴 위에다…….

부질없는 세월이 사 년 흘렀다. 아내의 두 번째 외출은 십 중 다섯은 돌아오지 않는 것이었다. 나는 내 고독을 일급 일 원 사십 전과 바꾸었다. 인쇄공장 우중충한 속에서 활자처럼 오늘도 내일도 모레도 똑같은 생활을 찍어내었다. 그러면서도 나는 순영이 그의 일터를 옮기는 대로 어디까지든지 쫓아다니지 않을 수 없었다. 일급 일 원 사십 전에 팔아버린 내 생활에 그래도 얼마간 기꺼운 시간이 있었다면 그것은 오직 순영 앞에서 술잔을 주무르는 동안뿐이었다. 그러나 한번 돌아선 순영의 마음은, 아니 한 번도 나를 향하지 않은 순영의 마음은 남북 이천오백 리와 같이 차디찬 거리 저편의 것이었다. 그 차디찬 거리 이편에는 늘 나와 나처럼 고독한 송군이 오들오들 떨고 있었다.

　나는 이미 순영 앞에서 내 고독을 호소할 수조차 없어졌다. 나는 송군의 고독을 빌어다가 순영 앞에서 울었다. 송군의 직업은 송군의 양심이 증발해버린 뒤의 것이었다. 그 때문에 그는 몹시 고민한다. 얼굴이 종이처럼 창백하다. 나는 이런 송군의 불행을 이용하여 내 슬픔을 입증시켜보느라고 실로 천만 어語의 단자를 허비했다. 순영의 얼굴에는 봄다운 홍조가 돌기 시작하는 것 같았다. 나는 어느 틈엔지 나 자신의 위치를 그만 잃어버리고 말았다. 필사의 노력으로 겨우 내 위치를 다시 탈환했을 때에는 이미,

　송 선생님이세요? 이상 씨하구 같이—이것은 과연 객쩍은 덧붙이였다—오늘 밤에 좀 놀러 오세요, 네?

　이런 전화가 끝난 뒤였다. 송군은 상반기 상여금을 받았노라고 한잔 먹잔다.

　먹었다.

　취했다.

　몽롱한 가운데서 나는 이 땅을 떠나리라 생각했다. 멀리 동경으로 가버리리라. 갈 테야 갈 테야. 가버릴 테야—동경으로.

　아이 더 놀다 가세요. 벌써 가시면 주무시나요? 네? 송 선생님.

송 선생님은 점을 쳐보나 보다. 괘는 이상에게 '고기'를 대접하라, 이렇게 나온 모양이다. 그래서 송군은 나보다도 먼저 일어섰다. 자동차를 타자는 것이다. 나는 한사코 말렸다. 그의 재정을 생각해서도 나는 그를 그의 하숙까지 데려다 주는 데 그칠 수밖에 없었다. 하숙 이층 그의 방에서 그는 몹시 게웠다. 말간 맥주만이 올라왔다. 나는 송군을 청결하게 하기 위하여 한 시간을 진땀을 흘렸다. 그를 눕히고 밖으로 나왔을 때에는 유월의 밤바람이 아카시아의 향기를 가지고 내 피곤한 피부를 간질이는 것이었다. 나는 멕시코에서 커피를 마시면서 토하면서 울고 울다가 잠이 든 송군을 생각했다.

순영에게 전화나 걸어볼까?

순영이? 나 상이야. 송군 집에 잘 갖다 두었으니 안심헐 일…….

오늘은 어쩐지 그냥 울적해서 견딜 수가 없단다. 집으로 가 일찍 잠이나 자리라 했는데 멕시코에…….

와두 좋지, 헐 이얘기두 좀 있구.

조용히 마주 보는 순영의 얼굴에는 사 년 동안에 확실히 피로의 자취가 늘어 보였다. 직업에 대한 극도의 염증을 순영은 나지막한 목소리로 호소한다. 나는 정색하고,

송군과 결혼하지, 응? 그야말루 송군은 지금 절벽에 매달린 사람이오. 송군이 가진 양심, 그와 배치되는 현실의 박해로 말미암은 갈등, 자살하고 싶은 고민을 누가 알아주나…….

송 선생님이 불현듯이 만나뵙구 싶군요.

십 분 후 나와 순영이 송군 방 미닫이를 열었을 때 자살하고 싶은 송군의 고민은 사실화하여 우리들 눈앞에 놓여져 있었다.

아로나르수면제 이름 서른여섯 개의 공동空洞 곁에 이상의 주소와 순영의 주소가 적힌 종잇조각이 한 자루 칼보다도 더 냉담한 촉각을 내쏘면서 무엇을 재촉하는 듯이 놓여 있었다.

나는 밤 깊은 거리를 무릎이 척척 접히도록 쏘다녀보았다. 그러나 한 사람의 생명은 병원을 가진 의사에게 있어서 마작의 패 한 조각 한 컵의 맥주보다도 우스꽝스러운 것이었다. 한 시간 만에 나는 그냥 돌아왔다. 순영은 찡찡 천장이 울리도록 코를 골며 인사불성된 송군 위에 엎뎌 입술이 파르스레하다.

어쨌든 나는 코 고는 '사체'를 업어 내려 자동차에 실었다. 그리고 단숨에 의전병원으로 달렸다. 한 마리의 셰퍼드개 품종의 하나 와 두 사람의 간호부와 한 분의 의사가 세 사람(?)의 환자를 맞아주었다.

독약은 위에서 아직 얼마밖에 흡수되지 않았다. 생명에는 '별조'가 없으나 한 시간에 한 번씩 강심제 주사를 맞아야겠고 또 이 밤중에 별달리 어쩌는 도리도 없고 해서 입원했다.

시계를 들고 송군의 어지러운 손목을 잡아 맥박을 계산하면서 한밤을 새라는 의사의 명령이었다. 맥박은 백삼십을 드나들면서 곤두박질을 친다. 순영은 자기도 밤을 새우겠다는 것을 나는 굳이 보냈다.

가서 자구 아침에 일찍 와요. 그래야 아침에 내가 좀 자지, 둘이 다 지쳐버리면 큰일 아냐?

동이 훤히 터왔다. 복도로 유령 같은 입원 환자의 발자취 소리가 잦아간다. 수도는 쏴, 기침은 쿨룩쿨룩, 어린애는 으아.

거기는 완연 석탄산수 냄새나는 활지옥^{팔대지옥의 하나}에 틀림없었다. 맥박은 백을 조금 넘나 보다.

병원 문이 열리면서 순영은 왔다. 조그만 보따리 속에는 송군을 위한 깨끗한 내의 한 벌이 들어 있었다. 나는 소태같이 써 들어오는 입을 수도에 가서 양치질했다.

내가 밥을 먹고 와도 송군은 역시 깨지 않은 채다. 오전 중에 송군 회사에 전화를 걸고 입원수속도 끝내고 내가 있는 공장에도 전화를 걸고 하느라고 나는 병실에 없었다. 오후 두 시쯤 해서야 겨우 병실로 돌아와 보니 두 사람은 손을 맞붙들고 낮은 목소리로 이야기를 하고 있다. 나는 당장에 눈에서 불이 번쩍 나면서,

망신—아니 나는 대체 지금 무슨 '역할'을 하고 있는 것이냐. 순간 나 자신이 한없이 미워졌다. 얼마든지 나 자신에 매질하고 싶었고 침 뱉으며 조소하여주고 싶었다.

나는 커다란 목소리로,

자네는 미친놈인가? 그럼 천친가? 그럼 극악무도한 사기한^{사기꾼}인가? 부처님 허리 토막인가?

이렇게 부르짖는 외에 나는 내 맵시를 수습하는 도리가 없지 않은가.

울음이 곧 터질 것 같았다. 지난밤에 풀린 아랫도리가 덜덜 떨려

들어왔다.

　태산이 무너지는 줄만 알구 나는 십년감수를 하다시피 했네―그래, 이 병실 어느 구석에 쥐 한 마리나 있단 말인가 없단 말인가?

　순영은 창백한 얼굴을 푹 숙이고 있다. 송군은 우는 것도 같은 얼굴로 나를 쳐다보면서,

　미안허이…….

　나는 이 이상 더 이 방 안에 머무를 의무도 필요도 없어진 것을 느꼈다. 병실 뒤 종친부 _{조선시대 관청}로 통하는 곳에 무성한 화단이 있다. 슬리퍼를 이끈 채 나는 그 화단 있는 곳으로 나갔다. 이름 모를 가지가지 서양 화초가 유월 볕 아래 피어 어우러졌다. 하나같이 향기 없는 색채만의 꽃들―그러나 그 남국적인 정열이 애타게 목말라서 벌들과 몇 사람의 환자가 화단 속을 초조히 거니는 것이었다.

　어째서 나는 하는 족족 이따위 못난 짓밖에 못하나―그렇지만 이 허리가 부러질 희극두 인제 아마 어떻게 종막이 되었나 보다.

　잔디 위에 앉아서 볕을 쬐었다. 피로가 일시에 쏟아지는 것 같다. 눈이 스르르 저절로 감기면서 사지가 노곤해 들어온다. 다리를 쭉 뻗고,

　이번에야말루 동경으루 가버리리라…….

　잔디 위에는 곳곳이 가제와 붕대 *끄트러기*가 널려 있었다. 순간 먹은 것을 당장에라도 게우지 않고는 견디기 어려울 것 같은 극도의 오예감 _{지저분하고 더러운 느낌}이 오관을 스쳤다. 동시에 그 불붙는 듯

한 열대성 식물들의 풍염한 화판조차가 무서운 독을 품은 요화로 변해 보였다. 건드리기만 하면 그 자리에서 손가락이 썩어 문드러져서 뭉청뭉청 떨어져 나갈 것만 같았다.

마누라 얼굴이 왼쪽으루 삐뚤어져 보이거든 슬쩍 바른쪽으루 한 번 비켜서 보게나…….

흥.

자네 마누라가 회령서 났다는 건 거 정말이던가.

요샌 또 블라디보스토크^{러시아의 항구 도시}에서 났다구 그러데—내 무슨 수작인지 모르지—그래 난 동경서 났다구 그랬지—좀더 멀찌감치 해둘 걸 그랬나 봐.

블라디보스토크허구 동경이면 남북이 일만 리로구나. 굉장한 거리다.

자꾸 삐뚤어졌다구 그랬더니 요샌 곧 화를 내데…….

아까 바른쪽으루 비켜서란 소리는 괜헌 소리구 비켜서기 전에 자네 시각을 정정—그 때문에 다른 물건이 죄다 바른쪽으루 비뚤어져 보이더래두 사랑하는 아내 얼굴이 똑바루만 보인다면 시각의 직능은 그만 아닌가—그러면 자연 그 블라디보스토크 동경 사이 남북 만 리 거리두 베제처럼 바싹 맞다가서구 말 테니.

—1938년

동해

촉각

촉각이 이런 정경을 도해한다^{그림으로 풀이한다}.

유구한 세월에서 눈뜨니 보자, 나는 교외 정건^{淨乾}한 한 방에 누워 자급자족하고 있다. 눈을 둘러 방을 살피면 방은 추억처럼 착석한다. 또 창이 어둑어둑하다.

불원간 ^{앞으로 오래지 아니한 동안} 나는 굳이 지킬 한 개 슈트케이스^{여행가방}를 발견하고 놀라야 한다. 계속하여 그 슈트케이스 곁에 화초처럼 놓여 있는 한 젊은 여인도 발견한다.

나는 실없이 의아하기도 해서 좀 쳐다보면 각시가 방긋이 웃는 것이 아니냐. 하하, 이것은 기억에 있다. 내가 열심으로 연구한다.

누가 저 새악시^{새색시}를 사랑하던가! 연구 중에는,

"저게 새벽일까? 그럼 저묾일까?"

부러 이런 소리를 했다. 여인은 고개를 끄덕끄덕한다. 하더니 또 방긋이 웃고 부스스 오월 철에 맞는 치마저고리 소리를 내면서 슈트케이스를 열고 그 속에서 서슬이 퍼런 칼을 한 자루만 꺼낸다.

이런 경우에 내가 놀래는 빛을 보이거나 했다가는 뒷갈망하기가 좀 어렵다. 반사적으로 그냥 손이 목을 눌렀다 놓았다 하면서 제법 천연스럽게,

"임재는 자객입니까요?"

서투른 서도^{황해도와 평안도} 사투리다. 얼굴이 더 깨끗해지면서 가느다랗게 잠시 웃더니, 그것은 또 언제 갖다 놓았던 것인지 내 머리맡에서 나츠미캉^{여름귤}을 집어다가 그 칼로 싸각싸각 깎는다.

"요것 봐라!"

내 입 안으로 침이 쫘르르 돌더니 불현듯이 농담이 하고 싶어 죽겠다.

"가시내애요, 날 쫌 보이소, 나캉 결혼할낭기요? 맹서되나? 듸제?"

또,

"융^尹이 날로 패아주믕 내사 고마 마자 주울란다. 그람 늬능 우앨랑가? 잉?"

우리들이 맛있게 먹었다. 시간은 분명히 밤에 쏟아져 들어온다. 손으로 손을 잡고,

"밤이 오지 않고는 결혼할 수 없으니까."

이렇게 탄식한다. 기대하지 않은 간지러운 경험이다.

낄낄낄낄 웃었으면 좋겠는데…… 아 결혼하면 무엇하나, 나 따위
가 생각해서 알 일이 되나? 그러나 재미있는 일이로다.

"밤이지요?"

"아―냐."

"왜―밤인데―애―우습다―밤인데 그러네."

"아―냐, 아―냐."

"그러지 마세요, 밤이에요."

"그럼 뭐, 결혼해야 허게."

"그럼요."

"히히히히."

결혼하면 나는 임姙이를 미워한다. 윤? 임이는 지금 윤한테서 오
는 길이다. 윤이 내대었단다. 그래 보는 거다. 그런데 임이가 채 오
해했다. 정말 그러는 줄 알고 울고 왔다.

'애걔, 밤일세.'

"어떡허구 왔누."

"건 알아 뭐허세요?"

"그래두."

"제가 버리구 왔어요."

"족히?"

"그럼요."

"히히."

"절 모욕허지 마세요."

"그래라."

일어나더니―나는 지금 이러한 임이를 좀 묘사해야겠는데, 최소한도로 그 차림차림이라도 알아두어야겠는데―임이 슈트케이스를 뒤집어엎는다. 왜 저러누 하면서 보자니까 야단이다. 죄다 파헤치고 무엇인지 찾는 모양인데 무엇을 찾는지 알아야 나도 조력을 하지, 저렇게 방정만 떠니 낸들 손을 댈 수가 있나 내버려두었다가도 참다못해서,

"거 뭘 찾누?"

"엉엉…… 반지…… 엉엉."

"원 세상에, 반진 또 무슨 반진구."

"결혼반지지."

"옳아, 옳아, 옳아, 응, 결혼반지렷다."

"아이구 어딜 갔누, 요게 어딜 갔을까?"

결혼반지를 잊어버리고 온 신부―라는 것이 있을까? 가소롭다. 그러나 모르는 말이다―라는 것이 반지는 신랑이 준비하라는 것인데…… 그래서 아주 아는 척하고,

"그건 내 슈트케이스에 들어 있는 게 원칙적으로 옳지!"

"슈트케이스 어딨에요?"

"없지!"

"쯧쯧."

나는 신부 손을 붙잡고,

"이리 좀 와봐."

"아야, 아야, 아이, 그러지 마세요, 놓으세요."

하는 것을 잘 달래서 왼손 무명지에다 털붓으로 쌍줄 반지를 그려 주었다. 좋아한다. 아무것도 끼운 것은 아닌데 제법 간질간질한 게 천연 반지 같단다.

전연 결혼하기 싫다. 트집을 잡아야겠기에……

"몇 번?"

"한 번."

"정말?"

"꼭."

이래도 안 되겠고 간발아주 잠시을 놓지 말고 다른 방법으로 고문을 하는 수밖에 없다.

"그럼 윤 이외에?"

"하나."

"예이!"

"정말 하나예요."

"말 마라."

"둘."

"잘헌다."

"셋."

"잘헌다, 잘헌다."

"넷."

"잘헌다, 잘헌다, 잘헌다."

"다섯."

속았다. 속아 넘어갔다. 밤은 왔다. 촛불을 켰다. 껐다. 즉 이런 가짜 반지는 탄로가 나기 쉬우니까 감춰야 하겠기에 꺼도 얼른 껐다. 밤이 오래 걸려서 밤이었다.

패배 시작

이런 정경은 어떨까? 내가 이발소에서 이발을 하는 중에…….

이발사는 낯익은 칼을 들고 내 수염 많이 난 턱을 치켜든다.

"임재는 자객입니까?"

하고 싶지만 이런 소리를 여기 이발사를 보고도 막 한다는 것은 어쩐지 아내라는 존재를 시인하기 시작한 나로서 좀 양심에 안된 일이 아닐까 한다.

싹뚝, 싹뚝, 싹뚝, 싹뚝.

나츠미캉 두 개 외에는 또 무엇이 채용이 되었던가. 암만해도 생각이 나지 않는다. 무엇일까.

그러다가 유구한 세월에 쫓겨나듯이 눈을 뜨면 거기는 이발소도 아무 데도 아니고 신방이다. 나는 엊저녁에 결혼했단다.

창으로 기웃거리면서 참새가 그렇게 의젓스럽게 싹둑거리는 것이다. 내 수염은 조금도 없어지진 않았고.

그러나 큰일 난 것이 하나 있다. 즉 내 곁에 누워서 보통 아침잠을 자고 있어야 할 신부가 온 데 간 데가 없다. 하하, 그럼 아까 내가 이발소 걸상에 누워 있던 것이 그쪽이 아마 생시더구나 하다가도 또 이렇게까지 역력한 꿈이라는 것도 없을 줄 믿고 싶다.

속았나 보다. 밑진 것은 없다고 하지만 그동안에 원세월은 얼마나 유구하게 흘렀을까. 그렇게 생각을 하고 보니까 어저께 만난 윤이 만난 지가 바로 몇 해나 되는 것도 같아서 익살맞다. 이것은 한번 윤을 찾아가서 물어보아야 알 일이 아닐까. 즉 내가 자네를 만난 것이 어제 같은데 실로 몇 해나 된 셈인가, 필시 내가 임이와 엊저녁에 결혼한 것 같은 착각이 있는데 그것도 다 허망된 일이렷다. 이렇게……

그러나 다음 순간 일은 더 커졌다. 신부가 홀연히 나타난다. 오월 철로 치면 좀 덥지나 않을까 싶은 양장으로 차렸다. 이런 임이와는 나는 면식이 없는 것이다.

그러나 그뿐인가, 단발이다. 혹 이이는 딴 아낙네가 아닌지 모르겠다. 단발 양장의 임이란 내 친근親近에는 없는데, 그럼 이렇게 서슴지 않고 내 방으로 들어올 줄 아는 남이란 나와 어떤 악연일까?

가시내는 손을 툭툭 털더니,

"갖다 버렸지."

이렇다면 임이는 틀림없나 보니 안심하기로 하고,

"뭘?"

"입구 옹 거."

"입구 옹 거?"

"입고 옹 게 치마저고리지 뭐예요?"

"건 어째 내다버렸다능 거야?"

"그게 바로 그거예요."

"그게 그거라니?"

"어이 참, 아 그게 바로 그거라니까 그래."

초가을 옷이 늦은 봄옷과 비슷하였다. 임이 말을 가량 신용하기로 하고 임이가 단 한 번 윤에게……

가만있자. 나는 잠시 내 신세에 대하여 석명해야 ^{사실을 설명하여 내용을 밝혀야} 할 것 같다. 나는 이를테면 적지 않이 참혹하다. 나는 아마이 숙명적 업원을 짊어지고 한평생을 내리 번민해야 하려나 보다. 나는 형상 없는 모던보이다―라는 것이 누구든지 내 꼴을 보면 돌아서고 싶을 것이다. 내가 이래 봬도 체중이 십사 관^{52.5킬로그램}이나 있다고 일러 드리면 귀하는 알아차리시겠소? 즉 이 척신 ^{여윈 몸}이 총알을 집어먹었기로니 좀처럼 나기 어려운 동굴을 보이는 것은 말하자면 나는 전혀 뇌수에 무게가 있다. 이것이 귀하가 나를 겁낼 중요한 비밀이외다.

그러니까…….

어차어피에^{어차피} 일은 운명에 파문이 없는 듯이 이렇게까지 전개하고 말았으니 내 목적이라는 것을 피력할 필요도 있는 것 같다. 그러면…….

윤, 임이, 그리고 나.

누가 제일 미운가, 즉 나는 누구 편이냐는 말이다.

어쩔까, 나는 한 번만 똑똑히 말하고 싶지만 또한 그만두는 것이 옳은가도 싶으니 그럼 내 예의와 풍봉^{풍만하고 아름다운 자태}을 확립해야겠다.

지난가을, 아니 늦은 여름 어느 날—그 역사적인 날짜는 임이 잘 기억하고 있을 것이다만—나는 윤의 사무실에서 이른 아침부터 와 앉아 있는 임이의 가련한 좌석을 발견한 것이다. 그러나 그것은 온 것이 아니라 가는 길인데 집의 아버지가 나가 잤다고 야단치실까 봐 무서워서 못 가고 그렇게 앉아 있는 것을 나는 일찍감치도 와 앉았구나 하고 문득 오해한 것이다. 그때 그 옷이다.

같은 슈미즈, 같은 드로어즈, 같은 머리 쪽, 한 남자, 또 한 남자.

이것은 안 된다. 너무나 어색해서 급히 내다버린 모양인데 나는 좀 엄청나다고 생각한다. 대체 나는 그런 부유한 이데올로기^{이념}를 마음 놓고 양해하기 어렵다.

그뿐 아니다. 첫째 나의 태도 문제다. 그 시절에 나는 무엇을 하

고 세월을 보냈더냐? 내게는 세월조차 없다. 나는 들창이 어둑어둑
한 것을 드나드는 안집 어린애에게 일 전씩 주어가면서 물었다.

"얘, 아침이냐, 저녁이냐?"

나는 또 무엇을 먹고살았는지 생각이 나지 않는다. 이슬을 받아
먹었나? 설마.

이런 나에게 임이는 부질없이 체면을 차리려 든 것이다. 가련하다.

그런데 이상한 것은 그 시절에 나는 제가 배가 고픈지, 안 고픈지
를 모르고 지냈다면 그것이 듣는 사람을 능히 속일 수 있나. 거짓부
렁이리라. 나는 걷잡을 수 없이 피부로 거짓부렁이를 해 버릇하느
라고 이제는 저도 눈치채지 못하는 틈을 타서 이렇게 허망한 거짓
부렁이를 엉덩방아 찧듯이 해 넘기는 모양인데, 만일 그렇다면 나
는 큰일 났다.

그러기에 사실 오늘 아침에는 배가 고프다. 이것으로 미루면 아
까 임이가 스커트, 슬립, 드로어즈 등속 나열한 사물과 같은 종류의 것들을 몰
아서 이르는 말을 모조리 내다버리고 들어왔더라는 소개조차 필연 거
짓말일 것이다. 그것은 내 인색한 애정의 타산이 임이더러,

"너 왜 그러지 않았더냐?"

하고 암암리에 통명? 심술을 부려본 것일 줄 나는 믿는다.

그러나 발음 안 되는 글자처럼 생동생동한 임이는 내 손톱을 열
심으로 깎아주고 있다.

'맹수가 가축이 되려면 이 흉악한 독아 남을 해치려는 악랄한 수단를 전

단해버려야^{잘라 끊어버려야} 한다'는 미술적인 권유임에 틀림없다. 이런 일방 나는 못났게도,

"아이 배고파."

하고 여지없이 소박한 얼굴을 임이에게 디밀면서 아침이냐 저녁이냐 과연 이것만은 묻지 않았다.

신부는 어디까지든지 귀엽다. 돋보기를 가지고 보아도 이 가련한 일타화^{한 송이 꽃}의 나이를 알아내기는 어려우리라. 나는 내 실망에 수비하기 위하여 열일곱이라고 넉넉잡아준다. 그러나 내 귀에다 속삭이기를,

"스물두 살이라나요. 어림없이 그러지 마세요. 그만하면 알 텐데 부러 그러시지요?"

이 가련한 신부가 지금 적수공권^{맨손과 맨주먹이라는 뜻으로 아무것도 가진 것이 없음을 이르는 말}으로 나갔다. 내 짐작에 쌀과 나무와 숯과 반찬거리를 장만하러 나간 것일 것이다.

그동안 나는 심심하다. 안집 어린애기 불러서 같이 놀까 하고 전에 없이 불렀더니 얼른 나와서 내 방 미닫이를 열고,

"아침이에요."

그런다. 오늘부터 일 전 안 준다. 나는 다시는 이 어린애와는 놀 수 없게 되었구나 하고, 나는 할 수 없어서 덮어놓고 성이 잔뜩 난 얼굴을 해 보이고는 빽치듯이 방 미닫이를 딱 닫아버렸다. 눈을 감고 가슴이 두근두근하자니까 으아 하고 그 어린애 우는 소리가 안

마당으로 멀어가면서 들려왔다. 나는 오랫동안을 혼자서 덜덜 떨었다. 임이가 돌아오니까 몸에서 우유 내가 난다. 나는 서서히 내 활력을 정리하여가면서 임이에게 주의한다. 똑 갓난아기 같아서 썩 좋다.

"목장까지 갔다 왔지요."

"그래서?"

카스텔라와 산양유를 책보에 싸가지고 왔다. 집시족 아침 같다. 그러고 나서도 나는 내 본능 이외의 것을 지껄이지 않았나 보다.

"어이, 목말라 죽겠네."

대개 이렇다.

이 목장이 가까운 교외에는 전등도 수도도 없다. 수도 대신에 펌프. 물을 길러 갔다 오더니 운다. 우는 줄만 알았더니 웃는다. 조런…… 하고 보면 눈에 눈물이 글썽글썽하다. 그러고도 웃고 있다.

"고게 뉘집 아일까. 아, 쪼꾸망 게 나더러 너 단발했구나, 핵교 가니? 그러겠지. 고게 날 제 동무루 아나 봐. 참 내 어이가 없어서, 그래 난 안 간단다 그랬더니, 요게 또 한다는 소리가 나 발 씻게 물 좀 끼얹어주려무나 얘, 아주 이러겠지. 그래 내 물을 한 통 그냥 막 쫙쫙 끼얹어주었지. 그랬더니 너두 발 씻으래, 난 있다가 씻는단다 그러구 왔어, 글쎄 내 기가 막혀."

누구나 속아서는 안 된다. 햇수로 여섯 해 전에 이 여인은 정말이지 처녀대로 있기는 성가셔서 말하자면 헐값에, 즉 아무렇게나 내어주신 분이시다. 그동안 만 오개년 이분은 휴게라는 것을 모른다. 그런 줄 알아야 하고 또 알고 있어도 나는 때마침 변덕이 나서,

"가만있자, 거 얼마 들었더라?"

나츠미캉이 두 개에 제아무리 비싸야 이십 전, 옳지 깜빡 잊어버렸다. 초 한 가락에 삼 전, 카스텔라 이십 전, 산양유는 어떻게 해서 그런지 거저……

"사십삼 전인데."

"어이쿠."

"어이쿠는 뭐이 어이쿠예요?"

"고놈이 아무 수로두 제해지질 않는군그래."

"소수素數?"

옳다. 신통하다.

"신통해라!"

걸인 반대

이런 정경마저 불쑥 내어놓는 날이면 이번 복수 행위는 완벽으로 흐지부지하리라. 적어도 완벽에 가깝기는 하리라.

한 사람의 여인이 내게 그 숙명을 공개해주었다면 그렇게 쉽사리 공개를 받은—참회를 듣는 신부 같은 지위에 있어서 보았다고 자랑해도 좋은—나는 비교적 행복스러웠을는지도 모른다. 그러나 나

는 어디까지든지 약다. 약으니까 그렇게 거저먹게 내 행복을 얼굴에 나타내거나 하지는 않는다는 것이다.

이와 같은 로직을 불언실행하기^{말언이 실제로 행하기} 위하여서 만으로도 내가 그 구중중한 수염을 깎지 않은 것은 지당한 중에도 지당한 맵시일 것이다.

그래도 이 우둔한 여인은 내 얼굴에 더덕더덕 붙은바 추醜를 지적하지 않는다. 그것은 두말할 것도 없이 그 숙명을 공개하던 구실도 헛되거니와 그 여인의 애정이 부족한 탓이리라. 아니 전혀 없다.

나는 바른대로 말하면 애정 같은 것은 희망하지도 않는다. 그러니까 내가 결혼한 이튿날 신부를 데리고 외출했다가 다행히 길에서 그 신부를 잃어버렸다고 하자. 내가 그럼 밤잠을 못 자고 찾을까.

그때 가령 이런 엄청난 글발이 날아 들어왔다고 내가 은근히 희망한다.

"소생이 모월 모일 길에서 주운바 소녀는 귀하의 신부임이 확실한 듯하기에 통지하오니 찾아가시오."

그래도 나는 고집을 부리고 안 간다. 발이 있으면 오겠지 하고 나의 염두에는 그저 왕양한^{끝이 없이 넓은} 자유가 있을 뿐이다.

돈 지갑을 어느 포켓에다 넣었는지 모르는 사람만이 용이하게 돈 지갑을 잃어버릴 수 있듯이, 나는 길을 걸으면서도 결코 신부 임이에 대하여 주의를 하지 않기로 주의한다. 또 사실 나는 좀 편두통이다. 오월의 교외 길은 좀 눈이 부셔서 실없이 어찔어찔하다.

주마가편

이런 느낌이다.

임이는 결코 결혼 이튿날 걷는 길을 앞서지 않으니 임이로 치면 이날 사실 가볼 만한 데가 없다는 것일까. 임이는 그럼 뜻밖에도 고독하던가.

닫는 빨리 뛰어가는 말에 한층 채찍을 내리우는 현상, 임이의 작은 보폭이 어디 어느 지점에서 졸도를 하나 보고 싶기도 해서 좀 심청맞으나 심술궂으나 자분참 걸었던 것인데…….

아니나 다를까? 떡 없다.

내 상식으로 하면 귀한 사람이 가축을 끌고 소요하려 할 때 으레 가축이 앞선다는 것이다.

앞서 가는 내가 놀라야 하나. 이 경우에 그러면 그렇지 하고 까딱도 하지 않아야 더 점잖은가.

아직은? 했건만도 어언간 없어졌다.

나는 내 고독과 내 노년을 생각하고 거기는 은행 벽 모퉁이인 것도 채 인식하지도 못하는 중 서서 그래도 서너 번은 뒤 혹은 양 곁을 둘러보았다. 단발 양장의 소녀는 마침 드물다.

'이만하면 유실이군?'

닥쳐와야 할 일이 척 닥쳐왔을 때 나는 내 갈팡질팡하는 육신을 수습해야 한다. 그러나 임이는 은행 정문으로부터 마술처럼 나온다. 하이힐이 아까보다는 사뭇 무거워 보이기도 하는데 이상스럽지는 않다.

"십 원짜리를 죄다 십 전짜리루 바꿨지. 이것 좀 봐, 이만큼이야. 주머니에다 넣으세요."

주마가편달리는 말에 채찍질한다는 뜻으로 열심히 하는 사람을 더욱 잘하도록 격려함을 이르는 말 이라는 상쾌한 내 어휘에 드디어 슬럼프가 왔다는 것이다.

나는 기뻐하지 않는다. 그렇다고 대담하게 그럴 성싶은 표정을 이 소녀 앞에서 하는 수는 없다. 그래서 얼른,

SEUVENIR기념품, 추억, 기억을 뜻하는 SOUVENIR의 잘못으로 보임 !

균형된 보조가 똑같은 목적을 향하여 걸었다면 겉으로 보기에 친화하기도 하련만, 나는 내 마음에 인내를 명령하여놓고 패러독스에 의한 복수에 착수한다. 얼마나 요런 암상은 참나? 계산은 말잔다.

애정은 애초부터 없었다는 증거!

그러나 내 입에서 복수라는 말이 떨어진 이상 나만은 내 임이에게 대한 애정을 있다고 우길 수 있는 것이다.

보자! 얼마간 피곤한 내 두 발과 임이의 한 켤레 하이힐이 윤의 집 문간에 가 서게 되었는데도 깜찍스럽게 임이가 성을 안 낸다. 안차고겁이 없고 야무지고 겸하여 대라지기도다라지기도 하다.

윤은 부재요, 그러면 내가 뜻하지 않고 임이의 안색을 살필 기회가 온 것이기에,

'PM 다섯 시까지 다이아몬드로 오기를.'

이렇게 적어서 안잠자기 남의 집에서 먹고 자며 그 집의 일을 도와주는 여자에게 전하고 흘낏 임을 노려보았더니…….

얼떨결에 색소가 없는 혈액이라는 설명할 수사학을 나는 내가 마치 임이 편인 것처럼 민첩하게 찾아놓았다.

폭풍이 눈앞에 온 경우에도 얼굴빛이 변해지지 않는 그런 얼굴이야말로 인간고 사람이 세상살이에서 받는 고통의 근원이리라. 실로 나는 울창한 삼림 속을 진종일 헤매고 끝끝내 한 나무의 인상을 훔쳐오지 못한 환각의 인이다. 무수한 표정의 말뚝이 공동묘지처럼 내게는 똑같아 보이기만 하니 멀리 이 분주한 초조를 어떻게 점잔을 빼어서 구하느냐.

다이아몬드 다방 문 앞에서 너무 머뭇머뭇하느라고 들어가지 못하고 말기는 처음이다. 윤이 오면—다이아몬드 보이 녀석은 윤과 임이 여기서 그늘을 사랑하는 부부인 것까지도 알고 하니까 나는 다시 내 필적을,

'PM 여섯 시까지 집으로 저녁을 토식하러 음식을 억지로 달라고 하여 먹으러 가리로다. 물경 놀랍게도 부처 夫妻.'

주고 나왔다. 나온 것은 나왔다뿐이지,

DOUGHTY DOG 용맹한 개라는 가증한 장난감을 살 의사는 없다. 그것은 다만 십 원짜리 체인지와 아울러 임이의 분간 못 할 천후 기후에서 나온 경증의 도박이리라.

여섯 시에 일어난 사건에서 나는 완전히 실각했다.

가령—내가 윤더러,

"아아 있군그래. 다이아몬드에 갔던가, 게다 여섯 시에 오께 밥 달라구 적어났는데 밥이라면 술이 붙으렷다."

"갔지, 가구말구. 밥은 여편네가 어딜 가서 아직 안 됐구 술은 내 미리 먹구 왔구."

첫째 윤은 다이아몬드까지 안 갔다. 그 안잠자기 말이 아이구 댕 겨가신 지 오 분두 못 돼서 들어오셔서 여태 기대리셨는데요—PM 다섯 시는, 즉 말하자면 나를 힘써 만날 것이 없다는 태도다.

'대단히 교만하다.'

이러려다 그만두어야 했다. 나는 그 대신 배를 좀 불쑥 앞으로 내 밀고,

"내 아내를 소개허지, 이름은 임이."

"아내? 허, 착각을 일으켰군그래. 내 짐작 같애서는 그게 내 아내 비슷두 헌데!"

"내가 더 미안헌 말 한마디만 허까. 이따위 서푼짜리 소설을 쓰 느라고 내가 만년필을 쥐지 않았겠나, 추억이라는 건 요컨대 이 만 년필망큼두 손에 직접 잽히능 게 아니란 내 학설이지, 어때?"

"먹다 냉길 걸 몰르구 집어먹었네그려. 자넨 자고로 귀족 취미는 아니라니까, 아따 자네 위생이 부족헌 체허구 그저 그대루 견디게 그려. 내게 암만 퉁명을 부려야 낸들 또 한 번 좆다 버린 만년필을 인제 와서 어쩌겠나."

내 얼굴은 단박 잠잠하다. 할 말이 없다. 핑계 삼아 내 포켓에서 DOUGHTY DOG를 꺼내놓고 스프링을 감아준다. 한 마리의 그레이하운드 _{이집트가 원산지인 사냥개의 한 품종}가 제 몸집만이나 한 구두 한 짝을 물고 늘어져서 흔든다. 죽도록 흔들어도 구두는 구두대로 개는 개대로 강철의 위치를 변경하는 수가 없는 것이 딱하기가 짝이 없고 또 내가 더럽다.

DOUGHTY는 더럽다는 말인가, 초조하다는 말인가. 이 글자의 위압에 참 나는 견딜 수 없다.

"아닌 게 아니라 나두 깜짝 놀랬네. 놀랜 것이 지애가—안잠자기가—내댕겨 두로니까 헌다는 소리가 한 마흔댓 되는 이가 열칠팔 되는 시액시를 데리구 날 찾아왔드라구, 딸 겉기두 헌데 또 첩 겉기두 허드라구, 종이쪼각을 봐두 자네 이름을 안 썼으니 누군지 알 수 없구, 덮어놓구 다이아몬드루 찾어갔다가 또 혹시 실수허지나 않을까 봐, 에끼 그만 내버려둬라, 제 눔이 누구등 간에 날 보구 싶으면 찾아오겠지 허구 기대리는 차에, 하하, 이건 좀 일이 제대루 되질 않은 것 겉기두 허예 어쩨."

나는 좋은 기회에 임이를 한번 어디 돌아다보았다. 어족^{어류}이나 다름없이 뭉툭한 채 그 이 두 남자를 건드렸다 말았다 한 손을 솜씨 있게 놀려,

DOUGHTY DOG.

스프링을 감아주고 있다. 이것이 나로서 성화가 날 일이 아니면

죄 씬 ^{Sin, 죄를 지음}이다. 아아 아아.

나는 아아 아아 하기를 면하고 싶어도 다음에 내 무너져 들어가
는 육체를 지지할 수 있는 말을 할 수 있도록 공부하지 않고는 이 구
중중한 아아 아아를 모른 체할 수는 없다.

명시

여자란 과연 천혜 ^{하늘이 베푼 은혜}처럼 남자를 철두철미 쳐다보라는
의무를 사상의 선결 조건으로 하는 탄성체던가.

다음 순간 내 최후의 취미가,

"가축은 인제는 싫다."

이렇게 쾌히 부르짖은 것이다.

나는 모든 것을 망각의 벌판에다 내다던지고 알따란 취미 한풀만
을 질질 끌고 다니는 자기 자신 문지방을 이제는 넘어 나오고 싶어
졌다.

우환!

유리 속에서 웃는 그런 불길한 유령의 웃음은 싫다. 인제는 소리
를 가장 쾌활하게 질러서 손으로 만지려면 만져지는 그런 웃음을
웃고 싶은 것이다. 우환이 있는 것도 아니요, 우환이 없는 것도 아

니요, 나는 심야의 차도에 내려선 초연한 성격으로 이런 속된 혼탁에서 돌아서 보았으면…….

그러기에 이번에 적잖이 기술을 요했다. 칼로 물을 베듯이,

"아차! 나는 T가 월급이군그래. 잊어버렸구나—하건만 나는 덜 뱉어놓은 것이 혀에 미꾸라지처럼 걸려서 근질근질한다. 윤은 혹은 식물과 같이 인문을 떠난 방탄조끼를 입었나—그러나 윤! 들어보게. 자네가 모조리 핥았다는 임이의 나체는 그건 임이가 목욕할 때 입는 비누 드레스나 마찬가질세! 지금, 아니! 전무후무하게 임이 벌거숭이는 내게 독점된 걸세. 그러게 자넨 그만큼 해두구 그 병정 구두 같은 교만을 좀 버리란 말일세, 알아듣겠나."

윤은 낙조^{저녁에 지는 햇빛}를 받은 것처럼 얼굴이 불콰하다. 거기 조소가 지방처럼 윤이 나서 만연하는 것이 내 전투력을 재채기시킨다.

윤은 내가 불쌍하다는 듯이,

"내가 이만큼까지 사양허는데 자네가 공연히 자꾸 그러면 또 모르네, 내 성가셔서 자네 따귀 한 대쯤 갈길는지두."

이런 어리석어빠진 논쟁을 왜 내게 재판을 청하지 않느냐는 듯이 그레이하운드가 구두를 기껏 흔들다가 그치는 것을 보아 임이는 무용의 어떤 포즈 같은 손짓으로,

"저이가 도스의 여신입니다. 둘이 어디 모가질 한번 바꿔 붙여보시지요. 안 되지요? 그러니 그만들 두시란 말입니다. 윤헌테 내어준 육체는 거기 해당한 정조가 법률처럼 붙어갔던 거구요, 또 지이가

어저께 결혼했다구 여기두 여기 해당한 정조가 따라왔으니까 뽐낼 것두 없능 거구, 질투헐 것두 없능 거구, 그러지 말구 겉은 선수끼리 악수나 허시지요, 네?"

윤과 나는 악수하지 않았다. 악수 이상의 통봉_{호되게 매질하는 방망이를} 비유적으로 이르는 말이 윤은 몰라도 적어도 내 위에는 내려앉았던 것이 니까. 이것은 여기 앉았다가 밴댕이처럼 납작해질 징조가 아닌가 겁이 차츰차츰 나서 나는 벌떡 일어나면서 들창 밖으로 침을 탁 뱉을까 하다가 자분참,

"그렇지만 자네는 만금을 기울여두 이젠 임이 나체 스냅 하나 보기두 어려울 줄 알게. 조금두 사양헐 새 없이 구구루_{국으로. 자기 주제에} 맞게 나허구 병행해서 온전한 정의를 유지허능 게 어떵가?"

하니까,

"이착^{二着} 열 번 헌 눔이 아무래도 일착 단 한 번 헌 눔 앞에서 고갤 못 드는 법일세. 자네두 그만헌 예의쯤 분간이 슬 듯헌데 왜 그리 바들짝바들짝허나, 응? 그러구 그 만금이니 만만금이니 허능 건 또 다 뭔? 나라는 사람은 말일세, 자세 듣게. 여자가 날 싫어허면 헐수록 좋아허는 체허구 쫓아댕기다가두 그 여자가 섣불리 그럼 허구 좋아허는 낯을 단 한 번 허는 날에는, 즉 말허자면 마지막 물건을 단 한 번 건드리구 난 다음엔 당장 눈앞에서 그 여자가 싫어지는 성질일세. 그건 자네가 아주 바루 정의가 어쩌니 허지만 이거야말루 내 정의에서 우러나오는 걸세. 대체 난 나버덤 낮은 인간이 싫으

예, 여자가 한 번 제 마지막 것을 구경시킨 다음엔 열이면 열, 백이면 백, 밑으루 내려가서 그 남자를 쳐다보기 시작이거든. 난 이게 견딜 수 없게 싫단 그 말일세."

나는 그제는 사뭇 돌아섰다. 그만큼 정밀한 모욕에는 더 견디기 어려워서.

윤은 새로 담배에 불을 붙여 물더니 주머니를 뒤적뒤적한다. 나를 살해하기 위한 흉기를 찾는 것일까. 담뱃불은 이미 붙었는데…….

"여기 십 원 있네. 가서 가난헌 T군 졸르지 말구 자네가 T군한테 한잔 사주게나. 자넨 오늘 그 자네 서푼짜리 체면 때문에 꽤 우울해진 모양이니 자네 소위 신부허구 같이 있다가는 좀 위험헐걸. 그러니까 말일세, 그 신부는 내 오늘 같이 키네마^{시네마. 극장}루 모시구 갈 테니 안 헐 말루 잠시 빌리게, 응? 왜 맘에 꺼림칙헌가?"

"너무 세밀허게 내 행동을 지정허지 말게. 하여간 난 혼자 좀 나가야겠으니 임이, 윤군허구 키네마 가지, 응? 키네마 좋아허지 왜." 하고 말끝이 채 맺기 전에 임이 뾰로통하면서…….

"임이 남편을 그렇게 맘대루 동정허거나 자선허거나 헐 권리는 남에겐 더군다나 없습니다. 자, 그거 받어서는 안 됩니다. 여깃에요." 하고 내어놓은 무수한 십 전짜리.

"하하, 야 이것 봐라."

윤은 담뱃불을 재떨이에다 벌레 죽이듯이 꼭꼭 이기면서 좀처럼 웃음을 얼굴에서 걷지 않는다. 나도 사실 속으로,

'하하, 야 요것 봐라.'

안 한 것이 아니다. 그러나 나도 웃어 보였다. 그러고는 임이 등을 어루만져주고 그 백동화를 한 움큼 주머니에 넣고 그리고 과연 윤의 집을 나서는 길이다.

"이따 파혈 임시해서 키네마 문밖에서 기대리지, 어디지?"

"단성사 ^{한국 최초의 상설 영화관}, 헌데 말이 났으니 말이지 난 오늘 친구헌테 술값 꾀주는 ^{꾀주는} 권리를 완전히 구속당했능걸! 어어 쯧쯧."

적어도 백 보 가량은 앞이 맴을 돌았다. 무던히 어지러워서 비척비척하기까지 한 것을 나는 아무에게도 자랑할 수는 없다.

TEXT

'불장난—정조 책임이 없는 불장난이면? 저는 즐겨합니다. 저를 믿어주시나요? 정조 책임이 생기는 나잘 ^{한나절}에 벌써 이 불장난의 기억을 저의 양심의 힘이 말살하는 것입니다. 믿으세요.'

평—이것은 분명히 다음에 서술되는 같은 임이의 서술 때문에 임이의 영리한 거짓부렁이가 되고 마는 일이다. 즉,

"정조 책임이 있을 때에도 다음 같은 방법에 의하여 불장난은— 주관적으로만이지만—용서될 줄 압니다. 즉 아내면 남편에게, 남편이면 아내에게, 무슨 특수한 전술로든지 감쪽같이 모르게 그렇게 스무드하게 불장난을 하는데 하고 나도 이렇다 할 형적을 꼭 남기

지 말아야 하는 것입니다. 네? 그러나 주관적으로 이것이 용납되지 않을 경우에 하였다면 그것은 죄요, 고통일 줄 압니다. 저는 죄도 알고 고통도 알기 때문에 저로서는 어려울까 합니다. 믿으시나요? 믿어주세요."

평―여기서도 끝으로 어렵다는 대문 부근이 분명히 거짓부렁이라는 것이다. 그것은 역시 같은 임이의 필적, 이런 잠재의식 탄로현상에 의하여 확실하다.

"불장난을 못하는 것과 안 하는 것과는 성질이 아주 다릅니다. 그것은 컨디션 여하에 좌우되지는 않겠지요. 그러니 어떻다는 말이냐고 그러십니까? 일러 드리지요. 기뻐해주세요. 저는 못하는 것이 아니라 안 하는 것입니다. 자각된 연애니까요. 안 하는 경우에 못하는 것을 관망하고 있노라면 좋은 어휘가 생각납니다. 구토. 저는 이것은 견딜 수 없는 육체적 형벌이라고 생각합니다. 온갖 자연발생적 자태가 저에게는 어째 유취만년^{더러운 이름을 후세에 오래도록 남김}의 넝마 조각 같습니다. 기뻐해주세요. 저를 이런 원근법에 좇아서 사랑해주시기 바랍니다."

평―나는 싫어도 요만큼 다가선 위치에서 임이를 설유하려 드는 대시의 자세를 취소해야 하겠다. 안 하는 것은 못하는 것보다 교양, 지식 이런 척도로 따져서 높다. 그러나 안 한다는 것은 내가 빚어내는 기후 여하에 빙자해서 언제든지 아무 겸손이라든가 주저 없이 불장난을 할 수 있다는 조건부 계약을 차도 복판에 안전지대 설치

하듯이 강요하고 있는 징조에 틀림은 없다.

나 스스로도 불쾌할 에필로그로 귀하들을 인도하기 위하여 다음과 같은 박빙을 밟는 듯한 회화를 조직하마.

"너는 네 말마따나 두 사람의 남자, 혹은 사실에 있어서는 그 이상 훨씬 더 많은 남자에게 내주었던 육체를 걸머지고 그렇게도 호기 있게 또 정정당당하게 내 성문을 침입할 수가 있는 것이 그래 철면피가 아니란 말이냐?"

"당신은 무수한 매춘부에게 당신의 그 당신 말마따나 고귀한 육체를 염가^{매우 싼 값}로 구경시키셨습니다. 마찬가지지요."

"하하! 너는 이런 사회조직을 깜빡 잊어버렸구나. 여기를 너는 서장^{티베트의 중국어 이름을 우리 한자음으로 읽은 것}으로 아느냐, 그렇지 않으면 남자도 포유 행위를 하던 피테칸트로푸스^{19세기 말 자바섬 트리닐 부근에서 발견된 화석 인류} 시대로 아느냐. 가소롭구나. 미안하오나 남자에게는 육체라는 관념이 없다. 알아듣느냐?"

"미안하오나 당신이야말로 이런 사회조직을 어째 급속도로 역행하시는 것 같습니다. 정조라는 것은 일대일의 확립에 있습니다. 약탈 결혼이 지금도 있는 줄 아십니까?"

"육체에 대한 남자의 권한에서의 질투는 무슨 걸레 조각 같은 교양 나부랭이가 아니다. 본능이다. 너는 이 본능을 무시하거나 그 치기만만한 교양의 장갑으로 정리하거나 하는 재주가 통용될 줄 아느냐?"

"그럼 저도 평등하고 온순하게 당신이 정의하시는 본능에 의해서 당신의 과거를 질투하겠습니다. 자, 우리 숫자로 따져보실까요?"

평—여기서부터는 내 교재에는 없다.

신선한 도덕을 기대하면서 내 구태의연하다고 할 만도 한 관록을 버리겠노라.

다만 이제부터 내 부족하나마 노력에 의하여 획득해야 할 것은 내가 탈피할 수 있을 만한 지식의 구매다.

나는 내가 환갑을 지난 몇 해 후 내 무릎이 일어서는 날까지는 내 오크 재^{떡갈나무나 졸참나무 따위의 목재} 로 만든 포도송이 같은 손자들을 거느리고 끽다점^{찻집}에 가고 싶다. 내 알라모드^{유행, 인기를 뜻하는 프랑스말}는 손자들의 그것과 태연히 맞서고 싶은 현재의 내 비애다.

전질

이러다가는 내 중립지대로만 알고 있던 건강술이 자칫하면 붕괴할 것 같은 위구가 적지 않다. 나는 조심조심 내 앉은 자리에 혹 유해한 곤충이나 서식하지 않는가 보살펴야 한다.

T군과 마주 앉아 싱거운 술을 마시고 있는 동안 내 눈이 여간 축축하지 않았단다. 그도 그럴밖에. 나는 시시각각으로 자살할 것을, 그것도 제 형편에 꼭 맞춰서 생각하고 있었으니…….

내가 받은 자결의 판결문 제목은,

'피고는 일조^{하루아침} 에 인생을 낭비하였느니라. 하루 피고의 생명이 연장되는 것은 이 건곤음양의 경상비반복하여 지출되는 일정한 종류의 경비를 구태여 등귀물건값이 뛰어오름시키는 것이어늘 피고가 들어가고자 하는 쥐구멍이 거기 있으니 피고는 모름지기 그리 가서 꽁무니 쪽을 돌아다보지는 말지어다.'

이렇다. 나는 내 언어가 이미 이 황량한 지상에서 탕진된 것을 느끼지 않을 수 없을 만치 정신은 공동이요, 사상은 당장 빈곤하였다. 그러나 나는 이 유구한 세월을 무사히 수면하기 위하여, 내가 몽상하는 정경을 합리화하기 위하여, 입을 다물고 꿀항아리처럼 잠자코 있을 수는 없는 일이다.

'몽골피에 형제1783년 프랑스에서 인류 최초로 열기구를 띄우는 데 성공함가 발명한 경기구가 결과로 보아 공기보다 무거운 비행기의 발달을 훼방놓을 것이다. 그와 같이 또 공기보다 무거운 비행기 발명의 힌트의 출발점인 날개가 도리어 현재의 형태를 갖춘 비행기의 발달을 훼방놓았다고 할 수도 있다. 즉 날개를 펄럭거려서 비행기를 날게 하려는 노력이야말로 차륜을 발명하는 대신에 말의 보행을 본떠서 자동차를 만들 궁리로 바퀴 대신 기계장치의 네 발이 달린 자동차를 발명했다는 것이나 다름없다.'

억양도 아무것도 없는 사어과거에는 쓰였으나 현재에는 쓰이지 않는 언어다. 그럴밖에. 이것은 장 콕토의 말인 것도.

나는 그러나 내 말로는 그래도 내가 죽을 때까지의 단 하나의 절망, 아니 희망을 아마 텐스시제를 고쳐서 지껄여버린 기색이 있다.

'나는 어떤 규수 작가를 비밀히 사랑하고 있소이다그려!'

그 규수 작가는 원고 한 줄에 반드시 한 자씩의 오자를 삽입하는 쾌활한 태만성을 가진 사람이다. 나는 이 여인 앞에서는 내 추한 짓 밖에는, 할 수 있는 거동의 심리적 여유가 없다. 이 여인은 다행히 경산부다.

그러나 곧이듣지 마라. 이것은 다음과 같은 내 면목을 유지하기 위해 발굴한 연장에 지나지 않는다.

"내가 결혼하고 싶어 하는 여인과 결혼하지 못하는 것이 결이 나서 결혼하고 싶지도 저쪽에서 결혼하고 싶어 하지도 않는 여인과 결혼해버린 탓으로 뜻밖에 나와 결혼하고 싶어 하던 다른 여인이 그 또 결이 나서 다른 남자와 결혼해버렸으니 그야말로─나는 지금 일조에 파멸하는 결혼 위에 저립하고 있으니─일거에 삼첨三尖일세그려."

즉 이것이다.

T군은 암만해도 내가 불쌍해 죽겠다는 듯이 나를 물끄러미 바라다보더니,

"자네, 그중 어려운 외국으로 가게. 가서 비로소 말두 배우구, 또 사람두 처음으로 사귀구 그리구 다시 채국채국^{차곡차곡} 살기 시작허게. 그렇허능게 자네 자살을 구할 수 있는 유일의 방도가 아닌가. 그렇게 생각하는 내가 그럼 박정한가?"

자살? 그럼 T군이 눈치를 채었던가.

"이상스러워할 것도 없능 게 자네가 주머니에 칼을 넣고 댕기지 않는 것으로 보아 자네에게 자살하려는 의도가 있다는 걸 알 수 있지 않겠나. 물론 이것두 내게 아니구 남한테서 꿔온 에피그램이지만."

여기 더 앉았다가는 복어처럼 탁 터질 것 같다. 아슬아슬한 때 나는 T군과 함께 바를 나와 알맞추_{일정한 기준, 조건, 정도에 적당하게} 단성사 문 앞으로 가서 삼 분쯤 기다렸다.

윤과 임이가 일조이조하는 문장처럼 나란히 나온다. 나는 T군과 같이 〈만춘^{The Flame Within, 1935년 미국에서 제작한 영화}〉 시사를 보겠다. 윤은 우물쭈물하는 것도 같더니,

"바통 가져가게."

한다. 나는 일없다. 나는 절을 하면서,

"일착 선수여! 나를 열차가 연선_{선로를 따라서 있는 땅}의 소역_{규모가 작은 역}을 잘디잔 바둑돌 묵살하고 통과하듯이 무시하고 통과하여주시기—를—바라옵나이다."

순간 임의 얼굴에 독화가 핀다. 응당 그러리로다. 나는 이착의 명예 같은 것은 요새쯤 내다버리는 것이 좋았다. 그래 얼른 릴레이를 기권했다. 이 경우에도 어휘를 탕진한 부랑자의 자격에서 공구 횡광리일_{요코미츠 리이치. 일본 소설가} 씨의 출세를 사글세 내어온 것이다. 임이와 윤은 인파 속으로 숨어버렸다. 갤러리 어둠 속에 T군과 어깨를 나란히 앉아서 신발 바꿔 신은 인간 코미디를 내려다보고 있었다. 아랫배가 몹시 아프다. 손바닥으로 꽉 누르면 밀려나가는 김이

입에서 홍소로 화해 터지려 든다. 나는 아편이 좀 생각났다. 나는 조심도 할 줄 모르는 야인이니까 반쯤 죽어야 껍적대지 않는다. 스크린에서는 죽어야 할 사람들은 안 죽으려 들고 죽지 않아도 좋은 사람들은 죽으려 야단인데 수염 난 사람이 수염을 혀로 만지작만지작하면서 이쪽을 향하더니 하는 소리다.

"우리 의사는 죽으려 드는 사람을 부득부득 살려가면서도 살기 어려운 세상을 부득부득 살아가니 거 익살맞지 않소?"

말하자면 굽 달린 자동차를 연구하는 사람들이 거기서 이리 뛰고 저리 뛰고 하고들 있다. 나는 차츰차츰 이 객 다 빠진 텅 빈 공기 속에 침몰하는 과실 씨가 내 허리띠에 달린 것 같은 공포에 지질리면서 정신이 점점 몽롱해 들어가는 벽두에 T군은 은근히 내 손에 한 자루 서슬 퍼런 칼을 쥐여준다.

'복수하라는 말이렷다.'

'윤을 찔러야 하나? 내 결정적 패배가 아닐까? 윤은 찌르기 싫다.'

'임이를 찔러야 하지? 나는 그 독화 핀 눈초리를 망막에 영상한 채 왕생하다니.'

내 심장이 꽁꽁 얼어들어온다. 빠드득빠드득 이가 갈린다.

'아하, 그럼 자살을 권하는 모양이로군. 어려운데 어려워, 어려워, 어려워.'

내 비겁을 조소하듯이 다음 순간 내 손에 무엇인가 뭉클 뜨뜻한 덩어리가 쥐여졌다. 그것은 서먹서먹한 표정의 나츠미캉, 어느 틈에 T군은 이것을 제 주머니에다 넣고 왔던구. 입에 침이 쫘르르 돌기 전에 내 눈에는 식은 컵에 어리는 이슬처럼 방울지지 않는 눈물이 핑 돌기 시작하였다.

-1937년

• • • • •
에피그램

밤이 이슥한데 나는 사실 그 친구와 이런 회화를 했다는 이야기를 염치 좋게 하는 것은 요컨대 천하의 의좋은 내외들에게 대한 통명이다. 친구는,

"여비?"

"보조래도 해줬으면 좋겠다는 말이지만."

"둘이 간다면 내 다 내주지."

"둘이?"

"임이와 결혼해서……."

여자 하나를 두 남자가 사랑하는 경우에는 꼭 싸움들을 하는 법인데 우리들은 안 싸웠다. 나는 결이 좀 났다는 것은 저는 벌써 임이와 육체까지 수수하고 나서 나더러 임이와 결혼하라니까 말이다.

나는 연애보다 공부를 해야겠어서 그 친구더러 여비를 좀 꾸어달란 것인데 뜻밖에 회화가 이 모양이 되고 말았다.

"그럼 다 그만두겠네."

"여비두?"

"결혼두."

"건 왜?"

"싫어!"

그러고 나서는 한참이나 잠자코들 있었다. 두 사람의 교양이 서로 뺨을 친다든지 하고 싶은 충동을 참느라고 그런 것이다.

"왜 내가 임이와 그런 일이 있었대서 그러나? 불쾌해서!"

"뭔지 모르겠네!"

"한 번, 꼭 한 번밖에 없네. 독미毒味란 말이 있지."

"순수허대서 자랑인가?"

"부러 그러나?"

"에피그램이지."

암만해도 회화로는 해결이 안 된다. 회화로 안 되면 행동인데 어떤 행동을 하나 물론 싸워서는 안 된다. 친구끼리는 정다워야 하니까. 그래서 우리는 우리 두 사람의 공동의 적을 하나 찾기로 한다. 친구가,

"이를 알지? 임이의 첫 남자!"

"자네는 무슨 목적으로 타협을 하려 드나."

"실연허기가 싫어서 그런다구나 그래둘까."

"내 고집두 그 비슷한 이유지."

나는 당장에 허둥지둥한다. 내 인색한 논리는 눈살을 찌푸린다. 나는 꼼짝할 수가 없다. 이렇게까지 나는 인색하다.

친구는,

"끝끝내 이러긴가?"

"수세두 공세두 다 우리 집어치우세."

"엔간히 겁을 집어먹은 모양일세그려!"

"누구든지 그야 타락허기는 싫으니까!"

요 이야기는 요만큼만 해둔다. 임이의 남자가 셋이 되었다는 것을 누설한댔자 그것은 벌써 비밀도 아무것도 아니다.

－1936년

권태

1

어서—차라리 어두워버리기나 했으면 좋겠는데—벽촌
의 여름날은 지루해서 죽겠을 만치 길다.

동에 팔봉산, 곡선은 왜 저리도 굴곡이 없이 단조로운고?

서를 보아도 벌판, 남을 보아도 벌판, 북을 보아도 벌판, 아, 이 벌
판은 어쩌라고 이렇게 한이 없이 늘어놓였을꼬? 어쩌자고 저렇게
까지 똑같이 초록색 하나로 되어먹었노?

농가가 가운데 길 하나를 두고 좌우로 한 십여 호씩 있다. 휘청거
린 소나무 기둥, 흙을 주물러 바른 벽, 강낭대^{옥수숫대}로 둘러싼 울타
리, 울타리를 덮은 호박 넝쿨, 모두가 그게 그것같이 똑같다.

어제 보던 댑싸리나무, 오늘도 보는 김 서방, 내일도 보아야 할 흰둥이, 검둥이.

해는 백 도 가까운 볕을 지붕에도 벌판에도 뽕나무에도 암탉 꼬랑지에도 내리쬐인다. 아침이나 저녁이나 뜨거워서 견딜 수가 없는 염서 몹시 심한 더위가 계속이다.

나는 아침을 먹었다. 할 일이 없다. 그러나 무작정 널따란 백지 같은 '오늘'이라는 것이 내 앞에 펼쳐져 있으면서 무슨 기사라도 좋으니 강요한다. 나는 무엇이고 하지 않으면 안 된다. 무엇을 해야 할 것인가 연구해야 된다. 그럼 나는 최 서방네 집 사랑 툇마루로 장기나 두러 갈까? 그것 좋다.

최 서방은 들에 나갔다. 최 서방네 사랑에는 아무도 없나 보다. 최 서방네 조카가 낮잠을 잔다. 아하, 내가 아침을 먹은 것은 열 시나 지난 후니까 최 서방의 조카로서는 낮잠 잘 시간에 틀림없다.

나는 최 서방의 조카를 깨워가지고 장기를 한판 벌이기로 한다. 최 서방의 조카와 열 번 두면 열 번 내가 이긴다. 최 서방의 조카로서는 그러니까 나와 장기 둔다는 것 그것부터가 권태다. 밤낮 두어야 마찬가질 바에는 안 두는 것이 차라리 낫지. 그러나 안 두면 또 무엇을 하나? 둘밖에 없다. 지는 것도 권태거늘 이기는 것이 어찌 권태 아닐 수 있으랴? 열 번 두어서 열 번 내리 이기는 장난이란 열 번 지는 이상으로 싱거운 장난이다. 나는 참 싱거워서 견딜 수 없다.

한 번쯤 져주리라. 나는 한참 생각하는 체하다가 슬그머니 위험한 자리에 장기 조각을 갖다 놓는다. 최 서방의 조카는 하품을 쓱 한 번 하더니, 이윽고 둔다는 것이 딴전이다. 으레 질 것이니까 골치 아프게 수를 보고 어쩌고 하기도 싫다는 사상이리라. 아무렇게나 생각나는 대로 장기를 갖다 놓고 그저 얼른얼른 끝을 내어 져줄 만큼 져주면 이 상승장군^{싸울 때마다 늘 이기는 장군} 은 이 압도적 권태를 이기지 못해 제출물에^{저 혼자서 절로} 가버리겠지 하는 사상이리라. 가고 나면 또 낮잠이나 잘 작정이리라.

나는 부득이 또 이긴다. 인제 그만 두잔다. 물론 그만두는 수밖에 없다. 일부러 져준다는 것조차가 어려운 일이다. 나는 왜 저 최 서방의 조카처럼 아주 영영 방심상태가 되어버릴 수가 없나? 이 질식할 것 같은 권태 속에서도 사세한^{사소한} 승부에 구속을 받나? 아주 바보가 되는 수는 없나?

내게 남아 있는 이 치사스러운 인간 이욕^{사사로운 이익을 탐내는 욕심} 이 다시없이 밉다. 나는 이 마지막 것을 면해야 한다. 권태를 인식하는 신경마저 버리고 완전히 허탈해버려야 한다.

2

나는 개울가로 간다. 가물^{가뭄} 로 하여 너무 빈약한 물이 소리 없이 흐른다. 뼈처럼 앙상한 물줄기가 왜 소리를 치지 않나?

너무 덥다. 나뭇잎들이 다 축 늘어져서 허덕허덕하도록 덥다. 이렇게 더우니 시냇물인들 서늘한 소리를 내어보는 재간도 없으리라.

나는 그 물가에 앉는다. 앉아서 자, 무슨 제목으로 나는 사색해야 할 것인가 생각해본다. 그러나 물론 아무런 제목도 떠오르지 않는다. 그렇다면 아무것도 생각 말기로 하자. 그저 한량없이 넓은 초록색 벌판, 지평선, 아무리 변화하여 보았댔자 결국 치열한 곡예의 역^{경계 안의 지역}에서 벗어나지 않는 구름, 이런 것을 건너다본다.

지구 표면적의 백 분의 구십구가 이 공포의 초록색이리라. 그렇다면 지구야말로 너무나 단조무미한 채색이다. 도회에는 초록이 드물다. 나는 처음 여기 표착하였을^{정처 없이 떠돌아다니다가 일정한 곳에 정착했을} 때, 이 신선한 초록빛에 놀랐고 사랑하였다. 그러나 닷새가 못 되어서 이 일망무제^{한눈에 바라볼 수 없을 정도로 아득하게 멀고 넓어서 끝이 없음}의 초록색은 조물주의 몰취미와 신경의 조잡성으로 말미암은 무미건조한 지구의 여백인 것을 발견하고 다시금 놀라지 않을 수 없었다.

어쩔 작정으로 저렇게 퍼러냐. 하루 온종일 저 푸른빛은 아무것도 하지 않는다. 오직 그 푸른 것에 백치와 같이 만족하면서 푸른 채로 있다.

이윽고 밤이 오면 또 거대한 구렁이처럼 빛을 잃어버리고 소리도 없이 잔다. 이 무슨 거대한 겸손이냐?

이윽고 겨울이 오면 초록은 실색^{失色}한다. 그러나 그것은 남루를 갈기갈기 찢는 것과 다름없는 추악한 색채로 변하는 것이다. 한겨울을 두고 이 황막하고 추악한 벌판을 바라보고 지내면서, 그래도 자살 민절하지^{너무 기가 막혀 정신을 잃고 까무러치지} 않는 농민들은 불쌍하기도 하려니와 거대한 천치다.

그들의 일생이 또한 이 벌판처럼 단조한 권태 일색으로 도포된 것이리라. 일할 때는 초록 벌판처럼 더워서 숨이 칵칵 막히게 싱거울 것이요, 일하지 않을 때에는 겨우 황원^{황야}처럼 거칠고 구지레하게 싱거울 것이다.

그들에게는 흥분이 없다. 벌판에 벼락이 떨어져도, 그것은 뇌성_{천둥소리} 끝에 가끔 있는 다반사에 지나지 않는다. 촌동^{촌아이}이 범에게 물려가도, 그것은 맹수가 사는 산촌에 가끔 있는 신벌^{신이 내리는 벌}에 지나지 않는다. 실로 전선주^{전봇대} 하나 없는 벌판에서 그들이 무엇을 대상으로 흥분할 수 있으랴.

팔봉산 등을 넘어 철골 전선주가 늘어섰다. 그러나 그 동선은 이 촌락에 엽서 한 장을 내려뜨리지 않고 선 채다. 동선으로는 전류도 통하리라. 그러나 그들의 방이 아직도 송명^{송진이 많이 엉긴 소나무의 가지나 옹이에 붙인 불}으로 어둠침침한 이상, 그 전선주들은 이 마을 동구에 늘어선 포플러나무와 조금도 다름이 없다.

그들에게 희망이 있던가? 가을에 곡식이 익으리라. 그러나 그것은 희망은 아니다. 본능이다. 내일, 내일도 오늘 하던 계속의 일을 해야지. 이 끝없는 권태의 내일은 왜 이렇게 끝없이 있나? 그러나 그들은 그런 것을 생각할 줄 모른다. 간혹 그런 의혹이 전광과 같이 그들의 흉리^{마음속에 품고 있는 생각}를 스치는 일이 있어도, 다음 순간 하루의 노역^{고용인에 의하여 일방적으로 혹사를 당하는 일}으로 말미암아 잠이 오고 만다. 그러니 농민은 참 불행하도다. 그럼 이 흉악한 권태를 자각할 줄 아는 나는 얼마나 행복된가.

3

댑싸리나무도 축 늘어졌다. 물은 흐르면서 가끔 웅덩이를 만나면 썩는다.

내가 앉아 있는 데는 그런 웅덩이가 있다. 내 앞에서 물은 조용히 썩는다.

낮닭^{울 때가 아닌데 우는 닭을 이르는 말} 우는 소리가 무던히 한가롭다. 어제도 울던 낮닭이 오늘도 또 울었다는 외에 아무 흥미도 없다. 들어도 그만, 안 들어도 그만이다. 다만 우연히 귀에 들려왔으니까 그저 들었달 뿐이다.

닭은 그래도 새벽, 낮으로 울기나 한다. 그러나 이 동리의 개들은 짖지를 않는다. 그러면 모두 벙어리 개들인가, 아니다. 그 증거로는 이 동리 사람 아닌 내가 돌팔매질을 하면서 위협하면 십 리나 달아나면서 나를 돌아다보고 짖는다.

그렇건만 내가 아무 그런 위험한 짓을 하지 않고 지나가면 천 리나 먼 데서 온 외인, 더구나 안면이 이처럼 창백하고 봉발이 작소를 이룬 기이한 풍모를 쳐다보면서도 짖지 않는다. 참 이상하다. 어째서 여기 개들은 나를 보고 짖지를 않을까. 세상에서 희귀한 겸손한 겁쟁이 개들도 다 많다.

이 겁쟁이 개들은 이런 나를 보고도 짖지를 않으니, 그럼 대체 무엇을 보아야 짖으랴?

그들은 짖을 일이 없다. 여인 나그네은 이곳에 오지 않는다. 오지 않을 뿐만 아니라, 국도 연변에 있지 않는 이 촌락을 그들은 지나갈 일도 없다. 가끔 이웃 마을의 김 서방이 온다. 그러나 그는 여기 최 서방과 똑같은 복장과 피부색과 사투리를 가졌으니 개들이 짖어 무엇하랴. 이 빈촌에는 도적이 없다. 인정 있는 도적이면 여기 너무나 빈한한 새악시들을 위하여 훔친바, 비녀나 반지를 가만히 놓고 가지 않으면 안 되리라. 도적에게는 이 마을은 도적의 도심 남의 물건을 훔치려는 마음을 도적맞기 쉬운 위험한 지대이리라.

그러니 실로 개들이 무엇을 보고 짖으랴. 개들은 너무나 오랫동안—아마 그 출생 당시부터— 짖는 버릇을 포기한 채 지내왔다. 몇 대를 두고 짖지 않은 이곳 견족들은 드디어 짖는다는 본능을 상실하고 만 것이리라. 인제는 돌이나 나무토막으로 얻어맞아서 견딜 수 없을 만큼 아파야 겨우 짖는다. 그러나 그와 같은 본능은 인간에게도 있으니, 특히 개의 특징으로 쳐들 것은 못 되리라.

개들은 대개 제가 길리우고 있는 집 문간에 가 앉아서 밤이면 밤잠, 낮이면 낮잠을 잔다. 왜? 그들은 수위할 지키어 호위함 아무 대상도 없으니까.

최 서방네 집개가 이리로 온다. 그것을 김 서방네 집개가 발견하고 일어나서 영접한다. 그러나 영접해본댔자 할 일이 없다. 양구良久에 그들은 헤어진다.

설레설레 길을 걸어본다. 밤낮 다니던 길, 그 길에는 아무것도 떨어진 것이 없다. 촌민들은 한여름 보리와 조를 먹는다. 반찬은 날된장, 풋고추다. 그러니 그들의 부엌에조차 남는 것이 없겠거늘, 하물며 길가에 무엇이 족히 떨어져 있을 수 있으랴.

길을 걸어본댔자 소득이 없다. 낮잠이나 자자. 그리하여 개들은 천부타고날 때부터 지님의 수위술을 망각하고 낮잠에 탐닉하여버리지 않을 수 없을 만큼 타락하고 말았다.

슬픈 일이다. 짖을 줄 모르는 벙어리 개, 지킬 줄 모르는 게으름뱅이 개, 이 바보 개들은 복날 개장국을 끓여먹기 위하여 촌민의 희생이 된다. 그러나 불쌍한 개들은 음력도 모르니 복날은 몇 날이나 남았나 전연 알 길이 없다.

4

이 마을에는 신문도 오지 않는다. 소위 승합자동차라는 것도 통과하지 않으니 도회의 소식을 무슨 방법으로 알랴?

오관이 모조리 박탈된 것이나 다름없다. 답답한 하늘, 답답한 지평선, 답답한 풍경, 답답한 풍속 가운데서 나는 이리 딩굴 저리 딩굴 굴고 싶을 만치 답답해하고 지내야만 된다.

아무것도 생각할 수 없는 상태 이상으로 괴로운 상태가 또 있을까. 인간은 병석에서도 생각한다. 아니 병석에서는 더욱 많이 생각하는 법이다.

끝없는 권태가 사람을 엄습하였을 때, 그의 동공은 내부를 향하여 열리리라. 그리하여 망쇄할 때보다도 몇 배나 더 자신의 내면을 성찰할 수 있을 것이다.

현대인의 특질이요, 질환인 자의식 과잉은 이런 권태치 않을 수 없는 권태 계급의 철저한 권태로 말미암음이다. 육체적 한산, 정신적 권태, 이것을 면할 수 없는 계급이 자의식 과잉의 절정을 표시한다. 그러나 지금 이 개울가에 앉은 나에게는 자의식 과잉조차가 폐쇄되었다.

이렇게 한산한데, 이렇게 극도의 권태가 있는데, 동공은 내부를 향하여 열리기를 주저한다.

아무것도 생각하기 싫다. 어제까지도 죽는 것을 생각하는 것 하나만은 즐거웠다. 그러나 오늘은 그것조차가 귀찮다. 그러면 아무것도 생각하지 말고 눈뜬 채 졸기로 하자.

더워 죽겠는데 목욕이나 할까? 그러나 웅덩이 물은 썩었다. 썩지 않은 물을 찾아가는 것은 귀찮은 일이고…….

썩지 않은 물이 여기 있다기로서니 나는 목욕하지 않았으리라. 옷을 벗기가 귀찮다. 아니! 그보다도 그 창백하고 앙상한 수구^{빼빼 마}

른 몸를 백일 아래 널어 말리는 파렴치를 나는 견디기 어렵다.

땀이 옷에 배면? 밴 채 두자.

그렇다 하더라도 이 더위는 무슨 더위냐. 나는 내가 있는 집으로 돌아와서 세수를 하기로 한다. 나는 일어나서 오던 길을 돌치는 도중에서 교미하는 개 한 쌍을 만났다. 그러나 인공의 기교가 없는 축류의 교미는 풍경이 권태 그것인 것같이 권태 그것이다. 동리 동해 어린아이 들에게도 젊은 촌부시골에 사는 여자 들에게도 흥미의 대상이 못되는 이 개들의 교미는 또한 내게 있어서도 흥미의 대상이 되지 않는다.

함석대야는 그 본연의 빛을 일찍이 잃어버리고, 그들의 피부색과 같이 붉고 검다. 아마 이 집 주인아주머니가 시집올 때 가지고 온 것이리라.

세수를 해본다. 물조차가 미지근하다. 물조차가 이 무지한 더위에는 견딜 수 없었나 보다. 그러나 세수의 관례대로 세수를 마친다.

그리고 호박 넝쿨이 축 늘어진 울타리 밑 호박 넝쿨의 뿌리 돋친 데를 찾아서 그 물을 준다. 너라도 좀 생기를 내라고.

땀내 나는 수건으로 얼굴을 훔치고 툇마루에 걸터앉았자니까, 내가 세수할 때 내 곁에 늘어섰던 주인집 아이들 넷이 제각기 나를 본받아 그 대야를 사용하여 세수를 한다.

저 애들도 더워서 저러는구나 하였더니 그렇지 않다. 그 애들도 나처럼 일거수일투족을 어찌하였으면 좋을까 당황해하고 있는 권태

들이었다. 다만 내가 세수하는 것을 보고, 그럼 우리도 저 사람처럼 세수나 해볼까 하고, 따라서 세수를 해보았다는 데 지나지 않는다.

5

원숭이가 사람의 흉내를 내는 것이 내 눈에는 참 밉다. 어쩌자고 여기 아이들이 내 흉내를 내는 것일까. 귀여운 촌동들을 원숭이로 만들어서는 안 된다.

나는 다시 개울가로 가본다. 썩은 물, 늘어진 댑싸리 외에 아무것도 없다. 그런 나는 거기 앉아서 이번에는 그 썩는 중의 웅덩이 속을 들여다본다.

순간 나는 진기한 현상을 목도한다. 무수한 오점이 방향을 정돈해가면서 움직이고 있는 것이다. 이것은 생물임에 틀림없다. 송사리 떼임에 틀림없다.

이 부패한 소택 늪과 못을 아울러 이르는 말 속에 이런 앙징스러운 어족이 서식하리라고는 나는 참 꿈에도 생각하지 못했다. 요리 몰리고 조리 몰리고, 역시 먹을 것을 찾음이리라. 무엇을 먹고 사누. 버러지를 먹겠지. 그러나 송사리보다도 더 작은 버러지라는 것이 있을까!

잠시를 가만있지 않는다. 저물도록 움직인다. 대략 같은 동기와 같은 모양으로들 그러는 것 같다. 동기! 역시 송사리의 세계에도 시급한 목적이 있는 모양이다.

차츰차츰 하류를 향하여 군중적으로 이동한다. 저렇게 하류로 하류로만 가다가 또 어쩔 작정인가? 아니 그들은 중로^{오가는 길의 중간}에서 또 상류를 향하여 거슬러 올라오는지도 모른다. 그러나 당장 하류로 향하여가고 있는 것이 확실하다. 하류로, 하류로!

오 분 후에는 그들의 모양이 보이지 않을 만치 그들은 멀리 하류로 내려갔다. 그리고 웅덩이는 아까와 같이 도로 썩은 물의 웅덩이로 조용해지고 말았다.

나는 그 자리에서 일어나서 풀밭으로 가보기로 한다. 풀밭에는 암소 한 마리가 있다.

그 웅덩이 속에 고런 맹랑한 현상이 잠복해 있을 수 있다니……하고 나는 적잖이 흥분했다. 그러나 그 현상도 소낙비처럼 지나가고 말았으니 잊어버리고 그만두는 수밖에.

소의 뿔은 벌써 소의 무기는 아니다. 소의 뿔은 오직 안경의 재료일 따름이다. 소는 사람에게 얻어맞기로 위주니까 소에게는 무기가 필요 없다. 소의 뿔은 오직 동물학자를 위한 표식이다. 야우^{들소} 시대에는 이것으로 적을 돌격한 일도 있습니다…… 하는 마치 폐병의 가슴에 달린 훈장처럼 그 추억성이 애상적이다.

암소의 뿔은 수소의 그것보다도 더한층 겸허하다. 이 애상적인 뿔이 나를 받을 리 없으니, 나는 마음 놓고 그 곁 풀밭에 가 누워도 좋다. 나는 누워서 우선 소를 본다.

소는 잠시 반추^{되새김질}를 그치고 나를 응시한다.

'이 사람의 얼굴이 왜 이리 창백하냐? 아마 병인인가 보다. 내 생명에 위해를 가하려는 거나 아닌지, 나는 조심해야 되지.'

이렇게 소는 속으로 나를 심리하였으리라. 그러나 오 분 후에는 소는 다시 반추를 계속하였다. 소보다도 내가 마음을 놓는다.

소는 식욕의 즐거움조차를 냉대할 수 있는 지상 최대의 권태자다. 얼마나 권태에 지질렀길래 이미 위에 들어간 식물을 다시 게워 그 시금털털한 반소화물의 미각을 역설적으로 향락하는 체해 보임이리오?

소의 체구가 크면 클수록 그의 권태도 크고 슬프다. 나는 소 앞에 누워 내 세균같이 사소한 고독을 겸손해하면서 나도 사색의 반추는 가능할는지 불가능할는지 몰래 좀 생각해본다.

6

길 복판에서 육칠 인의 아이들이 놀고 있다. 적발동부^{붉은 머리털과} ^{구릿빛 피부}의 반라군^{반나체 무리}이다. 그들의 혼탁한 안색, 흘린 콧물, 두른 베두렁이^{배두렁이. 배만 겨우 가리는 좁고 짧은 옷}, 벗은 웃통만을 가지고는 그들의 성별조차 거의 분간할 수 없다.

그러나 그들은 여아가 아니면 남아요, 남아가 아니면 여아인 결국에는 귀여운 오륙 세 내지 칠팔 세의 '아이들'임에는 틀림없다. 이 아이들이 여기 길 한복판을 선택하여 유희하고 있다.

돌멩이를 주워온다. 여기는 사금파리도 벽돌 조각도 없다. 이 빠진 그릇을 여기 사람들은 버리지 않는다. 그러고는 풀을 뜯어온다. 풀, 이처럼 평범한 것이 또 있을까? 그들에게 있어서는 초록빛의 물건이란 어떤 것이고 간에 다시없이 심심한 것이다. 그러나 하는 수 없다. 곡식을 뜯는 것도 금제^{어떤 행위를 하지 못하게 하는 법규}니까 풀밖에 없다.

돌멩이로 풀을 짓찧는다. 푸르스레한 물이 돌에 가 염색된다. 그러면 그 돌과 그 풀은 팽개치고, 또 다른 풀과 돌멩이를 가져다가 똑같은 짓을 반복한다. 한 십 분 동안이나 아무 말이 없이 잠자코 이렇게 놀아본다.

십 분 만이면 권태가 온다. 풀도 싱겁고 돌도 싱겁다. 그러면 그 외에 무엇이 있나? 없다.

그들이 일제히 일어선다. 질서도 없고 충동의 재료도 없다. 다만 그저 앉았기 싫으니까 이번에는 일어서 보았을 뿐이다.

일어서서 두 팔을 높이 하늘을 향하여 쳐든다. 그리고 비명에 가까운 소리를 질러본다. 그러더니 그냥 그 자리에서들 껑충껑충 뛴다. 그러면서 그 비명을 겸한다.

나는 이 광경을 보고 그만 눈물이 났다. 여북하면 저렇게 놀까. 이들은 놀 줄조차 모른다. 어버이들은 너무 가난해서 이들 귀여운 애기들에게 장난감을 사다 줄 수가 없었던 것이다.

이 하늘을 향하여 두 팔을 뻗치고, 그리고 소리를 지르면서 뛰는 그들의 유희가 내 눈에는 암만해도 유희같이 생각되지 않는다. 하늘은 왜 저렇게 어제도 오늘도 내일도 푸르냐. 산은 벌판은 왜 저렇게 어제도 오늘도 내일도 푸르냐는, 조물주에게 대한 저주의 비명이 아니고 무엇이랴!

아이들은 짖을 줄조차 모르는 개들과 놀 수는 없다. 그렇다고 모이 찾느라고 눈이 벌건 닭들과 놀 수도 없다. 아버지도 어머니도 너무나 바쁘다. 언니 오빠조차 바쁘다. 역시 아이들은 아이들끼리 노는 수밖에 없다. 그런데 대체 무엇을 가지고 어떻게 놀아야 하나. 그들에게는 장난감 하나가 없는 그들에게는 영영 엄두가 나서지를 않는 것이다. 그들은 이렇듯 불행하다. 그 짓도 오 분이다. 그 이상 더 길게 이 짓을 하자면 그들은 피로할 것이다. 순진한 그들이 무슨 까닭에 피로해야 되나? 그들은 우선 싱거워서 그 짓을 그만둔다.

그들은 도로 나란히 앉는다. 앉아서 소리가 없다. 무엇을 하나 무슨 종류의 유희인지, 유희는 유희인 모양인데…… 이 권태의 왜소 인간들은 또 무슨 기상천외의 유희를 발명했나.

오 분 후에 그들은 비키면서 하나씩 둘씩 일어선다. 제각각 대변을 한 무더기씩 누어놓았다. 아, 이것도 역시 그들의 유희였다. 속수무책의 그들 최후의 창작 유희였다. 그러나 그중 한 아이가 영 일어나지를 않는다. 그는 대변이 나오지 않는다. 그럼 그는 이번 유희의 못난 낙오자임에 틀림없다. 분명히 다른 아이들 눈에 조소의 빛이 보인다. 아 조물주여, 이들을 위하여 풍경과 완구^{장난감}를 주소서.

7

날이 어두웠다. 해저^{바다의 밑바닥}와 같은 밤이 오는 것이다. 나는 자못 이상하다.

가만히 생각해보면 나는 배가 고픈 모양이다. 이것이 정말이라면 그럼 나는 어째서 배가 고픈가. 무엇을 했다고 배가 고픈가.

자기 부패작용이나 하고 있는 웅덩이 속을 실로 송사리 떼가 쏘다니고 있더라. 그럼 내 장부 속으로도 나로서 자각할 수 없는 송사리 떼가 준동하고^{꿈적거리고} 있나 보다. 아무렇든 나는 밥을 아니 먹을 수는 없다. 밥상에는 마늘장아찌와 날된장과 풋고추조림이 관성의 법칙처럼 놓여 있다. 그러나 먹을 때마다 이 음식이 내 입에 내 혀에 다르다. 그러나 나는 그 까닭을 설명할 수 없다.

마당에서 밥을 먹으면 머리 위에서 그 무수한 별들이 야단이다. 저것은 또 어쩌라는 것인가. 내게는 별이 천문학의 대상이 될 수 없다. 그렇다고 시상^{시적인 생각이나 상념}의 대상도 아니다. 그것은 다만 향기도 촉감도 없는 절대 권태의 도달할 수 없는 영원한 피안^{彼岸}이다. 별조차가 이렇게 싱겁다.

저녁을 마치고 밖으로 나와 보면 집집에서는 모깃불의 연기가 한창이다.

그들은 마당에서 멍석을 펴고 잔다. 별을 쳐다보면서 잔다. 그러나 그들은 별을 보지 않는다. 그 증거로는 그들은 멍석에 눕자마자 눈을 감는다. 그러고는 눈을 감자마자 쿨쿨 잠이 든다. 별은 그들과 관계없다.

나는 소화를 촉진시키느라고 길을 왔다 갔다 한다. 돌칠 적마다 멍석 위에 누운 사람의 수가 늘어간다. 이것이 시체와 무엇이 다를까. 먹고 잘 줄 아는 시체—나는 이런 실례로운 생각을 정지해야만 되겠다. 그리고 나도 가서 자야겠다.

방에 돌아와 나는 나를 살펴본다. 모든 것에서 절연된 지금의 내 생활—자살의 단서조차를 찾을 길이 없는 지금의 내 생활은 과연 권태의 극, 권태 그것이다.

그렇건만 내일이라는 것이 있다. 다시는 날이 새지 않는 것 같기도 한 밤 저쪽에, 또 내일이라는 놈이 한 개 버티고 서 있다. 마치 흉맹한 형리처럼—나는 그 형리를 피할 수 없다. 오늘이 되어버린 내일 속에서, 또 나는 질식할 만치 심심해해야 되고 기막힐 만치 답답해해야 된다.

그럼 오늘 하루를 나는 어떻게 지냈던가. 이런 것은 생각할 필요가 없으리라. 그냥 자자! 자다가 불행히, 아니 다행히 또 깨거든 최서방의 조카와 장기나 또 한판 두지. 웅덩이에 가서 송사리를 볼 수도 있고, 몇 가지 안 남은 기억을 소처럼 반추하면서 끝없는 나태를 즐기는 방법도 있지 않느냐.

불나비가 달려들어 불을 끈다. 불나비는 죽었든지 화상을 입었으리라. 그러나 불나비라는 놈은 사는 방법을 아는 놈이다. 불을 보면 뛰어들 줄도 알고, 평상에 불을 초조히 찾아다닐 줄도 아는 정열의 생물이니 말이다.

그러나 여기 어디 불을 찾으려는 정열이 있으며 뛰어들 불이 있느냐? 없다. 나에게는 아무것도 없고, 아무것도 없는 내 눈에는 아무것도 보이지 않는다.

암흑은 암흑인 이상, 이 좁은 방 것이나 우주에 꼭 찬 것이나 분량상 차이가 없으리라. 나는 이 대소 없는 암흑 가운데 누워서 숨 쉴 것도 어루만질 것도 또 욕심나는 것도 아무것도 없다. 다만 어디까지 가야 끝이 날지 모르는 내일, 그것이 또 창밖에 등대하고 있는 것을 느끼면서 오들오들 떨고 있을 뿐이다.

－1937년

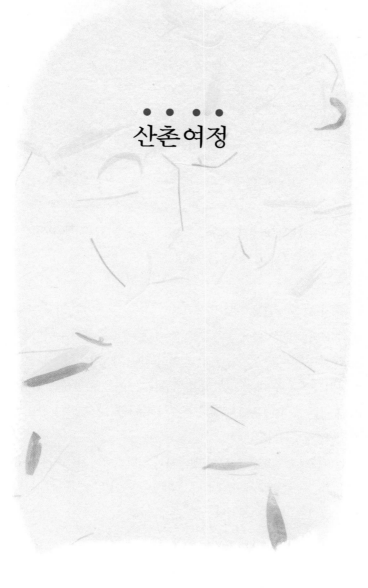

• • • • •
산촌여정

1

향기로운 MJB^{커피의 종류}의 미각을 잊어버린 지도 이십여 일이나 됩니다. 이곳에는 신문도 잘 아니 오고 체신부는 이따금 하도롱^{다갈색 종이로 봉투, 포장지 따위를 만듦} 빛 소식을 가져옵니다. 거기는 누에고치와 옥수수의 사연이 적혀 있습니다. 마을 사람들은 멀리 떨어져 사는 일가 때문에 수심이 생겼나 봅니다. 나도 도회에 남기고 온 일이 걱정됩니다.

건너편 팔봉산에는 노루와 멧돼지가 있답니다. 그리고 기우제 지내던 개골창^{작은 도랑}까지 내려와서 가재를 잡아먹는 '곰'을 본 사람도 있습니다. 동물원에서밖에 볼 수 없는 짐승, 산에 있는 짐승들을 사로잡아다가 동물원에 갖다 가둔 것이 아니라, 동물원에 있는 짐 승들을 이런 산에다 내어놓아준 것만 같은 착각을 자꾸만 느낍니다. 밤이 되면 달도 없는 그믐칠야_{음력 그믐께의 매우 어두운 밤}에 팔봉산도 사 람이 침소로 들어가듯이 어둠 속으로 아주 없어져버립니다.

그러나 공기는 수정처럼 맑아서 별빛만으로라도 넉넉히 좋아하 는〈누가복음〉도 읽을 수 있을 것 같습니다. 그리고 또 참 별이 도회 에서보다 갑절이나 더 많이 나옵니다. 하도 조용한 것이 처음으로 별들이 운행하는 기척이 들리는 것도 같습니다.

객줏집 방에는 석유 등잔을 켜놓습니다. 그 도회지의 석간_{저녁때 발행되는 신문}과 같은 그윽한 냄새가 소년 시대의 꿈을 부릅니다. 정 형! 그런 석유 등잔 밑에서 밤이 이슥하도록 호까_{연초갑지. 담뱃갑을 포장하는 종이} 붙이던 생각이 납니다. 베짱이가 한 마리 등잔에 올라앉아서 그 연둣빛 색채로 혼곤한 내 꿈에 마치 영어 '티' 자를 쓰고 건너긋듯 이 유다른 기억에다는 군데군데 언더라인을 하여놓습니다. 슬퍼하 는 것처럼 고개를 숙이고 도회의 여차장이 차표 찍는 소리 같은 그 성악을 가만히 듣습니다. 그러면 그것이 또 이발소 가위 소리와도 같아집니다. 나는 눈까지 감고 가만히 또 자세히 들어봅니다.

그리고 비망록_{잊지 않으려고 중요한 골자를 적어둔 책자}을 꺼내어 머루빛 잉 크로 산촌의 시정詩情을 기초합니다.

그저께 신문을 찢어버린

때 묻은 흰나비

봉선화는 아름다운 애인의 귀처럼 생기고

귀에 보이는 지난날의 기사

얼마 있으면 목이 마릅니다. 자리물 ^{자리끼. 잠자리의 머리맡에 준비해둔 물}
—심해처럼 가라앉은 냉수를 마십니다. 석영질 광석 냄새가 나면서
폐부에 한난계^{온도계} 같은 길을 느낍니다. 나는 백지 위에 그 싸늘한
곡선을 그리라면 그릴 수도 있을 것 같습니다.

청석^{푸른 빛깔을 띤 응회암으로 건물의 외부 장식에 씀} 얹은 지붕에 별빛이 내
리쬐이면 한겨울에 장독 터지는 것 같은 소리가 납니다. 벌레 소리
가 요란합니다. 가을이 이런 시간에 엽서 한 장에 적을 만큼씩 오는
까닭입니다. 이런 때 참 무슨 재주로 광음을 헤아리겠습니까? 맥박
소리가 이 방 안을, 방째 시계를 만들어버리고 장침과 단침의 나사
못이 돌아가느라고 양쪽 눈이 번갈아 간질간질합니다. 코로 기계기
름 냄새가 드나듭니다. 석유 등잔 밑에서 졸음이 오는 기분입니다.

파라마운트 회사 상표처럼 생긴 도회 소녀가 나오는 꿈을 조금
꿉니다. 그러다가 어느 사이에 도회에 남겨두고 온 가난한 식구들
을 꿈에 봅니다. 그들은 포로들의 사진처럼 나란히 늘어섭니다. 그
리고 내게 걱정을 시킵니다. 그러면 그만 잠이 깨어버립니다.

죽어버릴까 그런 생각을 하여봅니다. 벽 못에 걸린 다 해어진 내

저고리를 쳐다봅니다. 서도 천 리를 나를 따라 여기 와 있습니다그려!

2

등잔 심지를 돋우고 불을 켠 다음 비망록에 철필로 군청빛 '모'를 심어갑니다. 불행한 인구가 그 위에 하나하나 탄생합니다. 조밀한 인구가…….

내일은 진종일 화초만 보고 놀리라, 탈지면에다 알코올을 묻혀서 온갖 근심을 문지르리라, 이런 생각을 먹습니다. 너무도 꿈자리가 뒤숭숭하여서 그러는 것입니다. 화초가 피어 만발하는 꿈, 그라비아 _{동판에 홈을 내어 잉크를 채운 후 찍어내는 인쇄용어} 원색판 꿈, 그림책을 보듯이 즐겁게 꿈을 꾸고 싶습니다. 그러면 간단한 설명을 위하여 상쾌한 시를 지어서 칠 포인트 활자로 배치하는 것도 좋습니다.

도회에 화려한 고향이 있습니다. 활엽수만으로 된 산이 고향의 시각을 가려버린 이 산촌에 팔봉산 허리를 넘는 철골 전선주가 소식의 제목만으로 부호로 전하는 것 같습니다.

아침에 볕에 시달려서 마당이 부스럭거리면 그 소리에 잠을 깨입니다. 하루라는 '짐'이 마당에 가득한 가운데 새빨간 잠자리가 병균처럼 활동합니다. 끄지 않고 잔 석유 등잔에 불이 그저 켜진 채 소실된 밤의 흔적이 낡은 조끼 '단추'처럼 남아 있습니다. 작야_{어젯밤}를 방문할 수 있는 '요비링_{초인종의 일본말}'입니다. 지난밤의 체온을 방

안에 내어던진 채 마당에 나서면 마당 한 모퉁이에는 화단이 있습니다. 불타오르는 듯한 맨드라미꽃 그리고 봉선화.

지하에서 빨아올리는 이 화초들의 정열에 호흡이 더워오는 것 같습니다. 여기 처녀 손톱 끝에 물든 봉선화 중에는 흰 것도 섞였습니다. 흰 봉선화 붉게 물들까, 조금도 이상스러울 것이 없이 흰 봉선화는 꼭두서니빛으로 곱게 물듭니다.

수수깡 울타리에 오렌지빛 여주^{박과의 한해살이풀}가 열렸습니다. 당콩^{강낭콩} 덩굴과 어우러져서 세피아^{검은색에 가까운 흑갈색}빛을 배경으로 하는 한 폭의 병풍입니다. 이 끝으로는 호박 넝쿨 그 소박하면서도 대담한 호박꽃에 스파르타식 꿀벌이 한 마리 앉아 있습니다. 녹황색에 반영되어 세실 B. 데밀^{미국의 영화감독}의 영화처럼 화려하며 황금색으로 치사합니다. 귀를 기울이면 르네상스 응원실에서 들리는 선풍기 소리가 납니다.

야채사라다^{채소샐러드}에 놓이는 아스파라거스 잎사귀 같은 또 무슨 화초가 있습니다. 객줏집 아이에게 물어봅니다. 기상꽃—기생화란 말입니다. 무슨 꽃이 피나—진홍 비단꽃이 핀답니다.

선조가 지정하지 아니한 조젯^{여름철에 입는 여성의류에 많이 쓰이는 옷감} 치마에 웨스트민스터^{영국 담배 이름} 궐련^{얇은 종이로 가늘고 길게 말아놓은 담배}을 감아놓은 것 같은 도회의 기생의 아름다움을 연상하여봅니다. 박하보다도 훈훈한 리그레 추잉껌^{미국 껌 이름} 냄새, 두꺼운 장부를 넘기는 듯한 그 입맛 다시는 소리—그러나 아마 여기 필 기생꽃은 분명히

혜원조선 후기의 풍속화가 신윤복의 호 그림에서 보는 것 같은—혹은 우리
가 소년 시대에 보던 떨떨이 인력거에 홍일산의장으로 쓰던 붉은 빛깔의 큰
양산 받은, 지금은 지난날의 삽화인 기생일 것 같습니다.

청둥호박이 열렸습니다. 호박고지애호박을 얇게 썰어 말린 반찬거리에 무
시루떡, 그 훅훅 끼치는 구수한 김에 좇아서 증조할아버지의 시골
뜨기 망령들은 정월 초하룻날 한식날조상의 산소를 찾아 제사를 지내는 날 오
시는 것입니다. 그러나 저 국가 백 년의 기반을 생각게 하는 넓적하
고도 묵직한 안정감과 침착한 색채는 럭비볼을 안고 뛰는 이 제너
레이션세대의 젊은 용사의 굵직한 팔뚝을 기다리는 것도 같습니다.

여주가 익으면 껍질이 벌어지면서 속이 비어져 나온답니다. 하나
를 따서 실 끝에 매어서 방에다가 걸어둡시다. 물방울 져 떨어지는
풍염한 미각 밑에서 연필같이 수척하여가는 이 몸에 조금씩 조금씩
살이 오르는 것 같습니다. 그러나 이 야채도 과실도 아닌 유머러스
한 용적에 향기가 없습니다. 다만 세숫비누에 한 겹씩 한 겹씩 해소
되는 내 도회의 육향이 방 안에 배회할 뿐입니다.

3

팔봉산 올라가는 초경풀이 무성하게 난 좁은 길 입구 모퉁이에 최××송
덕비공덕을 기리기 위해 세운 비와 또 ×××아무개의 영세불망비영원히 기리
기 위해 세운 비가 항공우편 포스트처럼 서 있습니다. 들자니 그들은 다

아직도 생존하여 계시다 합니다. 우습지 않습니까.

교회가 보고 싶었습니다. 그래서 예루살렘 성역을 수만 리 떨어져 있는 이 마을의 농민들까지도 사랑하는 신 앞에서 회개하고 싶었습니다. 발길이 찬송가 소리 나는 곳으로 갑니다. 포플러나무 밑에 염소 한 마리를 매어놓았습니다. 구식으로 수염이 났습니다. 나는 그 앞에 가서 그 총명한 동공을 들여다봅니다. 셀룰로이드 ^{반투명}^{한 합성수지}로 만든 정교한 구슬을 오블라투 ^{녹말로 만든 얇은 종이 모양의 물건}로 싼 것같이 맑고 총명하고 깨끗하고 아름답습니다. 도색 눈자위가 움직이면서 내 삼정 ^{머리와 이마의 경계, 코끝, 턱끝을 이르는 말}과 오악 ^{이마,}^{코, 턱, 좌우 광대뼈를 이르는 말}이 고르지 못한 빈상 ^{궁색해 보이는 인상}을 업수이 여기는 ^{업신여기는} 중입니다.

옥수수밭은 일대 관병식 ^{지휘관이 군대를 사열하는 의식}입니다. 바람이 불면 갑주 ^{갑옷과 투구} 부딪히는 소리가 우수수 납니다. 카민빛 ^{붉은색} 꼭구마가 뒤로 휘면서 너울거립니다. 팔봉산에서 종소리가 들렸습니다. 장엄한 예포 소리가 분명합니다. 그러나 그것은 내 곁에서 소조 ^{작은 새}의 간을 떨어뜨린 공기총 소리였습니다. 그러면 옥수수밭에서 백황, 흑, 회, 또 백, 가지각색의 개가 퍽 여러 마리 열을 지어서 걸어 나옵니다. 센슈얼한 계절의 흥분이 이 코사크 ^{카자흐스탄의 영어 이름} 관병식을 한층 더 화려하게 합니다.

산삼이 풀어져 흐르는 시내 징검다리 위에서 백채 ^{배추} 씻은 자취가 있습니다. 풋김치의 청신한 미각이 안약 '스마일'을 연상시킵니다. 나는 그 화성암으로 반들반들한 징검다리 위에 삐뚤어진 N자로 쪼그리고 앉았노라면 시야에 물동이를 이고 주저하는 두 젊은 새악시가 있습니다.

나는 미안해서 일어나기는 났으면서도 일부러 마주 보면서 그리로 걸어갑니다. 스칩니다. 하도롱빛 피부에서 푸성귀 냄새가 납니다. 코코아빛 입술은 머루와 다래로 젖었습니다. 나를 아니 보는 동공에는 정체된 창공이 간즈메^{통조림의 일본말}가 되어 있습니다.

M백화점 미노스 화장품 스위트 걸이 신은 양말은 이 새악시들의 피부색과 똑같은 소맥빛이었습니다. 삐뚜름히 붙인 초유선형 모자, 고양이 배에 파스너^{지퍼}를 장치한 가뿟한 핸드백, 이렇게 도회의 참신하다는 여성들을 연상하여봅니다. 그리고 새벽 아스팔트를 구르는 창백한 공장 소녀들의 회충과 같은 손가락을 연상하여봅니다. 그 온갖 계급의 도회 여인들 연약한 피부 위에서 그네들의 빈부를 묻지 않고 온갖 육중한 지문을 느끼지 않습니까.

4

그러나 가난하나마 무명같이 튼튼한 피부 위에 오점이 없고 추잉껌, 초콜릿 대신에 응어리는 빼어먹고 달짝지근한 꽈리를 불며 숭굴숭굴한 이 시골 새악시들을 더 나는 끔찍이 알고 싶습니다. 축복하여주고 싶습니다. 교회는 보이지 않습니다. 도회인의 교활한 시선이 수줍어서 수풀 사이로 숨어버리고 종소리의 여운만이 근처에서 냄새처럼 남아서 배회하고 있습니다. 혹 그것은 안식을 잃은 내 영혼이 들은바 환청에 지나지 않았는지도 모릅니다.

조밭 한복판에 높은 뽕나무가 있습니다. 뽕 따는 새악시가 전공부^{電工夫}처럼 높이 나무 위에 올랐습니다. 순백의 가장 탐스러운 과실이 열렸습니다. 둘이서는 나무에 오르고 하나가 나무 밑에서 다랭이_{다래끼. 아가리가 좁고 바닥이 넓은 바구니}를 채우고 있습니다. 한두 잎만 따도 다랭이가 철철 넘는 민요의 무대면^{舞臺面}입니다.

조이삭이 다 말라 죽었습니다. 코르크처럼 가벼운 이삭이 근심스럽게 고개를 숙였습니다. 오, 비야 좀 오려무나, 해면처럼 물을 빨아들이고 싶어 죽겠습니다. 그러나 하늘은 금한 듯이 구름이 없고 푸르고 맑고 또 부숭부숭하니 깊지 못한 뿌리의 SOS가 암반 아래를 흐르는 지하수에 다다르겠습니까.

두 소년이 고무신을 벗어들고 시냇물에 발을 담가 고기를 잡습니다. 지하의 원한이 스며 흐르는 정맥—그 불길하고 독한 물에 어떤 어족이 살고 있는지— 시내는 대지의 신열을 뚫고 벌판 기울어진 방향으로 흐르고 있습니다. 그것은 가을의 풍설입니다.

가을이 올 터인데 와도 좋으냐고 소곤소곤하지 않습니까. 조이삭이 초례청_{전통적으로 치르는 혼례장소} 신부가 절할 때 나는 소리같이 부스스 구깁니다. 노회한_{경험이 많고 교활한} 바람이 조잎새_{조잎사귀}에게 난숙을 재촉하는 것입니다. 그러나 조의 마음은 푸르고 초조하고 어립니다.

조밭을 어지러뜨린 자는 누구냐—기왕 안 될 조여든—그런 마음으로 그랬나요, 몹시 어지러뜨려놓았습니다. 누에—호호 모든 집마다에 누에가 있습니다. 조이삭보다는 굵직한 누에가 삽시간에 뽕잎을 먹습니다. 이 건강한 미각은 왕후와 같이 지존스러우며 사치스럽습니다. 새악시들은 뽕 심부름하는 것으로 몸의 마지막 광영^{영광}을 심습니다. 그런 뽕이 떨어졌습니다. 온갖 폐백이 동이 난 것과 같이 새악시들의 정열은 허둥지둥하는 것입니다.

야음^{밤의 어둠}을 타서 새악시들은 경장^{홀가분한 차림새}으로 나섭니다. 얼굴의 홍조가 가리키는 방면으로 뽕나무에 우승배^{우승컵}가 놓여 있습니다. 그리로만 가면 되는 것입니다. 조밭을 짓밟습니다. 자외선에 맛있게 그슬린 새악시들의 발이 그대로 조이삭을 무찌르고 스크럼^{여럿이 팔을 바짝 끼고 횡대를 이루는 것}입니다. 콜레트 부인^{프랑스 소설가}의 《빈묘^{암고양이}》를 생각게 하는 말캉말캉한 로맨스입니다.

5

간이학교 곁집 길가에서 들여다보이는 방에 틀이 떠들고 있습니다. 편발 처자가 맨발로 기계를 건드리고 있습니다. 그러면 기계는 허리를 스치는 가느다란 실이 간지럽다는 듯이 깔깔깔깔 대소하는 것입니다. 웃으며 지근대며 명산^{이름난 산물} ×× 명주가 짜여 나오니

열댓 자 수건이 성묘 갈 때 입을 때때^{고까, 아이의 옷}를 만들고 시집살이 설움을 씻어주고 또 꿈과 꿈을 말소하는 쓰레받기도 되고……이렇게 실없는 내 환희입니다.

담배가게 곁방 안에는 오늘 황혼을 미리 가져다 놓았습니다. 침침한 몇 갤런^{부피의 단위}의 공기 속에 이국 초목에는 순백의 갸름한 열매가 무수히 열렸습니다. 고치―귀화한 '마리아'들이 최신 지혜의 과실을 단려한^{단정하고 아름다운} 맵시로 따고 있습니다. 그 아들의 불행한 최후를 슬퍼하여 크리스마스트리를 헐어 들어가는 '피에타^{죽은 예수를 안고 비통해하는 성모상}' 화폭 전도입니다.

학교 마당에는 코스모스가 피어 있고 생도들은 글을 배우고 있습니다. 그들은 열심히 간단한 산술을 놓아 그들의 정직과 순박을 지혜와 교활로 환산하고 있습니다. 탄식할 이식산^{이자산. 원금, 이율, 기간 및 이자 가운데에서 세 개의 값을 알 때 나머지 하나의 값을 구하는 셈법}이 아니겠습니까. 족보를 찢어버린 것과 같은 흰나비가 두어 마리 백묵 냄새 나는 화단 위에서 번복^{이리저리 뒤집힘}이 무상합니다. 또 연식 테니스공의 마개 뽑는 소리가 음향의 흔적이 되어서는 등고선의 각점 모양으로 남아 있는 것 같습니다. 이 마당에서 오늘 밤에 금융조합 선전 활동사진회가 열립니다. 활동사진^{영화의 옛 용어?} 세기의 총아―온갖 예술 위에 군림하는 넘버 제8예술의 승리. 그 고답적이고도 탕아적인 매력을 무엇에다 비하겠습니까. 그러나 이곳 주민들은 활동사진에 대하여 한낱 동화적인 꿈을 가진 채 있습니다. 그림이 움직일 수 있는 이것은 참 홍모紅毛 오랑캐의 요술을 배워가지고 온 것 같으면서도 같지 않은 동포의 부러운 재간입니다.

활동사진을 보고 난 다음에 맛보는 담백한 허무—장주의 호접몽장자가 꿈에 호랑나비가 되었던 것인지 호랑나비가 꿈에 장자가 되었던 것인지 모르겠다고 한 이야기에서 나온 말이 이러하였을 것입니다. 나의 동글납작한 머리가 그대로 카메라가 되어 피곤한 더블렌즈로나마 몇 번이나 이 옥수수 무르익어가는 초추初가을의 정경을 촬영하였으며 영사하였는가—플래시백영화에서 과거의 회상 장면을 나타내는 데 쓰임으로 흐르는 엷은 애수—도회에 남아 있는 몇 고독한 팬에게 보내는 단장몹시 슬퍼서 창자가 끊어지는 듯함의 스틸영화 필름 가운데 골라낸 한 장면의 사진입니다.

6

밤이 되었습니다. 초열흘 가까운 달이 초저녁이 조금 지나면 나옵니다. 마당에 멍석을 펴고 전설 같은 시민이 모여듭니다. 축음기 앞에서 고개를 갸웃거리는 북극 펭귄새들이나 무엇이 다르겠습니까. 짧고도 기다란 인생을 적어 내려갈 편전지편지를 쓰도록 만든 종이—스크린이 박모薄暮땅거미 속에서 바이오그래피전기. 인물의 생애를 기록한 것의 예비 표정입니다. 내가 있는 건너편 객줏집에 든 도회풍 여인도 왔나 봅니다. 사투리의 합음이 마당 안에서 들립니다.

시작입니다. 부산 잔교부두에서 선박에 닿을 수 있도록 해놓은 다리 모양의 구조물가 나타납니다. 평양 모란봉입니다. 압록강 철교가 역사적으로 돌아갑니다. 박수와 갈채—태서의 명감독이 바야흐로 안색이 없습니다. 십 분 휴식시간에 조합이사의 통역부 연설이 있었습니다.

달은 구름 속에 있습니다. '금연'이라는 느낌입니다. 연설하는 이사 얼굴에 전등의 스포트^{스포트라이트}도 비쳤습니다. 산천초목이 다 경동할 일입니다. 전등—이곳 촌민들은 ××행 자동차 헤드라이트 외에 전등을 본 일이 없습니다. 그 눈이 부시게 밝은 전등 속에서 창백한 이사는 강단하였습니다^{단상에서 내려왔습니다}. 우매한 백성들은 이 이사의 웅변에 한 사람도 박수 치지^{손뼉을 치지} 않습니다—물론 나도 그 우매한 백성 중의 하나일 수밖에는 없었습니다만······.

밤 열한 시나 지나서 영화감상의 밤은 해피엔드였습니다. 조합원들과 영사기사는 이 촌 유일의 음식점에서 위로회를 열었습니다. 나는 객실로 돌아와서 죽어가는 등잔 심지를 돋우고 독서를 시작하였습니다. 그것은 이웃 방에 묵고 계신 노신사에게서 내 나태와 우울을 훈계하는 뜻으로 빌려주신 행전노반^{고다 로한. 일본 소설가} 박사의 지은바 《인의 도》라는 진서입니다. 개가 멀리서 끊일 사이 없이 이어 짖어댑니다. 그윽한 하이칼라 방향을 못 잊어 군중은 아직도 헤어나지 않았나 봅니다.

구름이 걷히고 달이 나왔습니다. 벌레가 무도회의 창문을 열어놓은 것처럼 와짝 요란스럽습니다. 알지 못하는 노방^{길가}의 인^{사람}을 사모하는 도회인적인 향수가 있습니다. 신간 잡지의 표지와 같이 신선한 여인들—넥타이와 동갑인 신사들 그리고 창백한 여러 동무들—나를 기다리지 않는 고향—도회에 내 나체의 말씀을 번안하여 보내주고 싶습니다. 잠—성경을 채자하다가 _{원고 내용대로 활자를 골라 뽑다가} 엎질러버린 인쇄직공이 아무렇게나 주워 담은 지리멸렬한 활자의 꿈, 나도 갈갈이 찢어진 사도가 되어서 세 번 아니라 열 번이라도 굶는 가족을 모른다고 그럽니다.

근심이 나를 제한 세상보다 큽니다. 내가 갑문 _{물의 양을 조절하는 데 쓰는 문}을 열면 폐허가 된 이 육신으로 근심의 조수가 스며들어옵니다. 그러나 나는 나의 마조히스트 _{상대에게 가학당함으로써 쾌감을 느끼는 사람} 병마개를 아직 뽑지는 않습니다. 근심은 나는 싸고돌며 그러는 동안에 이 육신은 풍마우세로 저절로 다 말라 없어지고 말 것입니다.

밤의 슬픈 공기를 원고지 위에 깔고 창백한 동무에게 편지를 씁니다. 그 속에는 자신의 부고도 동봉하여 있습니다.

−1935년

1. 이상은 누구인가

이상은 일제강점기의 대표적인 작가다. 흔히 요절한 천재 문학인이자 그 시대 모더니즘의 기수로 손꼽히곤 하며, 오늘날에도 신비스러운 분위기를 간직한 예술가로 각광을 받고 있다. 그는 사후 칠십 년이 훨씬 지난 지금에도 전혀 낡아 보이지 않는 창작 스타일을 추구했던 사람으로 외국 연구자들에게도 강한 호소력을 발휘한다.

생전 문학활동은 시와 소설, 산문에 걸쳐 매우 다양했다. 불과 육칠 년에 이르는 활동기간에 적지 않은 문학작품을 남겼으며, 그 작품들은 오늘에 이르기까지 두고두고 다양하고도 심층적인 연구대상이 되고 있다. 그러나 대개의 뛰어난 사람들이 그러했듯 이상은 짧고도 불행한 삶을 살다간 사람이었다.

무엇보다 세상에 나서 겨우 스물여덟 살의 생애만을 살다갔다. 사람이 누릴 수 있는 복의 하나로 장수를 꼽는데, 이를 생각하면 그는 지극히 불행한 사람이었다. 그를 죽음으로 몰고 간 것은 오랜 폐결핵과 한겨울에 일본 경찰서에 수감된 일이었다. 그는 피를 쏟아내는 폐결핵 환자였지만 그때는 특효약이 없었다. 설상가상으로 죽기 직전에는 사상이 불온하다 해서 경찰서에 끌려가기까지 했으니 폐결핵이 도지지 않을 수 없었을 것이다.

뿐만 아니라 그는 오로지 식민지 시대, 즉 일제강점기만을 살다 간 사람이었다. 1910년 9월 14일에 나서 1937년 4월 15일에 세상을 떠났다. 경술국치일이 1910년 8월 29일이요, 광복일이 1945년 8월 15일이었으니, 이상은 시대적 어둠 속을 살다간 사람이다. 다음으로 그는 복잡하고도 가난한 가족 속에서 스스로도 가난을 면치 못하고 살았던 사람이었다. 가난한 이발사 집에 태어나 세 살 때 큰아버지 집에 양자로 들어갔지만 나중에 큰아버지가 세상을 떠나자 아무 재산도 분배받지 못한 채 친부모 집으로 돌아왔다. 그의 친어머니와 친아버지는 둘 다 얼굴이 얽었고, 특히 아버지는 인쇄소에서 일하다 손가락이 여러 개 잘려나가기도 했다. 그는 이런 집안의 가장 역할을 해야 했다.

이상은 어려서부터 공부를 잘했고 경성공업전문학교에서 건축을 전공한 후 조선총독부에 들어갔다. 하지만 몇 년이 지나지 않아 그만두고 말았다. 폐결핵에 걸린 탓도 컸지만 무엇보다 일본의 통치기구에서 일하는 것을 참을 수 없었던 까닭이다. 정기적으로 월급을 주는 직장을 그만두었으니 인생을 편하게 살 수 없었던 것도 어쩌면 당연했다고 해야 할 것이다.

이상은 이렇듯 길지 않은 생애를 여러 겹의 고통에 시달려야 했다. 그러면서도 그는 오늘날에도 그 빛이 전혀 바래지 않는 빼어난 작품들을 남겨놓았고, 그 작품들은 식민지 시대를 대표하는 문학으로 중시되고 있다. 도대체 무엇이 그의 문학을, 시대적 어둠과 고통으로 점철된 삶을 빛나도록 해준 것일까?

세상에는 우연히 이루어지는 일도 많다. 그러나 문학예술만은 정직하다. 이 분야에서는 아무리 놀라운 재능을 타고났다고 해도 각고의 노력 없이는 놀라운 성취가 불가능하다. 이상은 흔히 사람들을 놀라게 할 만한 기행을 일삼은 것처럼 이야기되곤 하지만, 그것이 그의 예술의식에 어떻게 연결되는가를 잘 설명해놓은 글은 적다.

이상은 시간을 낭비한 사람이 아니었다. 학창시절에 학교 공부도 열심히 했지만 그림과 문학에 몰두했고 한문과 외국어에도 밝았다. 그는 세계 각국 문학에 넓고도 깊은 관심을 가지고 있었고, 그것들을 평가할 줄 아는 안목을 스스로 터득해간 사람이었다. 이러한 실력을 바탕으로 그는 자신의 문학을 세계문학의 수준에 뒤떨어지지 않는 것으로 만들고자 거듭 실험해나가는 노력을 펼쳤다. 이른바 모더니즘이라 불리는 세계문학 사조상의 유행을 수용하되 그것을 자신의 지식과 경험에 접맥시켜 독특하고도 새로운 것으로 만들었다.

그뿐 아니다. 이상의 시대에는 그 자신도 참여한 구인회의 문학이 모더니즘을 대표하는 경향으로 자리를 잡았는데, 이 흐름에 애착을 갖고 마지막까지 활동을 이어나가고자 한 것이 바로 이상이었다. 그는 김유정 같은 작가를 구인회에 끌어들이고 그 기관지 격인 《시와 소설》을 앞장서서 편집하기도 했다. 또 그는 〈날개〉같은 작품들을 써서 한국 모더니즘 문학의 기념비를 세우기도 했다.

인생의 말년에 이상은 당시 한반도의 질식할 것 같은 사상적 분위기에 질려 상대적으로 감시가 덜한 일본으로 건너가 자신의 문학을 더욱 본격적인 궤도 위에 올려놓으려 했다. 하지만 식민지 시대라는 역사적 불행은 그의 삶을 돌연히 파멸시켜버렸다. 김기림의 회고에 따르면 그는 본명인 김해경 외에 이상이라는 '이상스러운' 이름을 가지고 있고, 사상적으로 불온한 책들을 읽고 있으며, 노트에 불경스러운 언사들을 써놓았다는 이유로 일경에 체포되었다. 새로운 문학에 대한 고민 속에서 소설 〈날개〉가 가져다준 명성을 뒤로 하고 떠난 일본이었지만 일제는 이 조선의 천재 작가를 죽음이라는 덫에 빠뜨리고 말았다.

그가 세상을 떠난 뒤 원고 초고들이 여러 차례에 걸쳐 다양한 지면에 나뉘어 실렸다. 또 광복된 후 비평가 조연현은 이상이 가지고 있던 노트를 발견해서 세상에 알렸다. 그것은 일본어로 쓴 초고들이었는데, 그중에는 발표된 우리말 작품에 일부 들어가 있는 것도 있고 그렇지 않은 것도 있다. 이 노트는 이상 문학의 해석과 평가에 큰 도움을 주고 있다. 이상 문학을 발굴하고 소개한 이러한 노력들이 없었다면 이상 문학은 오늘날 우리가 보는 것만큼 풍부하지 못했을 것이다.

2. 고통과 절망의 기록, 그리고 현대성 비판

광복 이후에 이상 문학을 집대성하려는 노력이 여러 차례에 걸쳐 많은 사람에 의해 시도되었다. 김기림, 임종국, 이어령, 김윤식, 권영민, 김주현 등에 의해 이루어진 선집 및 전집 작업들을 통해서 이상 문학은 그 다채로움이 매번 새롭게 재발견되곤 했다. 또 그때마다 이상의 작품들은 소설인지, 수필인지, 시인지 하는 장르 구분상의 어려움을 보여주었고, 이에 관해 다양한 견해 차이를 불러일으키곤 했다.

이상 문학의 흥미로움은 비단 장르 구분에만 있지 않은데, 이는 무엇보다 이상 문학이 쉬운 접근을 허용하지 않는다는 사실에 기인하기도 한다. 이상 문학은 쉽지 않다. 다시 말해 읽어내기가 어렵다. 이것은 그의 문학이 해석상의 난점들을 많이도 거느리고 있음을 의미한다. 당연히 그 이유들에 관심이 가지 않을 수 없는데, 이를 위해서는 무엇보다 그가 남긴 경구, 즉 '어느 시대에도 그 현대인은 절망한다. 절망이 기교를 낳고 기교 때문에 또 절망한다'라는 문구에 주의를 기울여야 한다.

이 문구에서 그는 현대인은 어느 시대에나 절망한다고 했다. 무엇 때문일까? 그것은 삶의 희망을 찾을 수 없기 때문일 것이다. 그런데 그 절망을 육체적, 물질적인 것으로 보기는 어렵다. 옛날 사람들은 훨씬 더 가난하고 힘든 삶을 살았을 것이기 때문이다. 그러므로 이 말은 현대인의 정신적 절망, 자신의 삶의 상태에 대한 고통스러운 자각에서 오는 절망을 의미한다. 그렇다면 우리는 이제 이 현대적인 삶이 어떠하기에 절망한다는 것인지 따져보아야 한다.

현대란 무엇이냐 하면, 그것은 생산 방식이나 경제 운영체제로 말하면 자본주의요, 사회와 개인의 관계로 말하면 개인의 삶에 대한 자각에도 불구하고 사회로부터 개인이 절대적으로 자유로울 수 없는, 따라서 개인주의와 집단주의가 상극으로 함께 경쟁하듯 군림하는 체제다.

이상은 이러한 현대인의 삶의 조건을 직시한 문학인이었고, 그러한 상황을 시와 소설에 담아 날카롭게 표현하면서 비판하고자 했다. 이러한 노력의 산물이 바로 시 '오감도' 연작이요, 소설로 치면 〈날개〉를 비롯한 여러 작품이다.

그러면 우리는 다시 이 절망이 왜 기교를 낳아야 하는가 하는 문제에 관해 생각해보아야 한다. 이상은 말하자면 기교를 부리는 문학작품을 썼고, 또 그렇게 써야 한다고 생각했던 것이다. 문학에서 기교가 무엇이냐를 이해하는 한 가지 방법은 이 기교라는 것을 현실 또는 실제 삶에 내재되어 있는 진실을 표현하고 전달하기 위한 불가피한 수단으로 간주하는 것이다. 예를 들면 현진건이 자신의 단편소설 〈운수 좋은 날〉에 두드러지게 사용한 아이러니라는 기교는 현실 속에 잠복해 있는 불행을 드러내기 위한 소설적 장치였다. 그날 인력거꾼 김첨지는 오늘 따라 운이 좋다고 생각한다. 하지만

병든 아내를 위해 설렁탕까지 사 들고 집에 돌아온 그를 기다리고 있는 것은 아내의 죽음이다. 이 소설을 아이러니 구조를 가지고 있다고 보는 것은 이야기 속의 김첨지가 자신이 생각한 것과 다른 상황에 맞닥뜨리게 되기 때문이다. 이처럼 어떤 이야기 속에서 사태가 겉으로 드러난 것과 다르게 전개되고, 이를 주인공이나 독자가 나중에서야 깨닫도록 설정되어 있는 기교적 장치를 아이러니라고 한다. 다시 말해 소설 같은 곳에서 사용하는 기교는 현실 또는 실제적 삶에 내재해 있는 진실을 드러내기 위한 장치인 것이다.

이상은 복잡한 현대인의 삶을 표현하기 위해서는 이 기교가 없어서는 안 된다고 보았다. 그런데 문제는 이와 같은 기교를 교묘하게 사용하면 사용할수록 작품은 점점 더 이해하기 어렵게 되고 급기야는 작품을 읽어주어야 할 독자들과 의사소통이 불가능한 사태에까지 다다를 수도 있다. 이상은 실제로 《조선중앙일보》에 '오감도' 연작을 발표할 때 그와 같은 상황에 직면한 바 있다. 독자들의 빗발치는 항의로 인해 시의 연재를 중단하지 않을 수 없었던 것이다. 이렇듯 시나 소설의 기교적 난해성이 독자로 하여금 해독 불가능한 상황에까지 이르면 그것은 실로 기교의 절망상태라고 하지 않을 수 없다.

이상은 자신의 문학이 지닌 난해성의 장막에 대해 깊이 고민했다. 이 때문에 〈날개〉를 쓰면서는 독자들에게 이 작품을 쓰는 데 사용한 창작 방법, 즉 기교를 '친절하게' 설명함으로써 그와 같은 소통 단절

상태로부터 벗어나려 했다. 이것이 〈날개〉 서두 부분본문 28쪽에 본 이야기와는 따로 제시되어 있는 짧은 이야기의 존재 이유다. 여기서 그는 독자들을 향해 자신은 〈날개〉를 다음과 같은 창작 방법에 입각해 썼노라고 설명하고 있다.

> 육신이 흐느적흐느적하도록 피로했을 때만 정신이 은화처럼 맑소. 니코틴이 내 횟배 앓는 배 속으로 스미면 머릿속에 으레 백지가 준비되는 법이오. 그 위에다 나는 위트와 패러독스를 바둑 포석처럼 늘어놓소. 가증할 상식의 병이오.

이 설명 자체가 어렵다고 투덜거릴 독자들이 많겠지만, 그러나 이렇게 축약적이면서도 암시 가득한 설명을 잘 짚어보면 이상 문학의 중요한 특질을 이해할 수 있게 된다. 여기서 이상은 자신이 머릿속에 백지를 준비해놓고 여기에 위트와 패러독스를 바둑 포석처럼 늘어놓는다고 했다. 포석이라 함은 바둑에서 초반전에 싸움을 유리하게 이끌기 위해 형세가 좋도록 중요한 지점에 돌을 놓는 과정을 가리키는 말이다. 이 말을 소설에 적용해보면 그것은 소설 속 이야기가 의미 있게 전개될 수 있도록 인물이나 사건, 배경 같은 것을 전략적으로 배치하는 것을 의미하게 될 것이다.

소설가에는 여러 유형이 있지만 크게 두 가지 부류가 있다고 말할 수 있다. 그 하나는 세상에 실제로 존재하는 이야기를 바탕으로 소설을 쓰는 작가요, 다른 하나는 상상적으로 이야기를 고안해서 지어내는 작가다. 물론 한 작가가 두 가지 유형의 소설 쓰기 방법을 모두 구사할 수도 있다. 〈날개〉를 쓸 때의 이상은 두 번째 유형의 작가, 즉 상상적으로 이야기를 고안해내는 유형의 작가로서 이야기를 지어내고 있으며, 그것도 바둑에서 포석을 두듯이 인물이나 사건, 배경 따위를 대칭적으로 설정하는 방식으로 이야기를 만들고 있다.

앞의 인용문을 조금 더 살펴보면 이상은 자신이 위트와 패러독스를 늘어놓고 있으며 이것이 사람들의 상식에는 맞지 않아 보일 수도 있다고 말한다. 위트란 사태의 본질을 날카롭게 드러내기 위해 말이나 글을 재치 있게 구사하는 것을 가리키며, 패러독스란 겉으로 보기에는 모순되고 사리에 맞지 않는 것 같지만 여기에 오히려 사태의 진실이 담겨 있는 표현 기교를 가리킨다. 이러한 설명에 비추어보면 〈날개〉를 쓰면서 이상은 언뜻 보면 말이 안 될 것 같은 인물이나 사건, 배경 따위를 설정하여 이야기를 지어내고 있는 것처럼 보이지만, 잘 따져보면 오히려 보통 사람들의 상식을 뛰어넘는 이야기를 만들어내고자 한 것임을 알 수 있다.

〈날개〉의 본 이야기를 보면 주인공은 밖에 나가서 돈을 쓸 줄도 모르고 세상이 어떻게 돌아가는지도 모르는 백치 같은 의식세계를 가지고 있다. 그러면서도 이 작품의 결말 부분은 이 인물이 현대세계의 '피로'를 꿰뚫어보고 있으며, 이러한 상태에서 벗어나고자 하는 염원을 가진 '명석한' 인물이기도 하다는 것을 시사하고 있다. 즉 이 인물은 바보스러우면서도 비범한 역설적 인물이며, 이 인물을 통해 이상은 현대세계의 물질 중심적 메커니즘을 날카롭게 비판하고 있다.

주인공 '나'의 아내가 매춘으로 돈을 버는 것으로 암시되고, 그럼에도 이 돈에 기대어 살아가는 '나'는 정작 돈을 사용할 줄도 모르고, 또 그러면서도 세상을 움직이는 물질적 메커니즘을 꿰뚫어본다는 이야기 설정을 깊이 들여다보면 소설에 등장하는 '나'나 아내 같은 인물이 세상 어딘가에 존재할 법한 실제적인 존재라기보다는, 작가가 이 이야기를 읽을 독자들에게 어떤 메시지를 전달하기 위해 가공해낸 인물들임을 이해할 수 있다.

3. 이상 문학의 다양한 유형

지금까지 필자는 이상이 어떤 작가였으며 그의 작품을 어떻게 읽어야 하는가에 관해서 이야기했다. 이상의 문학에 접근하는 것은 자못 까다로운 일이고, 따라서 그의 작품에 접근하기 위해서는 그와 같은 사전 이해가 필요하기 때문이다. 그러면 이제는 이 새로운 선집에 실린 작품들의 면면에 관해 살펴볼 차례다.

여기에 실린 작품들은 이상의 작품들 중에서 문학적 가치가 높으면서도 비교적 이해하기 쉬운 것들만을 간추린 것이다. 이 작품들을 먼저 장르별로 정리해보면 다음과 같다.

소설 : 〈날개〉, 〈봉별기〉, 〈지팡이 역사〉, 〈실화〉, 〈종생기〉, 〈단발〉, 〈지주회시〉, 〈환시기〉, 〈동해〉
동화 : 〈황소와 도깨비〉
수필 : 〈권태〉, 〈산촌여정〉, 〈에피그램〉
기타 : 〈병상 이후〉, 〈공포의 기록〉, 〈실낙원〉

앞에서도 말했지만 이상 문학작품들에 대한 분류는 이상 선집이나 전집을 펴낸 사람들에 따라 다소 다르다. 이를 필자가 위에서와 같이 분류한 것은 미완성작이나 미발표본에 섣불리 장르 딱지를 붙일 필요는 없겠다는 판단 때문이다. 그러나 기타에 분류한 작품들 가운데 〈병상 이후〉는 소설 형태에 가깝고, 〈공포의 기록〉 역시 구성상 소설 형식을 방불케 하며, 〈실낙원〉은 단상 형식의 글들을 모아놓은 수필에 가깝다.

〈병상 이후〉는 이상이 세상을 떠난 뒤인 1939년 5월에 《청색지》에 실린 것이고, 〈공포의 기록〉도 이상이 세상을 떠난 직후인 1937년 4월에 《매일신보》에 실린 것이며, 〈실낙원〉도 《조광》 1939년 2월호에 실린 것이다. 이들은 모두 이상 자신이 아닌 타인들에 의해 정리되어 발표된 것이고, 이상이 완전한 형태로 준비해놓았던 원고라고는 할 수 없다. 따라서 확정적인 장르 구분에 매달릴 필요는 없을 것이다.

소설에 들어가는 작품들을 크게 분류하면 이른바 사소설적인 작품과 알레고리적인 작품으로 나누어볼 수 있다. 사소설적인 작품에는 〈봉별기〉, 〈지팡이 역사〉, 〈실화〉, 〈단발〉, 〈지주회시〉, 〈환시기〉 등이 포함되고, 알레고리적인 작품에는 〈날개〉, 〈동해〉, 〈종생기〉 같은 작품들이 대표적이다. 사소설이란 작가가 자신의 삶을 가감 없이 쓴 소설이라는 뜻을 함축하는 반면, 알레고리 소설이란 작중 인물, 사건, 배경 등이 작품 외적 의미를 지시하도록 고안적으로 쓴 소설을 말한다.

이렇게 보면 이상은 가장 논픽션적인 형태의 소설과 픽션적인^{허구적인} 소설을 모두 썼던 셈이다. 그렇지만 픽션적인 알레고리라 해도, 이상은 자기 자신의 삶 속에 실제로 존재했던 인물을 모델로 삼은 후 이 인물을 변형, 가공하여 알레고리적인 의미를 갖도록 했다. 이상은 생전에 모두 세 여성과 연애 또는 결혼 관계를 맺었던바, 이상의 소설들은 이 여성 모델들을 중심으로 세 부류로 재분류할 수도 있다. 이 선집에 실린 아홉 편의 소설 중에 〈지팡이 역사〉만을 제외한 나머지 여덟 편이 모두 이와 같은 모델 소설에 속한다.

　(가) 금홍 계열 : 〈지주회시〉《중앙》, 1936. 6, 〈날개〉《조광》, 1936. 9, 〈봉별기〉《여성》, 1936. 12

(나) 변동림 계열 : 〈동해〉《조광》, 1937. 2, 〈종생기〉《조광》, 1937. 5,
　　　　　　　　〈실화〉《문장》, 1939. 3, 〈단발〉《조선문학》, 1939. 4
(다) 권순옥 계열 : 〈환시기〉《청색지》, 1938. 6

이상은 조선총독부 기사직을 그만둔 후인 1933년 3월에 폐결핵 요양차 황해도 백천온천에 갔다가 기생 금홍을 만나게 된다. 거기서 인연을 맺은 금홍과 이상은 서울에서 마치 부부처럼 동거를 했고, 이상은 금홍을 소설 속에 여러 번 등장시킨다. 〈지주회시〉나 〈봉별기〉에는 이상과 금홍의 관계가 직접적으로 드러나 있으며, 〈날개〉는 앞에서 설명한 것과 같이 금홍을 모델로 삼되 그녀를 알레고리적으로 변형시켜 현대적 의미망을 구축한 것이다.

말년에 이상은 변동림이라는 신여성을 만나 정식으로 결혼까지 하게 되는데 〈단발〉, 〈동해〉, 〈종생기〉, 〈실화〉 등에 나타나는 여성들은 모두 이 변동림을 모델로 삼은 것이라고 할 수 있다. 이 중에서도 〈동해〉나 〈종생기〉는 여성 인물에 변형을 가함과 동시에 알레고리적 의미를 부과한 소설들이다. 〈단발〉과 〈실화〉에 변형이 아예 없다고는 할 수 없겠지만 이 작품들은 모두 사소설적인 형태를 취한다.

마지막으로 〈환시기〉에 등장하는 여성 인물은 권순옥을 모델로 삼은 것으로 이 여성과 이상, 그의 친구 정인택 사이에는 일종의 삼각관계가 성립했던 것으로 알려져 있다. 정인택이 자살소동을 벌이면서 권순옥과 결혼하게 되었고, 이상은 이 결혼식에서 사회를 보았던 것으로 전해진다.

이상은 금홍, 권순옥, 변동림 등과 연애 관계 또는 결혼 관계를 맺으면서 그러한 사랑의 이야기를 소설로 옮겨나갔으며, 이를 변형시켜 자신의 문학을 현대성에 관한 진단과 처방으로 제시하기도 했다. 따라서 이상의 소설을 읽어나가는 과정은 그의 사생활을 엿보는 과정이자 동시에 현대의 환금성과 타락에 관한 그의 비판적 인식을 살피는 과정이라고 할 수 있다.

한편 이상의 문학은 소설이나 수필, 시가 서로 긴밀하게 연관되어 각각의 사이에 서로 물고 물리는 형세를 취하고 있다. 다르게 말해서 그 각각의 텍스트들이 상호 텍스트적인 관계를 맺고 있다. 이렇게 한 작가의 작품들 안에서 서로 참조적인 관계를 맺고 있는 현상을 가리켜 내부 텍스트성Intratextuality이라 명하기도 한다. 말하자면 이상의 문학 텍스트들은 내부 텍스트성이 매우 두드러지는데, 이것을 잘 보여주는 사례가 바로 이 선집에 실린 두 수필 〈산촌여정〉과 〈권태〉의 관계다. 이 수필들은 모두 이른바 이상의 성천기행의 산물들이라고 할 수 있다. 이상은 1935년 8월 하순 또는 9월 초순경에 친구 원용석의 고향인 평안남도 성천으로 요양여행을 떠났다. 서울 출신인 이상에게 산골 체험은 아주 인상이 깊었던 것 같다. 그리하여 그는 아주 여러 번에 걸쳐 이 기행을 수필로 완성하려 했고, 그것이 바로 〈산촌여정〉과 〈권태〉로 드러난 것이다. 그런데 한

가지 경험에서 비롯된 작품들이건만 두 수필은 분위기가 상반된다. 〈산촌여정〉이 도회와 다른 산골의 신선한 이미지를 발랄하게 잡아내고 있다면, 〈권태〉는 같은 경험에서 지독한 허무와 우울, 권태, 도피의식 같은 것을 담아내고 있다. 특히 〈권태〉는 저 프랑스 상징파 시인 보들레르의 권태의 사상과 대화적 관계를 형성하면서 현세적 삶의 덧없음과 부조리에 대한 인식을 전면에 드러내고 있는 수작이다.

또 이상의 수필 중에 〈지팡이 역사〉는 이상이 백천온천에 갔다가 돌아올 때 겪은 일을 그린 것이므로 금홍 계열의 이상 소설들과 무관하다고 할 수 없다. 이 또한 이상 문학의 내부 텍스트성을 보여주는 것이다.

이상 문학의 내부 텍스트적 특징은 또 다른 수필인 〈에피그램〉이나 〈실낙원〉에 대해서도 적용시켜볼 수 있다. 〈에피그램〉에 등장하는 임이라는 여인은 변동림에 관한 것으로 추측되며, 이는 이 수필이 변동림 계열 소설들과 깊은 관계를 맺고 있음을 시사한다.

마지막으로 〈병상 이후〉, 〈공포의 기록〉, 〈실낙원〉에 관해서 간단히 설명해보고자 한다. 이 소설적, 수필적 텍스트들은 폐결핵과 가난과 복잡한 가족 관계에 얽매여 살아가면서 삶에 대해서도, 죽음에 대해서도 지독한 공포에 시달렸던 이상의 내면세계를 보여주는 '기록'들이다. 이 작품들은 이상 문학의 전개과정에서 비교적 초기에 속하는 것들이고 자신의 손으로 완결지어 내놓았다고 보기도 어렵지만, 그만큼 이상의 절망적 현실인식을 생생하게 드러내고 있다.

　이상의 작품을 읽는 일은 그의 삶과 그가 살다간 시대, 그 시대의 문학적 추세, 이상 문학의 상호 텍스트적, 내부 텍스트적 관계 양상 등에 대해 이해를 필요로 한다. 이 글은 그러한 점들에 관해 지극히 적은 부분만을 언급할 수 있었을 뿐이다. 또 이상의 동화 〈황소와 도깨비〉에 대해서는 따로 논의하지 않았다. 동화의 특성상 굳이 설명하지 않아도 될 것이라 생각했다. 분량 면에서 턱없이 부족한 이 글이 그럼에도 여기 실린 작품들을 읽어내는 데 길잡이 역할을 할 수 있기를 기대한다.

방민호

서울대학교 국어국문학과 교수, 문학평론가, 시인

1910년   서울 사직동에서 2남 1녀 중 장남으로 태어남.

1926년   보성고보 졸업.

1929년   경성고등공업학교 건축과 졸업. 조선총독부에서 건축기사
　　　　로 근무하면서 《조선의 건축》 표지도안 현상모집에 1등과
　　　　3등으로 당선.

1930년   《조선》에 《12월 12일》 연재.

1931년   '이상한 가역반응' 등의 일문 시를 발표.

1933년   폐결핵으로 건축기사직 사퇴. 요양차 갔던 황해도에서 기
　　　　생 금홍을 만남. 종로에서 다방 '제비'를 경영.

1934년   구인회에 가입. 박태원의 《소설가 구보씨의 일일》에 삽화
　　　　를 그려줌. 《조선중앙일보》에 연작 시 '오감도'를 발표하
　　　　였으나 독자들의 항의로 중단함. 〈지팡이 역사〉 발표.

1935년   '제비'에 이어 '쓰루', '무기', '69'를 열었으나 경영에 실
　　　　패함. 〈산촌여정〉 발표.

1936년   〈지주회시〉, 〈날개〉, 〈봉별기〉, 〈에피그램〉 발표. 변동림
　　　　과 혼인한 뒤 동경으로 건너감.

1937년   동경에서 사상불온혐의로 구속되었다가 건강악화로 풀려
         나 동경제국대학 부속병원에서 사망. 〈황소와 도깨비〉,
         〈동해〉, 〈공포의 기록〉, 〈종생기〉, 〈권태〉 발표.
1938년   〈환시기〉 발표.
1939년   〈단발〉, 〈실낙원〉, 〈실화〉, 〈병상 이후〉 발표.

재승출판 한국대표문학선

한국대표문학선 001 무정

폭발적인 인기와 함께
논란의 중심이 되었던 기념비적 작품!
청춘남녀의 삼각관계를 통해 인간 심리, 신구세대의 대립, 근대
와 전통의 공존, 선과 악의 기준을 말하다.

이광수 지음 | 576쪽 | 18,000원

한국대표문학선 002 감자 외

문학의 예술적 독자성을 확립한
근대문학의 선구적 작품들!
현실의 참혹한 모습과 인간의 추악한 측면을 사실적으로 드러
냄으로써 인간의 한계를 느끼다.

김동인 지음 | 296쪽 | 11,800원

한국대표문학선 003 운수 좋은 날 외

가식에 지쳐가는 인간의 실체를
아이러니하게 표현한 작품들!
가난한 우리 민족의 고통, 꿈조차 사치일 수밖에 없었던 하층
계급의 냉혹한 현실이 여실히 드러나다.

현진건 지음 | 320쪽 | 12,800원

한국대표문학선 004 레디메이드 인생 외

해학과 풍자라는 한국문학의 전통미학을
잘 보여준 작품들!
자기 자신을 비판하면서 다른 한편으로는 시대의 변화를 자신
의 이기적 욕망을 위해 사용하는 세태를 비판하다.

채만식 지음 | 방민호 해설 | 368쪽 | 13,000원

한국대표문학선 005 백치 아다다 외

어려운 시기에 서민들의 애환을
순수하게 그려낸 작품들!
인간 본연의 모습을 담담하게 드러내 물질에 대한 욕망으로
상실된 인간성을 되짚어본다.

계용묵 지음 | 방민호 해설 | 392쪽 | 13,000원

한국대표문학선 006 벙어리 삼룡이 외

본능과 물질에 대한 인간의 탐욕을
여실히 드러낸 작품들!
하층민의 삶의 태도에서 불합리한 세계를 변화시킬 힘을
발견하고 새로운 인식의 단계로 성장해나간다.

나도향 지음 | 방민호 해설 | 344쪽 | 12,800원

한국대표문학선 007 상록수

농촌을 향한 헌신적인 희생에 녹아든
남녀의 순수한 사랑을 담은 작품!
스스로 용기와 결단을 가지고 깨쳐 나가야 한다는
주체적 농촌계몽운동을 실현하고 시대의 밑거름이 되다.

심훈 지음 | 방민호 해설 | 456쪽 | 13,200원

한국대표문학선 008 메밀꽃 필 무렵 외

순수를 향한 원시적 욕망을
서정적으로 그려낸 작품들!
성과 자연이 하나로 조화를 이루는 모습을 통해
불행하고 가난한 인물들의 삶마저도 자연의 일부가 되다.

이효석 지음 | 344쪽 | 12,800원

한국대표문학선 009 동백꽃 외

서민들의 자유로운 일상의 언어를
그대로 구연한 작품들!
소외된 계층이 겪는 배고픔의 현실적 문제를
비극적으로 담지 않고 해학적으로 풀어내 해방감을 주다.

김유정 지음 | 336쪽 | 12,800원

한국대표문학선 010

이상 중·단편소설

초판 1쇄 인쇄 2014년 6월 23일
초판 2쇄 발행 2020년 5월 19일

지은이   이 상
펴낸이   이재영 · 이희승

펴낸곳   (주)재승출판
등록   2007년 11월 06일 제2007-000179호
주소   우편번호 06614 서울특별시 서초구 강남대로 423 한승빌딩 1003호
전화   02-3482-2767
팩스   02-3481-2719
이메일   jsbookgold@naver.com
홈페이지   www.jsbookgold.co.kr

ISBN 978-89-94217-58-1 03810

책값은 뒤표지에 있습니다.
잘못된 책은 구입처에서 바꾸어 드립니다.